INTRIGUES ET AMITIÉ

« Hors réseau »

À mon ami Raymond, parti beaucoup trop tôt.

Du même auteur, dans la série « **Intrigues et amitié** » :

-   **La face cachée**

À paraître prochainement dans la même série :

-   **Abus de confiance**

Conception de la jaquette :
Suzanne Beaudet

Ce roman est une œuvre de fiction.
Toute ressemblance avec une personne
vivante ou décédée, un fait ou une entreprise
ne serait que pure coïncidence.

Éditeur : Claude André Poirier
           Montréal (Québec) Canada
           Deuxième édition, 2016

Dépôt légal :
Bibliothèque et Archives nationales du Québec, 2016
ISBN 978-2-9815639-3-4

INTRIGUES ET AMITIÉ

« Hors réseau »

Claude André Poirier

Roman

« Faire face à une crainte
commune, soude encore bien
plus les gens que peut le faire
un intérêt commun »

« Hors réseau »

Claude André Poirier

Les quatre amis :

Il y a d'abord Anouk Beauregard, ma sœur. De tempérament intense, elle est ingénieure civile et chef de section pour la firme de génie-conseil ING Solution. Le regard de la plupart des hommes et de certaines femmes me confirme qu'elle est très attirante. Pourvue d'un côté exceptionnellement rationnel, elle est aussi capable des plus folles extravagances, particulièrement dans ses amours en dents de scie.

Mat, c'est le sérieux sergent Mathieu Smith de la Sûreté du Québec. Il représente l'élément le plus stable de notre quatuor. Avec sa conjointe Hélène, il a des jumeaux de dix ans. Nous avons grandi ensemble dans le quartier NDG[1] à Montréal.

Le plus sensible d'entre nous, c'est Damien Lecourt. Artiste peintre, divorcé, il travaille temporairement dans une boutique d'art, « Le Zèbre », en attendant, encore et toujours, d'être reconnu pour sa propre peinture. Il nous apporte une dimension assez surprenante des évènements, que l'on croyait pourtant sans âme.

Finalement, il y a moi, Gabriel Beauregard. Que puis-je vous dire d'intéressant sur moi ? On dit que j'ai un certain charme. La disparition de Marie, l'amour de ma vie, m'a jeté dans une dépression qui, même après deux ans, me hante encore par moment. Je me suis donc retiré du monde des affaires. Plusieurs m'envient, puisque je peux me permettre de très bien vivre de ce que j'ai amassé quand j'étais vice-président aux finances au siège social de Preston One. Mes

---

[1] Notre-Dame-de-Grâce

amis m'ont sauvé du gouffre en instaurant les soupers du premier lundi du mois pour me sortir de ma léthargie. Centrés sur moi au début, ces soupers sont devenus des jalons nécessaires à mon équilibre. Mes amis l'admettront peut-être, ils sont pour eux aussi, un point culminant dans leurs vies. En résumé, aider ces derniers et ah oui, j'oubliais, essayer de jouer Liszt au piano sont pour le moment mes deux repères.

CHAPITRE 1
Montréal, lundi soir, 5 août

Une règle est claire dans notre groupe. Aucune critique sur le choix du restaurant. La règle n'est pas écrite, mais elle est implicitement respectée depuis l'instauration de nos soupers du premier lundi du mois.

Jusqu'à ce jour, la consigne a été facile à respecter. Évidemment, une règle qui fait l'affaire de tout le monde n'a pas de mérite à être suivie. C'est dans les limites de son application que l'on mesure son efficacité. Ce soir, je sens que notre chère règle est en péril.

J'ai eu la puce à l'oreille en arrivant devant la façade défraîchie du restaurant. Malheureusement, je vois mes appréhensions se confirmer une fois à l'intérieur. Qu'est-ce qui a pris à Damien pour nous avoir conviés ici ?

Arrivé en dernier, je discerne très bien la mimique que me fait ma sœur en m'assoyant. Elle épie mes réactions en se mordant la lèvre du bas. J'essaie de l'ignorer, enfin, je m'efforce de ne pas trop la regarder. Je concentre donc toute mon attention à saluer mes amis puis je me jette sur le verre de vin maison qui m'attend.

Ce soir, ma première gorgée me rappelle le temps de mes études, alors que je ne pouvais m'offrir mieux qu'un rouge hongrois au litre. Le liquide rougeâtre qui se dandine en ce moment dans ma coupe me remémore la simplicité de cette époque.

La première surprise passée, toujours en évitant le regard espiègle de ma sœur, j'entreprends studieusement l'étude du menu. C'est là que la situation se gâte encore un peu plus.

Normalement, je fais mon choix en un temps record. Je suis généralement le premier à refermer le menu et à siroter tranquillement mon vin en attendant que les autres fassent leur sélection. J'utilise ce temps pour contempler les belles expressions des visages de mes trois amis, Damien, Mat et évidemment ma sœur Anouk, en m'estimant tellement chanceux d'être si bien entouré.

Mais là, ce n'est même pas pour étirer mon vin imbuvable que je m'attarde anormalement au menu. La vérité, c'est que je n'y trouve presque rien. Après une vérification discrète, je me rends à l'évidence, il ne manque pas de pages. Le compte y est, aucun espoir de ce côté.

Du haut de sa simple demi-feuille, recto seulement, les mets portant les numéros un à huit sont tous là, noir sur blanc, avec ou sans frites, mais dessert et café inclus.

Le coup de pied d'Anouk, sous la table, me tire momentanément de mon dilemme culinaire. Instinctivement, je la regarde. Erreur. Elle cache son visage derrière son menu, qui finit enfin par servir à quelque chose. Comme elle est de biais à moi, je peux voir distinctement la belle grimace qu'elle me fait dans les moments critiques de la vie pour me faire rire quand ce n'est pas le temps. Depuis notre enfance, son numéro rate rarement la cible. Cette fois-ci ne fait pas exception. Me voici qui me tortille sur ma chaise, comme le ferait un ado qui essaie d'éviter de se perdre dans un fou rire incontrôlable. La situation me ramène à ma jeunesse, quand je sentais les gros yeux de ma mère, même de dos, juste avant que je ne pouffe de rire devant la visite, alors qu'il ne le fallait vraiment pas.

Mais voilà, les gros yeux que je veux éviter ce soir, sont ceux de Damien, celui-là même qui a choisi le restaurant.

Il doit y avoir un dieu pour les cons comme moi. Juste quand tous mes muscles vont lâcher prise, Mat pose une simple question, venue de nulle part, avec tout le sérieux qu'on lui connaît :

- Qu'est-ce que tu nous suggères, Damien ?

Et bang ! Nous ne pouvons plus nous arrêter. Anouk n'essaie même plus de se cacher avec le menu. Elle n'a plus le contrôle de ses bras de toute manière. Je ne suis pas en reste, je ris de toutes mes forces, mes yeux sont imbibés d'eau. Tout le restaurant nous regarde, enfin, les quatre personnes attablées un peu plus loin nous regardent. La contagion opère, les voici qui rigolent avec nous.

Mat rit aussi, mais je ne sais pas s'il est conscient de notre raison, à Anouk et moi. Je lui demanderai discrètement après la soirée, mais je crois qu'il ne s'est pas rendu compte de la situation et de l'incongruité de sa question.

Il en va différemment de Damien. Il sourit, oui, mais par convenance. Je crois qu'il le fait pour se montrer dans le coup ; tout en souhaitant être ailleurs, je m'imagine. Je veux le rassurer, mais j'en suis encore incapable. J'aperçois Anouk qui essaie de toutes ses forces de ne pas le dévisager, comme si notre fou rire n'avait rien à voir avec le malheureux restaurant qu'il a choisi. Je sens qu'elle aussi voudrait reprendre son sérieux le plus rapidement possible, se refaire une contenance et sans doute, continuer à faire semblant d'hésiter entre un plat ou l'autre. Elle ne le peut simplement pas.

Il semble que Mat, le déclencheur involontaire de la situation dans laquelle nous nous trouvons, se sente investi de la mission de remettre de l'ordre dans le quatuor. Tâche qui est plus facile pour lui, il faut dire, puisque non atteint du même fou rire que nous.

- Est-ce que quelqu'un peut m'expliquer ce que j'ai dit de si drôle ?

J'ai ma réponse. La première question de Mat était vraiment sérieuse. C'est pire que je le croyais. Je me mords les joues pour me ramener à la réalité. Je dois répondre, il me fixe droit dans les yeux. Je vois le visage de Mat s'assombrir à chaque seconde qui s'écoule. Le temps presse. Je n'ose encore regarder Damien, sachant pourtant que sa perspicacité ne le rend pas dupe de mon petit manège. Je dois répondre, je sens maintenant tous les yeux sur moi, même ceux d'Anouk, qui préfère faire partie de la majorité qui attaque, pour éviter d'être attaquée. Lâche, je lui vaudrai bien cela un jour.

- Bien, tu vois Damien, ton restaurant est, disons-le… différent.

J'avale une gorgée du liquide rouge. Tiens, je viens de lui trouver une qualité à celui-là. La plus grande vertu de ce vin est de faire gagner du temps au con qui doit répondre à une question sans réponse et qui de plus, va probablement blesser son ami.

Je décide d'essayer de me racheter, mais, après coup, je réaliserai que je n'ai fait que me caler davantage.

- Il n'est pas si bizarre… Enfin, comme je l'ai dit peut-être un peu différent ! - puis je m'empresse d'ajouter - je respecte ton choix, crois-moi.

J'ai mal aux joues à force de me les mordre par en dedans. Dieu que je me sens con.

- Dis-le que tu trouves ce restaurant bas de gamme. C'est ce que je pense aussi, tu ne seras pas le seul.

Tournure inattendue, Damien me prend par surprise.

- Je ne comprends pas, Damien.

Je n'ai aucun mal à retrouver ma contenance, en fait, j'ai beaucoup moins envie de rire. C'est aussi le cas d'Anouk.

Damien n'essaie même plus de sourire par convenance. Son visage devient grave.

- J'ai fait un mauvais placement. Je n'ai plus un sou. Ce n'est pas tellement compliqué à comprendre, non ?

Douche froide. L'allure de notre souper prend une tangente que je n'apprécie pas. À voir les expressions d'Anouk et de Mat, eux aussi n'aiment pas la nouvelle situation. Me voici à présent très gêné de mon comportement.

- Qu'est-ce que tu nous racontes là ?

Les traits de son visage tournent à la tristesse. J'aime encore moins le voir ainsi.

- J'ai prêté de l'argent à ma tante pour qu'elle fasse un très bon placement. Elle m'a dit la semaine dernière qu'elle avait probablement tout perdu, son argent et le mien.

Silence de mort autour de la table. Je me sens ridicule d'avoir ni plus ni moins ri de mon ami. Anouk semble être dans le même état que moi. Je n'ai plus faim. Je n'ai plus soif, mais pour des raisons différentes de tout à l'heure. Je n'ai rien d'intelligent à ajouter.

- Ta tante ?

Bon, pas très subtil, je le réalise en le disant, mais la diversion me permettra de rassembler mes idées.

- Tante Béatrice, tu la connais, Gabriel, c'est elle qui m'a presque élevé. Avec les problèmes de dos de maman, elle était toujours chez nous, sous toutes sortes de prétextes. Elle finissait par donner un coup de main à maman avec la vaisselle, les devoirs et les leçons, le repassage, enfin pour tout. Avec le temps, j'en suis venu à la considérer comme ma deuxième mère, surtout depuis qu'elle a perdu sa fille et que son seul autre fils vit à Los Angeles.

- Bien oui, je sais très bien de qui tu veux parler. J'étais souvent chez toi à cette époque. Je me souviens, elle était toujours souriante et je crois qu'elle m'aimait bien.

Je sens que je viens de dire quelque chose d'un peu plus adroit, tout au moins plus empathique.

- Elle m'a demandé de lui prêter de l'argent. Comme vous le savez peut-être, je ne peux rien refuser à ma tante. De toute façon, elle ne me demande jamais rien. Je lui devais bien cette rare faveur.

Damien n'en rajoute pas plus. Il s'acharne sur son verre de vin avec la férocité du désespoir. Heureusement Mat, le policier, plus habile que moi en interrogatoire, prend la relève.

- Combien a-t-elle perdu ?

- Vingt mille. Dix mille dollars de son côté et les dix mille qu'elle m'a empruntés.

La réponse, bien que dépourvue de fioritures, atteint son but. Nous sommes sous le choc. Mat ne me paraît pas décontenancé, il sait garder la tête froide.

- Comment les a-t-elle perdus ?

Damien est mal à l'aise. Le voici pris dans une trappe. Il nous amène dans un restaurant, bon marché, pour limiter ses dépenses et nous voilà sur son cas. Il doit trouver le tout très humiliant, le pauvre. Je suis embarrassé pour lui. Anouk saisit la situation plus rapidement que moi.

- Tu n'es pas obligé de répondre, Damien, nous avons tous droit à nos petites histoires que nous préférons garder pour nous, moi la première.

Damien esquisse un sourire en continuant à se dandiner sur sa chaise.

- Merci, Anouk, j'apprécie. J'avoue que j'ai honte, je ne voulais pas vous en parler. Je réalise maintenant que je n'aurais pas pu vous cacher ma condition bien longtemps.

Il consulte son verre comme on scrute une tasse de thé pour y lire son avenir.

- Bon, vous connaissez ma situation, je ne roule pas sur l'or. Vous avez tous tellement mieux réussi que moi.

Je viens pour l'interrompre, mais conclus qu'il est préférable de le laisser aller au bout de son histoire pour le moment. Je reviendrai sur la perception que Damien a de lui-même une autre fois.

- Avec une amie, ma tante a assisté à une conférence le mois dernier. L'invitation avait été affichée à la résidence du troisième âge où elles habitent, à Laval. Ma tante a vu là une belle occasion de se faire un peu d'argent, tandis que son amie y voyait un beau prétexte pour s'offrir une petite sortie. À la présentation, elle fut emballée par ce que le conférencier proposait à l'auditoire d'une trentaine de personnes. Avec une mise minimum de vingt mille dollars, elle était assurée de récolter dix pour cent d'intérêt par année, garantie à vie. Avec les taux en cours, cette proposition lui semblait l'affaire du siècle. Comme elle n'avait que dix mille dollars, et que son amie ne s'est pas montrée intéressée, elle m'a demandé si je voulais cosigner le contrat avec elle. Vous savez, moi, ces histoires financières un peu compliquées, je n'y comprends pas grand-chose. J'ai hésité. C'est alors qu'elle m'a plutôt proposé de les lui prêter, pour les mêmes dix pour cent. Là, je ne pouvais pas lui dire non. Pour moi, ce n'était plus un placement, je rendais une faveur à ma tante.

Il s'arrête un moment. Nous ne disons rien.

- C'est tout ce que j'avais de côté, pour me payer un jour un vernissage par moi-même, en tant qu'artiste solo. Je souhaitais que ce soit dans une belle salle, non pas un collectif de quartier dans un sous-sol d'église. Je voulais attirer les journalistes, pour moi, pour mon œuvre à moi.

Il s'arrête de nouveau. Même si nous voulons intervenir, nous ne savons que dire. Notre ami fait pitié à voir.

Il poursuit, pour en finir avec ses pénibles aveux.

- Ma tante aussi a tout perdu et en plus, elle, elle considère qu'elle me doit mes dix mille dollars. Elle se sent trahie et elle a honte de m'avoir emprunté cet argent. Je ne sais pas si elle va s'en remettre. À soixante-treize ans, elle n'a aucune chance de se refaire.

Le décor du restaurant, la qualité du vin, le menu anorexique, tout cela me semble tout d'un coup tellement anodin. J'ai honte à mon tour de l'avoir involontairement ridiculisé. Le silence d'Anouk m'indique qu'elle est dans le même état d'esprit que moi. Je regarde Mat, c'est lui qui a la conscience la plus nette et c'est lui la police. Il saisit la perche.

- Comment s'appelle cette compagnie qui offre de tels miracles ?

- Gestion Poséidon.

- Ah ! Je comprends.

Damien dépose son verre, Anouk et moi prenons le nôtre. Ce qu'il y a dedans n'a plus d'importance. Nous sommes rivés aux lèvres de notre ami policier qui ne nous fait pas languir plus longtemps.

- Une équipe de la Sûreté du Québec y a fait une perquisition mardi dernier. Leur président, Michel Paré, est soupçonné d'avoir fraudé l'impôt, à la suite d'une enquête du fisc québécois. Nous n'avons pas encore terminé nos recherches, mais il y aurait des mouvements suspects d'argent avec les Bahamas. Ils sont sous haute surveillance. Nous ne pouvons les empêcher d'exercer leurs activités pour le moment. Nous n'en sommes pas au procès et encore moins au verdict. Par contre, nous avons bloqué leurs comptes de banque à Montréal en attendant la suite de l'enquête et avisé leurs clients actuels. Ta tante étant sûrement du nombre.

Mat troque son ton juridique pour en prendre un plus empathique.

- Je suis désolé, Damien, que toi et ta tante ayez été pris dans leurs filets.

Il répond maintenant à la question que nous avons sur les lèvres, avant que l'un d'entre nous n'ait le temps de la formuler.

- Leurs comptes étaient pratiquement vides. À mon avis, il y a peu de chance de retrouver l'argent ici. D'après nos sources, il se trouve dans le paradis fiscal, très loin de notre portée.

Je saute à pieds joints dans le magasin de porcelaine, comme un ours ne l'aurait pas mieux fait.

- Regarde, Damien, ne t'en fait pas avec tes dix mille dollars, je te fais un chèque et nous n'en parlons plus.

Certains jours, j'aurais avantage à me la fermer. Aujourd'hui en est l'exemple parfait.

Anouk réagit en premier, suivie de Mat une fraction de seconde plus tard. Les regards des deux me crient à tue-tête que je viens de me mettre les pieds dans les plats. J'essaie de rattraper le coup.

- Ce que je veux dire, Damien, c'est que si tu es à court ces temps-ci, je peux…

Il ne me laisse pas terminer. Son ton est strident.

- Je n'ai pas besoin de ton argent, Gabriel. Je n'ai plus grand-chose, mais il me reste tout de même un peu d'orgueil. Lui, personne ne pourra me l'enlever.

À mon tour d'être touché. La dernière chose que je veux c'est bien de vexer Damien. *Moi et mes gros sabots.*

- Je crois que Gabriel essaie seulement de t'aider, Damien.

La voix douce d'Anouk vient de tous nous apaiser, particulièrement Damien. Alors qu'il serait en droit de nous faire sentir encore plus coupable, Damien choisit subtilement de nous tirer d'affaire.

- Pour répondre à ta question du début, Mat, je te suggère de prendre le numéro trois, avec frites.

Je saute sur l'occasion.

- Moi aussi, j'ai faim - trop heureux de marquer le changement de cap.

- Ce sera un numéro trois pour tout le monde, conclut Anouk, avec frites.

24

CHAPITRE 2
Bahamas, lundi matin, 5 août

Aujourd'hui, c'est le branle-bas de combat chez Alain Dupré. Tama, la domestique bahamienne, s'affaire depuis le matin à transformer en un deuxième bureau, l'une des chambres d'invités de l'immense villa, appartenant à la société Gestion Poséidon. Michel Paré a réquisitionné le grand bureau existant du rez-de-chaussée, privilège du président, tandis qu'Alain Dupré, son associé et locataire des lieux, devra déménager ses affaires dans le nouveau bureau aménagé au deuxième.

Il y a un peu plus de quatre ans, Alain Dupré a croisé Michel Paré par hasard. Dès cette première rencontre, ils se sont trouvé des affinités. Les deux hommes étaient talentueux, voulaient devenir riches en peu de temps et tous les deux avaient l'ambition nécessaire pour arriver à leur fin. Finalement, les deux possédaient une conscience assez élastique, tellement utile pour conclure certaines affaires. Paré venait de recruter son homme de confiance. Ils sont devenus des associés avec 49 % des parts pour Dupré et 51 % pour Paré, le président. Dupré est basé ici, aux Bahamas, pour veiller aux finances locales, tandis que Paré lui, trouve les investisseurs au Québec, chacun opérant dans leurs zones d'expertises.

À sa première année dans l'île, Alain Dupré habitait un loyer, en pleine ville, dans un logement confortable, mais plus modeste. Cela ne lui faisait rien, il était prêt à tout pour être hors d'atteinte de la justice québécoise. Fin quarantaine, radié à vie du barreau du Québec pour une histoire de manipulation de comptes en fidéicommis et sans possibilité de pratiquer le droit à nouveau, il se retrouvait à l'époque devant rien. Sa conjointe l'avait laissé pour des raisons qui prétendument, n'avaient rien à voir avec ses démêlés financiers. Il n'envisageait pas non plus de devoir lui payer une pension alimentaire pour le restant de ses jours, pour qu'elle conserve son « train de vie actuel », selon les conditions du jugement énoncées lors du divorce. Ce poste aux Bahamas avait été pour lui un cadeau du ciel qui réglait en même temps ses problèmes juridiques, financiers et matrimoniaux, avec le soleil en prime.

Trois ans plus tard, Gestion Poséidon faisait l'acquisition de cette superbe villa en banlieue de Nassau. Leurs affaires, maintenant très fructueuses, leur permettaient facilement cette extravagance. Pourvue d'un gigantesque hall d'entrée, de deux immenses pièces adjacentes, l'une servant de bureau et l'autre de salon, le rez-de-chaussée est complété par une cuisine et une salle à manger disproportionnée. Un escalier en spiral mène au deuxième où sont logées les cinq grandes chambres, toutes avec salle de bain privé. Meublée avec goût et luxe, cette villa en dit long sur la situation financière des propriétaires. Elle sert en même temps de bureau et de siège social pour la compagnie. À l'image de Gestion Poséidon, une énorme villa luxueuse, mais vide de sens.

Le modèle d'affaire du duo est fort simple. Michel Paré recrute des centaines d'investisseurs, en leur promettant un taux annuel d'intérêt alléchant de dix pour cent, garanti à vie. La façade est très belle, il fait du placement hypothécaire, ce qui est de nature à rassurer les petits investisseurs. Ce qu'il ne leur dit pas par contre, c'est que seulement une infime partie des sommes est ainsi utilisée. Le reste s'accumule ici, aux Bahamas, sous les bons soins de l'associé Alain Dupré, dans des placements au nom de Gestion Poséidon.

La petite portion de l'argent qui revient au Québec le fait par deux chemins. Un, les intérêts distribués aux premiers investisseurs dans le but de ne pas éveiller leurs soupçons pour le moment et deux, les prêts hypothécaires à un taux de vingt-quatre pour cent servant à financer l'achat de quelques propriétés à revenu. Ces immeubles chapeautés par Gestion Immo appartiennent au duo Paré-Dupré et sont gérés par l'homme de confiance des deux associés, Mark Thompson. Les propriétés, qui ont pour but de donner de la crédibilité au stratagème, ne déclarent aucun profit, car les intérêts exorbitants sur leurs emprunts hypothécaires annulent tout bénéfice. Donc aucun impôt à payer au Québec ou au Canada. Les immeubles ne valent donc pas grand-chose. L'essentiel n'est pas le parc immobilier qui sert de caution à leurs manigances, mais bien l'argent accumulé ici, « off-shore ».

Résultat de l'opération : de l'argent plein les coffres aux Bahamas et quelques immeubles au Québec qui ne rapportent rien sinon un beau rendement hypothécaire aux prêteurs, à l'abri de l'impôt, aux Bahamas. Les investisseurs ne se doutent pas qu'une grande partie de leurs capitaux est hors d'atteinte.

Depuis quatre ans et jusqu'à mardi dernier, les affaires progressaient extrêmement bien, l'argent entrant à pleine porte. Mais voilà, à la suite de la perquisition de la semaine dernière à Montréal, Michel Paré sait maintenant que le fisc est à ses trousses. Il a donc fait le choix de quitter le Québec avant que la Sûreté du Québec ne l'empêche. Sage décision, car il sait que ce n'est qu'une question de temps avant que l'on ne lui présente un mandat d'arrêt sous le nez ou qu'on lui confisque son passeport. Il doit agir rapidement.

Il pense qu'il serait difficile de les extrader des Bahamas vers le Canada, autre raison pour laquelle tout est ici d'ailleurs. Il a suivi l'affaire Porter avec grand intérêt et crois en leurs chances de faire durer indéfiniment d'éventuelles procédures d'extradition.

Michel Paré et Alain Dupré arrivent donc au fil d'arrivée de leur stratagème. Le paiement des beaux dix pour cent garantis à vie aux centaines de petits investisseurs s'arrêtera à la fin de la semaine. Personne n'a demandé durant la vie de qui ces placements étaient garantis. Ils apprendront à leurs dépens que la vie en question n'était pas la leur, mais bien celle de Poséidon, qui mourra à la fin de cette semaine.

Il est temps pour Paré de tout laisser tomber, de retrouver son associé et de vivre de son butin. Ils en ont bien assez, lui et son complice pour s'offrir ce qu'ils désirent. Ce vendredi, à Montréal, il donnera sa dernière conférence : « Comment faire de l'argent en toute sécurité » ? Le soir même, avion pour les Bahamas. Adieu neige, adieu travail, adieu fisc. Bonjour la belle vie !

Montréal, lundi soir, 5 août

Ce soir, après notre singulier souper, Anouk m'a faussé compagnie pour rejoindre Mylène, sa nouvelle flamme. J'ai dû me résigner à regagner mon appartement, seul. Comme elle vit avec moi et utilise ma chambre d'amis depuis quelques mois à la suite de ma dernière rechute, je me suis habitué à sa présence.

J'aurais vraiment aimé décanter ce souper incongru et voir avec elle comment nous pourrions aider Damien. Cette fille, rencontrée quelques semaines plus tôt, a pris toute la place dans la vie de ma sœur. Au diable le grand frère et ses états d'âme.

Est-ce la maturité ? Je ne sais pas, mais il fut un temps où les problèmes de Damien, surtout créés par lui-même, ne m'auraient pas tellement empêché de fermer l'œil. En tant que vice-président aux finances au sein de Preston One, je parcourais le monde, tenais des réunions dans tous les pays, ne comptais pas mes heures et la fin de semaine se confondait à la semaine. J'avais deux buts : monter les échelons, ce que j'ai fait, et faire de l'argent, ce que j'ai aussi réussi. Le reste du monde me paraissait si peu important par rapport à ce que moi, j'accomplissais. Les responsabilités se sont ajoutées les unes aux autres, les bonis et les options d'achat d'actions ont suivi. Et me voici, ce soir, seul dans mon grand appartement, à m'apitoyer, encore une fois sur mon sort et maintenant, sur celui de Damien.

Voilà que Marie, la femme de ma vie disparue il y a deux ans, s'invite dans ma mémoire. Après Damien, ma propre existence que j'ai encore peine à contrôler et ma solitude de ce soir, les souvenirs de Marie finissent par rouvrir ma plaie.

Je m'étais promis de jeter toutes les bouteilles d'alcool qui se trouvent dans mon appartement. J'aurais dû le faire. Mais voilà, je sais qu'elles sont encore ici. Je sais aussi où elles sont. Je tolère un peu de vin en mangeant, mais je dois m'en tenir là. Rien de plus fort, rien lorsque je suis seul et rien quand je suis dans cet état.

Mes amis en ont assez sur les bras avec leur propre vie et avec l'histoire de Damien qui se rajoute à leurs tracas, sans en plus devoir faire ce qu'ils ont déjà trop fait, se relayer pour me border au cas où je succomberais.

Après un dialogue intérieur épuisant, in extremis, je trouve la force de faire confiance à ma sagesse et le courage de contacter mon mentor chez les alcooliques anonymes. Il m'a donné la main, par téléphone, jusqu'à tard dans la nuit. Un saint homme !

Montréal, mardi matin, 6 août

Je n'avais pas terminé mon premier café quand elles sont entrées en trombe dans l'appartement. On aurait dit deux larrons en foire. Anouk ne marche pas, elle danse, en essayant d'entraîner celle que je m'imagine être Mylène. Je ne peux m'empêcher de rire. J'aurais vraiment eu besoin de ce spectacle hier soir.

- Est-ce que tu as l'intention de me présenter ton amie, Anouk ?

Deux pas de danse plus tard, elle s'exécute.

- Gabriel, permets-moi de te présenter à la plus merveilleuse femme de Montréal, Mylène. Et en prime, je t'annonce que nous sommes en vacances pour deux semaines.

Mince, cheveux courts et noirs, j'avoue que j'aurais tenté ma chance si c'est moi qui l'avais vue en premier. D'un autre côté, cela m'évite une déception annoncée.

- Café ?

Aussitôt offert, je l'ai regretté. Ces deux filles n'ont vraiment pas besoin d'excitant.

- Avec plaisir, me répond la nouvelle conquête de ma sœur.

J'avoue qu'en plus d'avoir des yeux pétillants, sa voix est tout à fait envoûtante. J'en conclus qu'Anouk et moi avons les mêmes goûts pour les femmes.

- C'est dommage ce qui arrive à votre ami.

Elle réussit même à exprimer des choses tristes avec sensualité.

Je jette un œil en direction d'Anouk qui me confirme par un air que je ne saurais décrire que Mylène est effectivement au courant de notre discussion d'hier. Cela m'autorise à répondre.

- Oui, c'est dommage. Je suis dans tous mes états. Je n'ai aucune tolérance pour des fraudeurs qui abusent de gens crédules. Je suis hors de moi. Il faudrait des peines beaucoup plus sévères pour ces charlatans. La police devrait tous les jeter en prison. Que fait-elle ? Je me le demande. Ces escrocs sont connus, mais on ne peut rien faire. C'est ridicule !

- Eh ! Gabriel. Tu t'emballes un peu. Non ?

La voix paisible de ma sœur ne parvient pas à me calmer.

- Quand j'y pense, dix mille dollars c'est tout l'argent que Damien a épargné pour le projet de sa vie. C'est aussi tout l'argent que sa tante avait mis de côté pour se payer un peu de luxe pendant sa retraite. C'est inacceptable !

Cette fois, je n'ai pas besoin de rappel de la part d'Anouk, je vois par moi-même quel ton j'utilise et dans quel état je suis. Les deux filles qui me dévisagent semblent unanimes à se demander quelle mouche m'a piqué.

Je sers le café de Mylène puis celui d'Anouk, m'en prends un deuxième et retrouve mon calme tant bien que mal.

- Je suis désolé, Mylène, je ne veux pas que vous ayez une mauvaise impression de moi.

- Rassurez-vous Gabriel, cela est impossible. Et vous pouvez me tutoyer.

Wow, je dois rester calme, mais pour d'autres raisons maintenant.

- Merci, toi aussi.

Elle acquiesce par un petit sourire.

J'ai de la difficulté à retomber sur mes jambes. Il y a quelque chose en moi qui me pousse à poursuivre ce que j'ai commencé. Je le regretterai probablement.

- Je ne sais pas si tu t'en souviens, Anouk, tu devais avoir douze ou treize ans, moi j'en avais dix-huit. À l'époque, maman s'était fait présenter un prétendu comptable qui se spécialisait en placements dans les actions spéculatives.

- Cette histoire ne me dit rien.

- Tu étais bien jeune et maman a tout fait pour éviter que la situation ne bouleverse notre vie familiale.

Les deux acolytes me regardent à présent. Leurs yeux qui s'attristent m'indiquent qu'elles ne s'attendent pas à une histoire heureuse.

- Son rêve, quand elle s'est mariée, était de faire un voyage en Europe avec son mari. Mais voilà, je suis arrivé peu après, papa a perdu son emploi, les temps sont devenus plus difficiles. Ils n'ont jamais pris le dessus et n'ont donc jamais fait leur voyage. Après la mort de papa, maman s'est donné comme défi de faire le voyage seule. C'était sa façon à elle de survivre, de se remémorer son amoureux, de le garder vivant. De lui faire faire le voyage en quelque sorte. À chaque paye, elle se mettait un montant de côté, un très petit montant, mais avec les années, la somme a grossi.

Anouk prend un air abattu, elle appréhende la suite.

- C'est là que le comptable fait son apparition !

- Tu as tout compris, Anouk. C'est à ce moment que ce…

Je m'arrête. Après toutes ces années, je réalise que je suis affecté autant que si ces évènements avaient eu lieu hier. Mylène me regarde, les yeux mouillés. Je constate qu'elle est émotive et qu'elle redoute elle aussi la suite de mon histoire. Je ne suis pas loin non plus d'avoir la larme à l'œil. J'avale et je poursuis.

- Vous vous doutez du reste. Le beau comptable l'envoûte et la fait sentir idiote de placer son argent à la Caisse Populaire. Elle finit par croire qu'en effet, elle était stupide, qu'elle ne connaissait rien là-dedans et que la seule chose intelligente à faire pour ne plus passer pour une femme retardée et dépendante était de confier toutes ses économies à ce type.

Mylène met la main devant sa bouche. Anouk mange son poing. Elles semblent dire : non, non, pas ça !

- Tout a été placé dans l'exploitation de mines de fer dans le Grand-Nord. Peu de temps après, l'économie étant ce qu'elle était à cette époque, le coût du minerai ne justifiait plus la prospection, encore moins son exploitation. La valeur de ses titres a fondu comme neige au soleil. Maman a tout perdu, ses économies et ses rêves de se voir partir pour l'Europe avec la photo de notre père dans ses bagages.

Les deux amies se tiennent par les épaules. De grosses larmes ruissellent sur leurs joues. J'ai envie de les rejoindre, mais je n'ai pas terminé.

- Tu sais quel est le pire dans cette histoire, Anouk.

Elles me regardent, stupéfaites, comme si cela n'était pas suffisant, mais ni l'une ni l'autre ne tentent de formuler une réponse.

- À l'époque, je voulais déjà aller aux HEC[2] pour devenir comptable. Je me croyais très fort, avant même de suivre une seule heure de formation en finance.

Je m'arrête. Je n'avais jamais parlé de ce sombre chapitre de ma vie à qui que ce soit. C'est un aveu que j'aurais voulu lui faire bien avant, mais l'occasion ne s'est jamais présentée et je n'ai rien fait, il faut le dire, pour créer l'occasion.

- Maman m'a demandé mon avis, étant le plus vieux de la famille et sachant que je m'intéressais aux choses financières.

Ma voix tremble maintenant. J'ai honte de moi pour ce que j'ai recommandé à maman et parce que je pleure devant une étrangère.

- Tu lui as conseillé d'acheter ces actions, Gabriel ?

Je dois en finir. Ce moment m'est très pénible.

- Oui, Anouk. Je lui ai même dit qu'à ce rythme, elle n'épargnerait jamais assez pour le faire son voyage et que la seule façon pour elle était de suivre les conseils de ce comptable. Qu'il ne fallait pas avoir peur. Que ce n'était pas parce qu'elle était une femme qu'elle devait se sentir inférieure dans le domaine des finances. Que la Caisse

---

[2] Hautes Études commerciales

Populaire était faite pour les peureux. Que l'avenir était dans les placements de ce genre. Et que sais-je encore ? Elle n'a plus hésité une minute après mon intervention. Le lendemain, tous ses avoirs ont été sortis de la Caisse et remis à ce type.

- J'avais treize ans quand maman est décédée.

- Oui, Anouk, elle est décédée l'année suivante.

CHAPITRE 3
Montréal, mardi midi, 6 août

- Heureusement que je ne suis pas un client, Damien, il y a longtemps que j'aurais raccroché et que je serais allé voir ailleurs.

- Si c'est pour me dire ces niaiseries que tu m'appelles, pourquoi ne vas-tu pas voir ailleurs, justement ?

- Parce que c'est à toi que je veux parler, pas au voisin.

- Le voisin est peut-être moins occupé que moi, tu vois, moi je travaille et je suis pris en ce moment.

La discussion est très mal entamée. C'est de ma faute, je l'ai peut-être pris un peu trop de front, mais voilà, je n'ai pas le temps de me rattraper. Il me prend par surprise.

- Je t'appelle plus tard, quand ce sera plus calme ici. Bye.

Damien vient de me raccrocher la ligne au nez.

Évidemment, le plus tard n'arrivera probablement jamais. Je connais assez bien la boutique d'art « Le Zèbre » pour laquelle Damien est assistant-gérant, pour savoir que les heures que Damien qualifie de grandes affluences sont celles où il y a deux, peut-être trois clients dans la place.

Je suis de plus en plus convaincu que je dois faire quelque chose pour lui et sa tante. Je n'ai rien pu faire pour ma mère. Je me sens moralement obligé de me rattraper, bien que par personnes interposées et époques différentes. Je le dois à maman, à titre posthume.

Ma sœur et son amie sont parties il y a deux heures. J'avoue que je suis passé par toute la gamme d'émotion avec elles. L'euphorie communicative du début a rapidement fait place au cruel souvenir de l'injustice faite à ma mère.

J'y pense tout à coup, qu'est-ce que ces deux hurluberlues venaient faire ici, ce matin ? Elles ont pris un café, comme si j'avais l'habitude de tenir un bistro pour les amies d'Anouk, puis elles sont reparties, comme elles sont arrivées ; sans faire leur petite danse cette fois-là.

J'appelle Anouk. J'ai soudainement besoin d'en avoir le cœur net, puis je rappellerai Damien, il aura eu le temps de se tranquilliser un peu, celui-là.

Elle répond de sa voix enjouée.

- Tu t'ennuies déjà de moi, grand frère.

Apparemment, son afficheur m'a annoncé. Les cellulaires ont ce don de gâcher les surprises.

- Je ne peux rien te cacher, petite sœur.

- Que me vaut le plaisir ?

- Après votre départ ce matin, bien que j'aie apprécié votre compagnie et votre petite danse, je me suis demandé si tu avais besoin de quelque chose. Je me suis posé la question après coup. C'est rare que tu amènes une amie ici.

Je sens que ma sœur cherche à tricoter une répartie. C'est ce que je craignais. Elles ne sont pas passées ici par hasard. Anouk avait quelque chose à me dire ou à me demander. Pour le moment, je dois me contenter d'attendre sa réponse, non sans inquiétude.

- Pour tout te dire, Gabriel — sa voix se fait timide — j'ai décidé d'aller vivre chez Mylène. Je passais prendre quelques affaires. Vu la discussion que nous avons eue, je n'ai pas eu le courage de te l'annoncer.

Je ne sais que dire. Anouk rebondit dans ma vie çà et là, quand elle se sépare de son amant ou de son amoureuse, ou encore lorsque c'est elle qui décide que j'ai besoin d'elle. Elle apparaît donc, comme cela, sur le pas de ma porte, souvent à des heures impossibles et la plupart du temps, en larmes. Moi, mon travail c'est de l'écouter et de la consoler. Mais voilà, après quelques semaines, je m'habitue à sa présence. Mon grand appartement est habité. J'ai quelqu'un à qui parler. J'ai quelqu'un avec qui partager mon café du matin et, quand cela se peut, un petit repas ici et là. Ces derniers temps, c'est elle qui me chaperonne si je peux m'exprimer ainsi. J'ai beau faire partie des alcooliques anonymes, il y a des jours où l'absence de Marie me pousse un peu trop loin dans mes sombres pensées. Elle le sent et trouve le moyen de me sortir de ma torpeur. C'est moi qui héberge Anouk, mais c'est elle qui me rend service. Depuis qu'elle m'a relaté sa rencontre avec la belle Mylène, j'anticipais ce moment. Je ne sais que dire. Je me prends à lui en vouloir.

- C'est toi qui sais ce que tu as à faire, passe quand tu le veux. Je dois te laisser. À plus tard.

Marie qui me connaissait bien aurait qualifié mon comportement de fuite par en avant. Ne rien dire pour tout dire. Il est temps que j'appelle Damien, je ne sais pas ce qu'il manigance, mais si j'attends qu'il me rappelle, j'ai bien peur d'y passer la journée. Il faut que je m'occupe. Je ne veux pas penser à ma future solitude, donc machinalement, je compose le numéro de Damien au travail, alors que je devrais rappeler Anouk pour m'excuser de ma brusquerie.

- Boutique le Zèbre, Damien Lecourt, à l'appareil.

- Le ton de cette introduction est beaucoup plus approprié, Damien, félicitations.

- Est-ce que tu me rappelles pour me narguer ?

- Non, ne t'inquiète pas. C'est le contraire.

- Je t'écoute, mais je t'avertis. Au moindre signe de plaisanterie bas de gamme à la Gabriel Beauregard je te raccroche au nez.

Il est encore sur la défensive. Je le comprends, il encaisse les sarcasmes moins bien que d'autres. Un peu soupe au lait, l'ami Damien.

- As-tu d'autres nouvelles à propos de ce monsieur Paré qui vous a dupés, ta tante et toi ?

Je n'aurais peut-être pas dû rajouter le : « et toi »

- C'est pour me demander cela que tu me déranges au travail.

- C'est important, non ?

- Oui, mais tu n'y peux rien. J'ai fait une croix sur cet argent. Nous avons été naïfs ma tante et moi, tant pis pour nous. Est-ce que je peux faire autre chose pour satisfaire ta curiosité ?

Décidément, il n'aime pas que je lui remémore cette histoire. Je ne lui reproche rien, il doit se sentir idiot, en plus d'avoir perdu tout son argent. Je me sens un peu voyeur de vouloir entrer, malgré lui, dans ses affaires. Je le sais par expérience.

On a souvent voulu m'aider malgré moi. Cela a quelque chose d'humiliant, mais à la fin, seulement à la toute fin, on se sent mieux. Je ne peux lui expliquer ce cheminement avant qu'il ne l'ait vécu lui-même.

Finalement, il résout mon dilemme et répond tout de même à ma question.

- Je n'ai pas grand-chose à rajouter, Gabriel. Tout ce que je sais, c'est qu'il continue à donner ses conférences. Ma tante a su, par une amie d'une amie, qu'il fait une présentation ce vendredi dix-neuf heures, à la salle Louis-Jolliet. Voici tout ce que la police a réussi à faire avec ce fraudeur. Lui laisser le champ libre afin qu'il poursuive ses manigances.

Il change de tonalité.

- Cette critique, tu ne la répètes pas à Mat.

Je ne reprends pas son commentaire. Il va de soi que certaines remarques échangées entre deux amis d'un groupe ne doivent pas être reprises devant tout le groupe. Appelons cela des discussions parallèles.

- Je suis décontenancé, Damien. Mat nous a pourtant dit lundi soir que la Sûreté du Québec avait gelé les comptes bancaires de Gestion Poséidon. Bien qu'il n'ait pas mis fin aux activités de Michel Paré pour le moment, Mat le croyait hors d'état de nuire. Je n'aurais jamais cru qu'il pouvait poursuivre ses conférences sans gêne.

C'est un Damien résigné qui ajoute :

- C'est comme cela, mon vieux. Que puis-je y faire ?

- Je contacte Mat tout de suite, nous ne pouvons le laisser faire. Ce type-là va encore faire des victimes. Il faut l'arrêter, maintenant.

Je raccroche, gonflé à bloc.

Avant que le déménagement imminent de ma sœur ne revienne prendre toute la place dans mes pensées, je compose immédiatement le numéro de Mat. Je m'occupe l'esprit.

J'espère qu'il répondra.

- Sergent Mathieu Smith à l'appareil.

- Sergent Mathieu Smith, ici monsieur Gabriel Beauregard.

- Ne fais pas ton petit drôle Gabriel. Dis-moi plutôt ce que tu me veux, je suis un peu sous pression aujourd'hui.

Décidément, personne ne se délecte de mes modestes plaisanteries, ce matin.

- As-tu bien digéré ton « numéro trois avec frites » ?

- J'espère que tu ne m'appelles pas uniquement pour me demander comment se porte mon estomac.

Je reprends sur un ton plus mesuré.

- Es-tu au courant que Paré donne toujours ses représentations pour recruter des investisseurs ?

- À qui crois-tu parler ? Nous le savons assurément. Nous sommes branchés sur leur site web entre autres. Il n'y a qu'une seule conférence au programme, vendredi prochain, je crois. De toute façon, ses comptes sont gelés. Il sait que nous l'avons à l'œil et que son beau temps achève.

- Pouvez-vous prévenir les gens que ce type est un fraudeur ?

- En as-tu la preuve, Gabriel ?

Mat marque un point.

- Le fisc épluche les activités des administrateurs de Gestion Poséidon. Ils sont soupçonnés de fraude, mais ne sont pas encore accusés. Tout ce que nous pouvons faire, c'est de vérifier les transactions récentes auprès des autorités et de prévenir immédiatement ceux dont les noms se sont ajoutés. Nous contacterons ceux qui auront souscrit vendredi et les aviserons avant que leurs chèques n'aient le temps de prendre effet. Nous pouvons seulement les avertir que Gestion Poséidon fait l'objet d'une enquête et que si le fisc a raison, leurs placements seront difficiles, sinon impossibles, à récupérer. De cette manière, les nouveaux investisseurs ont le loisir d'annuler leurs chèques, s'ils le désirent, avant qu'ils ne soient encaissés.

Je vois que Mat est aussi frustré que moi. Je n'ai rien à redire sur son approche.

- Quand crois-tu que vous aurez assez d'éléments pour aller le cueillir ?

- Tu me demandes de l'information confidentielle maintenant.

J'essaie une autre tactique en lui offrant un choix de réponses.

- Plus, ou moins qu'une semaine ?

Il me fait languir. Le fait-il par exprès ou est-il simplement un peu lent aujourd'hui ? Je viens pour répéter ma question quand arrive sa réponse.

- Moins.

- Merci.

À peine raccroché, mon cellulaire sonne. Je vérifie qui est l'appelant. Anouk. Pendant une fraction de seconde, je considère ne pas répondre. La seconde suivante, je décroche.

L'autre possibilité m'aurait fait passer pour vraiment trop lâche.

- Bonjour, Anouk.

- Est-ce que ça va, Gabriel ?

- Merci, oui, je vais bien. Tu m'as pris par surprise tout à l'heure. Je suis désolé, j'ai coupé la conversation un peu brutalement, je crois.

Le silence d'Anouk m'en dit long. Elle cherche les bons mots pour me ménager. Elle n'a pas besoin de dire quoi que ce soit, je sais très bien qu'elle veut m'épargner. Ma sœur est extraordinaire. Je décide de lui rendre la tâche plus facile.

- Tu vois, Anouk, je te comprends très bien. Tu es chez moi temporairement, je le sais. Mais voilà, je m'habitue à ta présence et à chaque fois, je dois me réhabituer à vivre seul. Je suis vraiment heureux pour toi. Puis, cette Mylène, hum, j'avoue que je t'envie.

Elle rit à l'autre bout du fil. Je l'entends dire à haute voix, vraisemblablement à Mylène : « Mon frère m'envie ».

Je venais de me racheter. Aussi bien finir le travail.

- Pourquoi ne passerais-tu pas demain prendre tes affaires ? Profite de ton congé pour t'installer avec elle.

J'y pense... *Idiot* !

- Bien oui ! Vous avez pris deux semaines de vacances pour vous donner le temps d'emménager ensemble. J'aurais dû y penser.

- Je ne peux rien te cacher, grand frère très malin.

Elle sait que cela me fait plaisir quand elle m'appelle grand frère. Oublions le : « très malin ».

- Donc je vous attends demain matin, nous repartirons à zéro.

- Nous y serons. Garde-nous du café au chaud.

Bahamas, mercredi après-midi, 7 août

Alain Dupré termine sa session de bronzage sur la plage privée de la villa. Les préparatifs du bureau du grand patron seront finalisés pour son arrivée prévue tard vendredi soir, après sa dernière présentation. Il a très peu à faire entre temps, sinon s'assurer que le bateau est ravitaillé et que l'équipage est prêt pour une petite croisière de trois ou quatre jours avec des amis. Très bonne façon de célébrer leur retraite dorée que les deux associés estiment bien méritée. Le petit groupe sera formé de Stéphanie et lui, de Michel Paré, bien entendu et d'un couple d'amis soit leur banquier Tom Harrison et Sylvie.

Alain Dupré et Michel Paré sont encore jeunes, mais ont travaillé fort et ont risqué beaucoup pour en arriver là où ils sont. Ils ont bien l'intention de profiter de la vie et Dieu sait qu'ils ont ce qu'il faut pour le faire. Personne ne peut maintenant se mettre au travers de leur route. Ils ont réussi.

Ils auraient aimé poursuivre encore leurs activités pour une autre année ou deux, afin d'en amasser un peu plus, mais les longues dents du fisc québécois et une perquisition de la Sûreté du Québec en ont décidé autrement. Tant pis, Michel et Alain considèrent ces évènements comme un signal, une belle occasion de prendre une retraite anticipée.

Même s'ils seront retraités, la compagnie bahamienne doit demeurer active. L'idée étant d'écouler l'argent à petites doses, sous forme de dividendes, pour ne pas éveiller les soupçons. Chacun garde un bureau dans la villa pour garantir la transition et surtout pour s'assurer qu'on ne leur cherche pas d'ennuis. Les inspecteurs et les banques aiment les grands bureaux, cela les rassure. Par contre, ni l'un ni l'autre n'ont l'intention d'y passer plus de quelques heures par mois pour essentiellement gérer leurs placements.

C'est Alain Dupré qui a eu l'idée de la petite croisière entre amis. Rien de tel pour célébrer leurs retraites. Le capitaine, le second et le chef cuisinier ont tout préparé. Les chambres du yacht sont prêtes, la nourriture et le vin ne manqueront pas.

Terminés le stress, le jeu de cache-cache avec le fisc et les demi-vérités. Enfin, la vie de pacha les attend. Jamais Alain Dupré n'avait rêvé plus belle fin de carrière. Son association avec Michel Paré a été pour lui une bénédiction. En l'espace de seulement quatre ans, ils ont accumulé plus qu'il ne leur est nécessaire pour s'offrir une vie de luxe, jusqu'à la fin de leurs jours.

Il ne vit pas avec Stéphanie, mais la fréquente d'une façon relativement assidue. Elle est aux études, en journalisme, ce qui la tient passablement occupée de son côté. Ils se voient donc les fins de semaine. Généralement, elle vient le rejoindre à la villa. Leur routine va peut-être changer maintenant qu'il prend sa retraite. À vingt-huit ans, elle a une vingtaine d'années de moins que lui. Elle a l'avantage d'associer maturité et jeunesse. Ce n'est pas l'amour fou, mais après deux ans de fréquentation, un genre d'accommodement s'est installé entre les deux. Ils sont trop occupés de part et d'autre pour remettre quoi que ce soit en question.

Depuis quelques jours, Alain Dupré se sent comme un adolescent qui prépare son bal de fin d'année. Cette croisière marquera la clôture d'un chapitre important de sa vie et en soulignera le début d'un nouveau.

CHAPITRE 4
Montréal, mercredi avant-midi, 7 août

Quel contraste avec hier ! Aujourd'hui, je qualifierais Anouk et Mylène de personnes normales. Aucun petit pas de danse, seulement deux filles presque calmes, visiblement en amour. Comme promis, le café est prêt. Je ne sais pourquoi, plus tôt ce matin je suis allé à la boulangerie chercher des pâtisseries. Peut-être est-ce pour me faire pardonner. Ou est-ce pour impressionner Mylène ? Je ne sais trop. Cette fille me crée une impression bizarre.

Pendant que je sirote le café avec Mylène, Anouk prépare ses affaires dans la chambre d'invité. Cela ne lui prend que quinze minutes, en incluant le ramassage de ses effets personnels dans la salle de bain. Quinze minutes, c'est tout ce qu'il faut pour effacer toutes traces de quelqu'un qui vit avec vous depuis des semaines. Quinze minutes.

Heureusement qu'Anouk accomplit sa tâche assez rapidement, car je n'ai pas beaucoup de conversation avec son amie. Je me sens ambivalent face à elle. Normalement avec une femme, la situation est claire. Je sais exactement par quel biais m'y prendre. Avec un homme, c'est encore plus simple. Face à Mylène, je ne sais plus. En achetant les viennoises, je n'avais pas pensé à tout cela. Anouk arrive, elle jubile.

- Voilà, tout est ici, je suis prête à partir.

Mylène considère les deux valises et les quatre gros sacs.

- Crois-tu que tout ceci va entrer chez moi ?

- J'en jetterai la moitié si tu le veux, moi, je veux entrer chez toi.

Sourires complices.

Réalisant que je ne suis pas dans le coup, Mylène fait l'effort de m'inclure en me demandant comment va mon ami Damien. Anouk la fusille du regard, comme si elle venait d'ouvrir la boîte de pandores, encore une fois. Je comprends la situation et fais bien attention de ne pas m'emporter. Je ne veux pas que Mylène pense qu'Anouk est issue d'une famille de débiles.

- Il va comme nous pouvons nous l'imaginer. Mais le plus ennuyeux là-dedans, est que le fraudeur poursuit son recrutement.

- Ah oui ! Crie Anouk pendant que Mylène manque de s'étouffer.

Elles sont aussi stupéfiées que je l'étais, quand j'ai appris la nouvelle de Damien.

- Il donne une conférence vendredi prochain, à dix-neuf heures, à la salle Louis-Jolliet. Incroyable, non ?

J'ai droit à des signes de tête affirmatifs. Anouk est en furie. Son air est froid. La voilà maintenant refermer sur elle-même. Machinalement, elle se prend une pâtisserie, bien qu'elle évite généralement ce genre de bouffe. C'est la bouche à moitié pleine qu'elle demande à Mylène :

- Qu'est-ce que tu fais vendredi soir ?

- Ah non ! Je vois où tu veux en venir, ma chère. Ne me joue pas ce coup-là. Tu le sais, vendredi c'est l'anniversaire de ma mère, nous en avons assez parlé. Elle nous attend.

Je sens le différend prendre forme dans leurs regards et sous le mien.

- Désolée Mylène, il y a changement au programme. Tu préférais patienter avant de me présenter à ta mère. C'est moi qui ai insisté. Maintenant, nous revenons tout simplement à ton idée originale. Nous attendrons un peu avant de faire les présentations. Elle comprendra.

La posture d'Anouk indique une volonté à ne pas contredire.

- Je ne peux pas aller souper chez ta mère vendredi, je le regrette. J'ai un ami qui vient de se faire arnaquer ses derniers sous. Je dois essayer de l'aider.

Je me demande si elle lance ceci à la figure de Mylène pour la tester ou si elle a vraiment l'intention d'aller à cette conférence.

Elle me regarde. Cherche-t-elle mon avis ? Oh ! Je comprends tout à coup. Elle aimerait probablement que je l'accompagne. Je devrai la décevoir. Je prends les devants avant qu'elle ne me pose la question.

- J'ai aussi quelque chose vendredi soir, je t'en ai déjà parlé. Je n'ai qu'une rencontre par mois au conseil d'administration d'Atlas. Il m'est impossible d'en sauter une, Anouk, je dois y participer. Désolé.

- Ça va, ça va, j'ai compris. J'irai seule à cette conférence, ce n'est pas la fin du monde après tout. Vous deux, ne changez surtout rien à votre petite vie.

Je croise le regard de Mylène. Étrangement, nous nous sentons complices et coupables tous les deux. Moi, je suis plus ou moins surpris de la réaction d'Anouk, Mylène, elle, apprend à la connaître. J'espère qu'elle aime les femmes de tempérament, parce qu'elle sera bien servie. C'est cet attribut qui définit le mieux ma sœur, son tempérament.

Mylène place sa main sur la sienne. La magie opère instantanément. Anouk change de registre.

- Je suis chagrinée et je comprends très bien vos situations. Depuis que tu m'as raconté ce qui est arrivé à maman, je ne pense qu'à cela.

Mylène lui jette un regard moqueur. Anouk saisit la subtilité.

- Ou presque, ajoute-t-elle les joues rosées, en lui retournant son sourire.

Puis, sur un ton très sérieux :

- Je sens aussi que je dois faire quelque chose pour Damien et sa tante, au nom de maman. C'est terrible toutes les vies que peuvent briser ces gens sans scrupule. Quand je pense au rêve de vernissage de Damien, parti en fumée, cela me met tellement en colère. Je dois tenter quelque chose. Tout au moins, je veux lui voir le visage, à ce type-là.

Le départ de ma sœur s'est passé mieux que je ne le croyais, comme si les malheurs de Damien avaient atténué une partie de mes petits malheurs à moi. Les filles ont quitté l'appartement dans le bonheur, voguant vers une nouvelle vie. J'espère seulement que leur union durera, cela me crèverait le cœur de voir ma sœur revenir démolie, encore une fois.

Montréal, vendredi soir, 9 août

La salle, d'une capacité d'environ cent personnes est pleine au trois quarts. Une affiche sur un chevalet bien positionné sur la scène propose, en gros caractères : « Comment faire de l'argent en toute sécurité ».

Discrètement, Anouk a fait sa petite enquête auprès des quelques personnes à qui elle a brièvement parlé depuis son arrivée dans la salle. Elle en conclut que la majorité des gens présents ont simplement répondu à une annonce dans un journal local, qu'elle a aussi trouvée sur internet. L'annonce précisait que seules les personnes désireuses de faire fructifier leurs capitaux étaient les bienvenues. Il y était aussi stipulé qu'une pièce d'identité était nécessaire pour ceux qui se prévaudront d'une offre spéciale sans précédent. La mention : « Sans obligation de votre part » complétait la petite annonce.

À dix-neuf heures précises, Michel Paré fait son entrée.

Anouk est déçue.

Elle aurait préféré voir un type dont l'aspect aurait été facile à détester. Ce n'est pas le cas. L'homme qui monte sur scène marche d'un pas rapide, un pas presque honnête, se dit-elle. Sympathique, dynamique, d'allure athlétique, le teint cuivré, il semble très heureux d'être ici, avec nous. Il projette un regard franc, à en croire qu'il veut vraiment le bien de ses semblables.

Michel Paré a le sens du spectacle. En arrivant sur scène, il prend quelques secondes pour toiser les gens, rangée par rangée. Puis d'une voix grave et convaincante :

- Quels sont ceux qui sont millionnaires dans la salle ? Lever la main, s'il vous plaît.

Il lève la main lui-même pour inciter les gens qui sont dans son cas à en faire autant. Il connaît la réponse. Personne ne bouge. Il prend encore quelques secondes, presque une minute pour bien soigner son effet. Puis, il rabaisse le bras, l'air résigné.

Et vlan, il y va d'une autre question :

- Quels sont ceux qui ont des placements garantis dans une banque ou dans une caisse ? Lever la main - il fait le geste encore une fois pour bien se faire comprendre.

Là, une bonne partie des gens lèvent leur main, fiers de ne pas être aussi demeurés que ce type pourrait le penser. Il scrute encore et encore.

- Parmi ceux qui ont la main levée, quels sont ceux ou celles qui obtiennent du dix pour cent garanti sur leurs placements ?

Toutes les mains se sont instantanément abaissées. L'allure fière des gens se transforme d'un coup. Ils se sentent maintenant comme de parfaits inaptes, stupides et incompétents. Ils sont ridicules de générer de si faibles rendements avec leurs avoirs. Heureusement que lui est là pour y remédier.

Cela ne lui a pris que vingt-cinq minutes pour présenter son point qui se résume à ceci : si vous placez votre argent à la banque ou à la caisse, vous êtes un idiot. Les gens qui roulent en grosses voitures ou qui ont de belles maisons, ne font pas cela. Si nous ne les imitons pas, c'est parce que nous sommes peureux ou stupides. Nous passerons à côté du bonheur, nous ne pourrons donner une bonne éducation à nos enfants, nous ne pourrons nous payer le luxe auquel nous avons droit, nous ne pourrons prendre une retraite décente. Les autres, eux, profitent de notre argent, pas nous.

Une fois que le clou est bien planté et que tous dans l'assistance sont persuadés qu'ils ont la mauvaise stratégie financière et que lui seul peut les sauver, il envoie sa question finale :

- Est-ce que vous voulez être riches ?

Toutes les mains sont levées. Il fait celui qui s'en réjouit et poursuit.

- J'ai une annonce très importante à vous faire ce soir.

Il prend son temps et en profite pour scruter les yeux avides qui le supplient de les délivrer de leur ignorance. Il utilise un ton solennel.

- Ce soir, les amis, vous êtes privilégiés. Non pas seulement parce que je vais vous emprunter votre argent en vous garantissant dix pour cent d'intérêt par année à vie, mais parce que pour la première fois, je vous propose quelque chose que je n'ai jamais offert à qui que ce soit.

Il s'accorde une pause pour mesurer l'effet de la bonne nouvelle sur la foule. Michel Paré aime vraiment ce petit jeu. Il a le sens du spectacle et prend beaucoup de plaisir à savourer ses effets théâtraux. Il est particulièrement fier de sa performance de ce soir. Les participants sont littéralement suspendus à ses lèvres.

- Nous avons sous la main un client emprunteur très pressé qui a besoin d'une hypothèque immédiatement. Vous êtes au bon moment au bon endroit, les amis. Félicitations. Pour une fois, la chance n'arrive pas uniquement aux autres.

Silence calculé, sourire à propos, regard vainqueur. Michel Paré met le paquet.

- J'offre donc, tenez-vous bien, deux mille dollars de boni à la signature. Vous m'avez bien compris. Pour ce soir seulement, pas demain, pas après demain, pour ce soir seulement, en plus des dix pour cent annuels garantis à vie, j'offre, à ceux d'entre vous qui sont prêts à prendre une décision immédiate, donc de faire comme ceux qui réussissent et qui choisissent d'arrêter d'avoir peur, deux mille dollars supplémentaires, payable sur-le-champ.

Les gens dans la salle se parlent l'un l'autre à voix basse. Michel Paré est conscient de la fébrilité qu'il vient de générer. Ce n'est pas le temps de lâcher prise. L'orateur sent qu'ils sont prêts à fouiller au plus profond de leurs poches.

- Vous faites un transfert immédiat de vingt mille dollars, par carte de crédit ou par débit bancaire parce que mon client est pressé. Moi, je vous fais un chèque de deux mille dollars, sur-le-champ. Qui, à part un millionnaire, peut refuser une telle offre ?

Après encore quelques palabres bien senties et bien rodées, Michel Paré conclut par une apothéose de qualitatifs pour décrire son offre. Dès qu'il a terminé, une file d'une trentaine de personnes commence à se former devant la petite table attenante à la scène. Tout sourire, il vérifie l'identité de la personne devant lui et lui indique où signer sur le document de sept pages produit en deux exemplaires. Il procède au transfert immédiat de vingt mille dollars à l'aide d'un terminal numérique portatif, par carte débit ou crédit, et signe aussitôt un chèque de deux mille dollars qu'il lui remet, sans altérer le moins du monde son beau grand sourire. La personne prend le chèque comme on prend un cadeau et le remercie, puis donne la chance à la personne suivante de se prévaloir de sa bonne fortune. Dans quelques cas, des gens se sont regroupés à deux ou à trois parce qu'ils n'ont pas les vingt mille dollars dans leur compte de banque ou n'ont pas la marge de crédit nécessaire sur leur carte de crédit. La transaction est un peu plus longue, puisque chacun des membres du groupe, probablement de la même famille, paie sa part et aussi chacun reçoit sa portion du deux mille dollars.

Anouk, elle, demeure assise, seule, puisque les gens non intéressés ou qui n'ont pas le financement nécessaire ont déjà quitté la salle. Les autres font la queue, enthousiasmés à l'idée de conclure l'affaire de leur vie.

Le plan de Mat est à l'eau. Il devait aviser les nouveaux membres enregistrés ce soir de l'enquête en cours, avant que leurs chèques n'aient eu le temps d'être encaissés. Là, c'est foutu. La transaction est électronique, immédiate, irrémédiable. Aucune possibilité de retour en arrière. Anouk est pétrifiée sur sa chaise, la bouche ouverte. Elle dévisage de loin tous ces gens qui sont à la queue leu leu trop heureux de faire confiance au beau parleur. Elle n'a aucune idée de ce qu'elle devrait faire. Elle est paralysée.

La file d'attente s'estompe graduellement. Le terminal numérique encaisse tout. Vingt mille dollars par-dessus vingt mille dollars. Anouk a l'impression qu'un peloton d'exécution est en train de fusiller ces pauvres gens, l'un après l'autre. Elle est trop sous le choc pour leur crier qu'ils se font avoir, de toute manière, personne ne la croirait, d'autant plus qu'elle n'a aucune preuve à leur présenter. C'est une des pires journées de sa vie. Ce subterfuge du deux mille dollars en primes à la signature la pétrifie. Elle n'a pas prévu ce scénario, pas plus que Mat. Il faut qu'elle fasse quelque chose, le temps presse.

D'un coup, elle se lève et se place à la queue de la file.

Il ne lui reste qu'environ cinq minutes pour trouver quelque chose, le dernier client finit d'entrer son numéro d'identification personnel dans le terminal. Cela va trop vite. Ça y est, c'est à son tour. *Espèce de salaud, tu as volé tous ces gens, et ma pauvre mère.*

- Vous êtes madame ?

Michel Paré n'a pas encore levé la tête. Il ne semble aucunement fatigué, ni de sa conférence ni de devoir répéter les mêmes instructions à chaque client. À vingt mille dollars pièce, facile de comprendre qu'il soit infatigable.

- Bonjour, monsieur Paré, quel plaisir de vous rencontrer !

Elle s'arrête là, évite de se nommer et lui présente son plus beau sourire. Dieu sait qu'il est beau le sourire de cette fille. Elle attend qu'il réplique quelque chose.

Ce qui devait arriver arriva. Il fond littéralement devant elle. Le voici qui bafouille, le grand maître monsieur « je sais tout » est sans moyens.

- Tout le plaisir est pour moi.

Pas très fort se dit Anouk, mais au moins, l'hameçon est accroché.

- J'ai un petit souci que vous pourriez, je l'espère, m'aider à résoudre.

Il est au garde-à-vous sur sa chaise, prêt à vendre son âme pour plaire à la superbe femme devant lui.

Sans attendre sa réponse et sans encore s'être présentée, elle improvise à moitié.

- Voici. Je n'ai pas tout à fait la somme dans mon compte bancaire et ma paye hebdomadaire n'y est déposée que cette nuit. D'un autre côté, j'ai déjà atteint la limite de ma carte de crédit. Alors, vous saisissez mon problème, monsieur Paré. Je ne pourrais vous transférer l'argent avant demain. Vous pouvez sûrement m'aider à résoudre ce petit souci, n'est-ce pas ?

Le type a vraiment l'air attristé pour Anouk, comme si, par sa faute, il lui ferait manquer l'occasion du siècle. Il consulte sa montre, mais ne semble pas trouver de solutions immédiates.

- Le problème, malheureusement, est que je ne suis pas en ville demain. J'ai un avion à prendre plus tard ce soir. Vous m'en voyez vraiment contrarié.

Anouk ne croit pas qu'il mente sur ce point, le type semble vraiment déçu. De son côté, elle ne sait plus que faire. Il prend un vol le soir même. Allez savoir, peut-être pour l'extérieur du Canada avec les milliers de dollars qu'il a encaissés dans la veillée. Anouk panique, elle revoit en pensée le pauvre Damien, une bonne partie des gens dans la salle qui étaient ici ce soir et sa mère, à qui quelque chose de semblable est arrivé. Cette grisaille dans son regard, Michel Paré l'interprète comme étant une grande déception. Cela l'amène à lui faire une proposition qui va la surprendre.

- Regardez, j'avais prévu prendre une bouchée rapide au petit bistro juste en face. Cela vous plairait-il de vous joindre à moi ? Il consulte sa montre à nouveau. J'ai une quarantaine de minutes devant moi, avant de devoir courir à l'aéroport.

La joie se lit sur le visage d'Anouk. Elle vient de gagner quarante précieuses minutes pour improviser quelque chose de concret, à la condition qu'elle y parvienne. Lui interprète cette joie comme un acquiescement et s'empresse de ranger tout son matériel de fraudeur dans sa mallette.

- J'ai justement une petite fringale, répond Anouk de son air le plus ingénu qu'elle peut forger.

Le bistro est effectivement directement en face de la salle. Il n'est pas très grand, surpeuplé en ce vendredi soir et plutôt bruyant.

Elle a attendu d'être bien assise, à la seule table qui était encore libre, avant de se présenter et de lui tendre la main. Elle sait reconnaître le regard de quelqu'un qui est sous le charme ; elle se trompe rarement en cette matière. Ce ne sera pas le premier à succomber presque instantanément à son envoûtement. Elle se dit que cela est mieux que rien, mais elle n'a toujours pas d'idée vers où cela la mènera.

Quelques échanges un peu clichés sur le décor du bistro et la faune qui s'y aventure précèdent l'arrivée de la bière et de leurs croissants jambon-fromage. Il ne reste que vingt minutes avant que la proie ne s'échappe. Anouk panique. Elle ne sait toujours pas quoi faire.

- Ce petit casse-croûte termine bien ma première semaine de vacances.

Quelle banalité, Anouk ! Tu peux faire mieux. Damien, maman, aidez-moi.

- Si cela est votre première semaine, il vous en reste donc encore au moins une devant vous.

Il est fort en déduction le type !

Il poursuit sans attendre l'évidente confirmation.

- Avez-vous des plans pour la semaine à venir ?

- Non, j'improviserai. *Ce que je fais en ce moment, d'ailleurs.*

Elle croit sage de ne pas lui parler de son déménagement avec sa nouvelle amoureuse ainsi que du début de leur vie commune, cela pourrait jeter un petit froid entre leurs deux.

Il consulte sa montre, encore. Dans une situation normale, elle aurait largué sur-le-champ le gars ou la fille qui ferait mine de regarder l'heure en sa compagnie.

- Vous permettez, j'ai un appel à faire - il se lève sans attendre sa réaction.

Ça, c'est le bouquet !

Anouk est de plus en plus consciente qu'elle n'arrivera à rien. Elle n'a aucune idée et aucun plan pour la suite. Elle aura au moins essayé.

Il revient cinq bonnes minutes après avoir quitté la table pour faire son appel. Il n'en reste que huit à présent, avant qu'il ne disparaisse, vraisemblablement pour de bon. Il arbore un petit sourire nerveux. Il consulte encore sa montre.

- Avez-vous déjà fait une folie sur un coup de tête.

La question la surprend, c'est le moins que l'on puisse dire. La voici qui cherche ses mots à présent.

- Eh ! Oui, je crois. Enfin, oui, j'en suis certaine.

Il vient de lui revenir en mémoire la fois où elle a volé au secours de son frère à Stockholm, dans des circonstances les plus imprévisibles.

L'homme prend un ton grave.

- J'espère que vous ne vous offusquerez pas, mais j'ai quelque chose à vous proposer.

Anouk n'est pas froissée le moins du monde. Elle est plutôt ravie que quelque chose enfin se présente. Sa curiosité est piquée.

- Je vous écoute, Michel. Oups !

Elle fait semblant d'être prise de court, bien que son « Michel » ait été placé stratégiquement à ce moment-ci de la discussion, soit à six minutes de son départ pour l'aéroport.

- Je vous en prie, Anouk.

Il se concentre un moment. Il cherche les bons mots. Son hésitation attise la curiosité de son invitée.

- Voici, je pars en vacances aux Bahamas tout à l'heure. Avec des amis, nous allons faire une petite croisière de trois ou quatre jours. Si cela vous intéresse, je viens de vérifier, il reste une place sur le vol, je vous offre de m'y accompagner.

Anouk est bouche bée. Pas un mot ne sort. Celle-là, elle ne l'avait vraiment pas vu venir. Constatant son hésitation et sa surprise, il poursuit.

- Il me ferait le plus grand plaisir de vous avoir comme invitée. Laissez-vous tenter. Faites une folie. Et en plus, vous pourrez me faire le versement plus tard, sur le bateau, si cela vous intéresse encore. Ah oui ! Je vous offrirai quand même le boni de deux mille dollars à la signature.

Il se mit à rire, comme si cette affaire commerciale n'avait plus aucune importance.

Tout se bouscule dans la tête d'Anouk. Elle cherche toujours à retrouver ses assises. Puis, apparaît une ombre sur le visage de Michel Paré.

- Vous avez votre passeport avec vous, je l'espère.

Elle hésite une seconde, nerveuse, puis se détend.

- Oui. Instinctivement quand on demande une pièce d'identité, j'amène mon passeport. Par habitude, je présente mon passeport pour voter, pour prendre un colis au bureau de poste, ainsi de suite. À plus forte raison lorsque je n'ai pas besoin de mon permis de conduire, comme c'est le cas aujourd'hui puisque je suis venue en métro.

Pourquoi est-ce que j'en mets tant ? J'ai mon passeport, c'est tout !

- Vous n'avez donc pas d'excuses.

Je n'ai pas d'excuses, à part le fait que tu es un fraudeur et que je viens d'emménager avec Mylène et que nous avions envisagé de revisiter Montréal et ses festivals. Elle va me tuer.

- Hum !

- Que veut dire ce hum, Anouk ?

Anouk sent que si elle refuse, le type s'évanouira dans la nature et comme Mat, le fisc et probablement l'autorité des marchés financiers sont sur ses traces, il risque de ne jamais réapparaître dans les parages. Adieu l'argent de ce pauvre monde, adieu rêves, adieu vernissage de Damien. *Je ne te laisserai pas tomber, maman.*

- Ouf, il ne me reste que deux minutes pour me décider.

L'homme, en bon vendeur, essaie visiblement de lever tous les obstacles et objections potentiels.

- Une et demie pour être précis. Vous achèterez ce qu'il vous faut à l'aéroport Pierre-Eliot-Trudeau ou en arrivant à Nassau, c'est-à-dire un maillot de bain et une brosse à dents.

Il semble se trouver très drôle.

Anouk essaie de retrouver ses sens. Son côté rationnel prend le dessus. Elle doit être méthodique, aucune place pour l'erreur.

- Il n'y a pas de madame Paré ?

- Non, pas de madame Paré ou autre madame.

- Voici mes conditions.

Il est surpris, son sourire inquisiteur le trahit.

- Même si je tombe en amour, ce qui ne sera possiblement pas le cas, j'ai pour principe de ne jamais baiser la première semaine, donc assurément pas durant mon séjour aux Bahamas. J'aurais alors besoin d'une chambre à moi, seule. Je ne vous promets rien, rien du tout. Je reviens à Montréal après la croisière, sans aucun engagement de ma part. Je vous paierai le billet d'avion à même votre boni à la signature. Il n'est pas question que vous le payiez pour moi.

- Où dois-je signer ?

CHAPITRE 5
Bahamas, il y a trois ans

Quand Tom Harrison s'est aperçu que les manœuvres de Gestion Poséidon avaient un caractère louche, il a eu envie de discuter avec Alain Dupré. Depuis une année, le banquier a observé que des sommes importantes arrivaient du Canada et qu'une petite partie en ressortait peu après, vers Gestion Immo ou vers des particuliers. Bien que légal, sur le plan bancaire, Tom Harrison se doutait que sur le plan fiscal, Gestion Poséidon avait sûrement des choses à cacher.

Le banquier aime mener une vie princière. Il adore les belles voitures, le bon vin et les bateaux. Tout cela coûte cher. Son salaire de directeur de banque ne le tient pas exactement sous le seuil de la pauvreté, mais pour la vie qu'il aime mener, il lui est très insuffisant. Il s'est donc développé un sixième sens pour identifier des clients qui pour de bonnes raisons, ne voudraient pas que leurs petites histoires soient connues de leur gouvernement respectif.

Sa curiosité fut attirée par les transactions de Gestion Poséidon dès le troisième mois de l'existence de la compagnie. Il a porté une attention particulière aux transits de fonds entre les entités. Pendant les six mois suivants, il a scruté de près toutes les transactions. Son expérience de banquier bahamien le mena à conclure que ces gens faisaient soit du blanchiment d'argent, soit des prêts à l'abri du fisc, ou pire encore. Il prit son temps, s'assurant de la validité de ses hypothèses pendant les mois qui suivirent. Lorsqu'il fut certain que Gestion Poséidon se servait du paradis fiscal pour cacher des affaires louches, il convoqua son représentant local aux Bahamas, Alain Dupré.

Non seulement Tom Harrison s'est développé des antennes pour dénicher les fraudeurs, il s'est aussi spécialisé dans les finesses du langage. À un point tel qu'après leur rencontre, Alain Dupré a dû se référer à son partenaire, Michel Paré, pour qu'il lui traduise certaines subtilités de la langue du banquier.

Officiellement, le banquier ne voulait que mieux connaître son client. Parler de tout et de rien, de ses ambitions, de son désir à lui de mieux l'aider, ainsi de suite. À certaines reprises, Tom Harrison a fait allusion à son haut sens de l'éthique. Il n'accepterait jamais de sommes d'un de ses clients. Mais, il aime faire plaisir à sa jeune conjointe qui elle, aime les croisières et bien d'autres choses, selon lui. Il a demandé à Alain Dupré s'il connaissait quelqu'un qui de temps à autre, pouvait lui prêter un yacht en incluant évidemment son capitaine et l'équipage. Cela lui ferait tellement plaisir, à lui et à sa conjointe, de pouvoir s'évader à l'occasion. Quand il se sent détendu, il a moins tendance à être un bourreau de travail qui cherche continuellement à améliorer la qualité de la gouvernance. Mais cela lui arrive de devoir le faire, lorsqu'il est stressé. Il lui a donné l'exemple de cette firme américaine qui se servait du bon système bancaire bahamien pour frauder le fisc américain. Incroyable, non ?

À leur deuxième rencontre, après validation avec Michel Paré, Alain Dupré, aussi subtilement que possible a demandé à Tom Harrison si à l'occasion sa conjointe aimerait aussi inviter des amis avec eux sur un éventuel yacht. Après quelques minutes de virtuosité linguistique, ils ont convenu qu'un yacht de quatre chambres à coucher ferait très bien l'affaire, si par hasard il devenait disponible de temps à autre pour son utilisation personnelle. Évidemment, tout est au nom de Gestion Poséidon. Rien d'officiel, rien de consigné. Ils ne se sont jamais parlé de yachts.

Par ce petit manège bien rodé, monsieur Harrison, au fil des ans, s'est ainsi assuré l'usufruit d'un magnifique yacht grâce à Poséidon. D'autres entreprises généreuses lui donnent accès à une carte de membre d'un prestigieux club de golf, ou lui permettent l'utilisation d'une résidence secondaire aux Bermudes, ou encore lui offre à l'occasion une limousine avec chauffeur. Le tout, gracieusement offert par différents clients qui ne veulent pas que monsieur Harrison soit stressé.

Le banquier n'a pas un gros compte de banque. Rien pour éveiller les soupçons. Tout se passe sous le radar. Rien de tout ceci ne lui appartient en propre. Quel intérêt puisqu'il en profite autant que si tout était à lui !

Montréal, samedi matin, 10 août

La dernière chose à laquelle je m'attendais c'est bien l'appel très matinal de Mylène. Je ne l'ai pas reconnue tout de suite, elle me sortait du lit. Quand ce fut fait, mon cœur s'est arrêté de battre, j'étais certain qu'il était arrivé quelque chose à Anouk. La voix de Mylène est empreinte de colère et elle est en pleurs.

- Est-ce que ta sœur fait le coup souvent ? Partir aux Bahamas, avec le premier venu, sur un coup de tête et sans prévenir personne.

Qu'est-ce qu'elle me raconte ?

- Je ne comprends pas, Mylène. Qu'est-ce que tu me racontes là ? Anouk aux Bahamas !

Mylène répond les dents serrées.

- Ta charmante sœur, qui vient d'emménager avec moi, je te le rappelle, me largue en plein milieu de nos vacances pour partir aux Bahamas, avec un inconnu. Elle me le paiera. Je n'ai pas dormi de la nuit. C'est la première fois que l'on me fait un coup semblable.

Je commence à comprendre, mais tout ceci n'a pas tellement de sens.

- Mylène, que t'a-t-elle dit exactement ?

Elle semble chercher à se calmer. Elle est vraiment sens dessus dessous, ce qui devient mon cas à mesure que je crois deviner ce qui s'est passé.

- Elle n'avait que dix secondes pour me parler. Elle était à l'aéroport Trudeau, dans une salle de toilette. Elle m'a dit, si j'ai bien compris, que le fraudeur rencontré à la conférence partait pour Nassau, aux Bahamas, le soir même et qu'elle devait le suivre pour ne pas perdre la trace de l'argent.

- Puis ?

- Elle a raccroché.

- Je la contacte immédiatement sur son cellulaire.

- J'ai essayé mille fois, Gabriel, toute la nuit. Impossible de la rejoindre. À cette heure-ci, elle n'est probablement plus en avion, mais elle ne répond toujours pas. Je suis hors de moi et très inquiète.

Puis d'une voix plus incertaine, elle rajoute :

- J'ai peur, Gabriel.

L'inquiétude m'envahit. Elle est avec le fraudeur, seule, aux Bahamas. Invraisemblable !

- Qu'est-ce qui lui a pris, Mylène ?

- Elle a mentionné le nom de Damien et parlé de votre mère. C'est tout ce que je sais. Elle m'a dit qu'elle devait agir très rapidement, elle n'avait pas le temps de m'expliquer quoi que ce soit.

Un long silence s'installe entre Mylène et moi. Un silence de peur.

- Je n'aime pas cela, Gabriel.

- Moi non plus.

- Qu'est-ce que nous allons faire ?

La vérité c'est que je n'en sais absolument rien. Je dois y réfléchir.

- Je ne sais pas. Je vais voir avec Mat, enfin le sergent Mathieu Smith.

- Oui, je sais, votre autre ami.

- En effet, je dois le tenir au courant. De ton côté Mylène, continue de tenter de la rejoindre.

- Merci de ton aide, Gabriel.

- C'est toi qui m'aides, Mylène. Rappelons-nous quand nous aurons du nouveau.

Je suis demeuré paralysé sur place, le cellulaire à la main, me demandant quelle mouche a piqué ma sœur. J'appelle Mat.

Bahamas, samedi matin, 10 août

La veille, Anouk n'a rien vu du paysage. Arrivée peu après deux heures du matin, elle a pris le premier maillot de bain qu'elle a trouvé à sa taille et quelques bricoles dans les boutiques de l'aéroport de Nassau. Un chauffeur, faisant aussi office de cuisinier du yacht, est venu les chercher. Une demi-heure plus tard, Michel Paré et elle arrivaient au Harbour Club.

Tout au long du trajet en avion puis en voiture, Anouk n'a cessé de se demander si elle faisait bien de suivre cet homme qu'elle ne connaît pas. Enfin, ce qu'elle sait de lui n'a rien pour la rassurer : un fraudeur probable, qui fuit le fisc et qui se moque des économies de centaines de petits épargnants. Pas de bon augure, le voyage.

En avion, elle a eu le temps de faire le calcul des sommes transférées à ce type durant la seule séance d'hier. Sur la trentaine de personnes qui ont signé les documents et payé numériquement, il y en avait à l'œil, au moins vingt-cinq qui ont signé seules et cinq ou six qui se sont regroupées à deux ou à trois. Les calculs conservateurs d'Anouk établissent que Michel Paré a empoché au moins vingt-cinq fois dix-huit mille dollars nets, soit près d'un demi-million, en une soirée. Cela si, bien entendu, les chèques de deux mille dollars à la signature sont provisionnés. Pas étonnant le voyage, le chauffeur et la croisière.

Ils se sont peu parlé durant tout le trajet. Lui semblait épuisé. Elle, elle était épuisée, sur le qui-vive et en état d'insécurité totale. En arrivant à la marina, le chauffeur a descendu la valise de l'un et le petit sac de l'autre. Le bateau amarré au bout du quai frayait avec les plus gros. Une fois à bord du yacht, Michel Paré lui a fait faire une visite très sommaire des lieux et lui a désigné sa chambre, avec salle de bain privative, puis lui montra au fond du corridor deux autres portes fermées. Il lui a dit tout bas, que l'une était la chambre de son collègue, Alain Dupré et son amie Stéphanie Morgan, l'autre celle d'un couple d'amis, Tom Harrison et sa conjointe, Sylvie. La dernière, celle dont la porte est ouverte, était la sienne. Le capitaine, son second et le chef cuisinier ont leur quartier à part. Après lui avoir demandé si elle avait besoin de quelque chose, il a gagné sa chambre. Pas d'invitation à partager la sienne, même pas une tentative pour l'embrasser. *Voici un fraudeur bien élevé.*

Ce sont les bruits des moteurs qui l'ont réveillée à six heures ce matin. Elle s'est retournée sur le côté et s'est rendormie, le roulis aidant, durant deux autres heures, sans même ouvrir l'œil une seule fois. La veille, elle était tombée morte dans son lit. Pas d'appels, pas de texto, parce que trop épuisée de fatigue et de stress. De toute manière, hier soir, elle a eu le temps d'expliquer à Mylène l'essentiel de son escapade improvisée. Pas la peine de la réveiller en pleine nuit pour lui dire la même chose. En plus, elle ne se sentait pas la force de faire face à un interrogatoire annoncé.

Après sa douche, plus consciente, elle prend la mesure du luxe mis en évidence par la clarté du jour que les grands hublots laissent filtrer. Son moment de grâce n'est que de courte durée. Elle doit maintenant appeler Mylène pour essayer de mieux lui expliquer ce qu'elle fait ici. Ce ne sera pas facile, elle l'a bien senti par son ton hier soir.

Après deux tentatives infructueuses, elle réalise qu'il n'y a aucun signal d'affiché sur son cellulaire. Aucun réseau, pas de communication possible. Déçue, elle essaiera plus tard.

Toujours dans la sécurité relative de sa chambre, elle étire le temps. Il lui faudra affronter Michel Paré et les autres passagers. Aucun intérêt de sa part. Elle aurait tellement aimé entendre la voix réconfortante de son amie, être avec elle, en ce moment même. Ce ne sera pas le cas. Elle devra jouer un rôle pendant tout le temps que durera la croisière, seule, toute seule. Elle regrette de s'être embarquée dans cette aventure absurde sans aucune préparation, comme si, à elle seule, elle pouvait sauver le monde et récupérer l'argent de Damien et de sa tante. Elle est consciente qu'elle n'a aucun plan, aucune stratégie, aucun angle d'attaque, aucune tactique. Rien. Elle sait trop bien qu'elle est présentement dans la gueule du loup. Elle n'a aucune idée de ce qui l'attend en sortant de sa cabine. S'il n'en tenait qu'à elle, elle se terrerait dans sa chambre durant les trois ou quatre interminables jours de croisière devant elle.

Elle entend des pas en haut. Elle doit se résigner à les rejoindre.

Montréal, samedi matin, 10 août

J'ai réussi à me contenir jusqu'à huit heures trente avant d'appeler chez Mat. C'est sa conjointe Hélène qui répond. Heureusement, le couple et les enfants sont debout, probablement grâce à ces derniers. Les politesses ne durent que le minimum de temps requis. Hélène sent que je n'appelle pas à cette heure matinale, un samedi de surcroît, pour simplement prendre de leurs nouvelles. Elle me passe Mat, qui s'isole dans un coin.

- Qu'est-ce qui se passe, Gabriel ?

Je sens l'inquiétude dans sa voix. Je n'y vais pas par quatre chemins.

- As-tu du nouveau sur ce fraudeur, Michel Paré de Gestion Poséidon ?

Il ne répond pas immédiatement.

Il pèse ses mots maintenant. Je perçois que ses mâchoires sont serrées l'une contre l'autre dès qu'il commence à me répondre.

- Si tu veux être mon patron, tu n'as qu'à entrer à la Sûreté du Québec, faire tes preuves, monter les échelons et un jour, peut-être, si tu es assez malin, tu deviendras mon supérieur. En attendant, je n'ai pas besoin d'un autre chef qui me demande des comptes sur mes enquêtes un samedi matin, pendant que je déjeune en famille. As-tu d'autres questions ?

Il a la mèche courte ce matin. J'aurais peut-être dû commencer par le commencement.

- Crois-tu qu'il est dangereux, ce type ?

- Quelqu'un qui fraude le fisc avec une telle ampleur, qui est assez malin pour faire ce manège pendant quelques années sans avoir été ennuyé et qui n'hésite pas à dépouiller des centaines de petits épargnants pour arriver à ses fins, peut sûrement être qualifié d'homme dangereux, ou assez intelligent pour s'entourer de gens dangereux. Maintenant, tu vas me dire pourquoi tu me poses ces questions. Que se passe-t-il ?

- Anouk est aux Bahamas, avec lui.

Alors que je m'attendais à ce qu'il hurle au téléphone, Mat demeure anormalement silencieux. Je crois qu'il encaisse le coup. Je ne perds rien pour attendre.

- Qu'est-ce que tu me racontes ? Ta sœur est aux Bahamas avec lui ! Explique-moi exactement ce qu'elle fait là-bas, ta chère sœur.

Le ton de mon ami policier est plus sarcastique que colérique. C'est pire.

- J'aimerais bien, Mat, mais tu vois, je ne sais pas grand-chose. Ce que je sais, je l'ai appris de Mylène, son amie à qui elle a téléphoné hier soir.

Je raconte à Mat tout ce que je connais de la situation, c'est-à-dire très peu, en omettant le chapitre sur les mauvais placements de ma mère. J'attends sa réaction, qui tarde et tarde encore.

- Mat, es-tu là ?

- Elle est folle ! Ces gens-là jouent avec des millions dans des affaires louches. Ils sont très bien organisés et ont sûrement mis en place des lignes de défense très efficaces et là, je ne parle pas uniquement de systèmes légaux ou financiers. Ce que je veux dire, c'est que vous ne pouvez pas jouer dans leur plate-bande en amateur.

Il réfléchit un instant.

- Téléphone-lui tout de suite, Gabriel, dis-lui de sortir de là immédiatement. Qu'elle prenne le premier avion pour Montréal, ou pour n'importe où ailleurs, pourvu que ce soit loin de ces gens.

- Je ne peux pas la rejoindre, elle a dû fermer son cellulaire ou elle est dans une région où le réseau ne se rend pas.

Je m'attendais naïvement à ce que Mat trouve une solution miracle. Ce n'est à l'évidence pas le cas.

- Gestion Poséidon récolte des fonds de petits épargnants, à coup de vingt mille dollars pièce. Ils leur promettent un beau dix pour cent prétendument garanti. Nous savons maintenant que cet argent est transféré au fur et à mesure aux Bahamas. Nous perdons la trace de l'argent à cette étape, mais nous soupçonnons qu'une petite partie revient au Québec. Nous ne savons pas encore par quel mécanisme ni pour quelle raison. Voilà, pour répondre à ta première question. Tu en connais maintenant autant que moi.

- Mais il faut faire quelque chose pour Anouk.

- Là, je suis bien d'accord avec toi, Gabriel, elle est dans de sales draps. Par contre, elle y est de son plein gré. La Sûreté ne peut officiellement rien faire, mon vieux. Ta sœur s'est littéralement jetée dans la gueule du loup. Je n'aime vraiment pas cela, mais que veux-tu que j'y fasse ?

- En fait, je t'appelais pour avoir la réponse à cette question, tu vois ?

Son silence en dit long.

- Un jour, elle rappellera sa copine ou toi-même. Vous lui répéterez ce que je viens de te dire. C'est tout ce que j'ai à offrir pour l'instant. Je n'aime vraiment pas savoir qu'Anouk est seule avec ces requins. Qu'est-ce qu'il lui a pris ?

Mat pose cette question pour lui-même. Il exprime tout haut sa colère et sa peur. Je ne tente aucune réplique.

CHAPITRE 6
Québec, samedi midi, 10 août

Les locataires des immeubles à logements de l'entreprise Gestion Immo savent très bien que le loyer est dû le premier jour du mois, pas une journée plus tard. Après deux jours de retard, ils reçoivent un avis très clair de la part des responsables. Après cinq jours, le deuxième avis, signé par un avocat, ouvre la voie à une éviction et à des poursuites. Normalement, cela suffit à faire entrer les récalcitrants dans le rang. On ne dérange pas l'équipe de collection pour rien. Passé cette échéance, l'administrateur des immeubles, Mark Thompson, doit se présenter en personne, accompagné d'un ou de deux assistants.

À soixante-deux ans, Mark Thompson en impose encore passablement. Dans sa jeunesse, il a fait un peu de boxe amateur. Pour gagner sa vie, il travaillait à la pige pour différentes organisations spécialisées dans le recouvrement de mauvaises créances ou il faisait office de portier dans des bars. Quand Michel Paré l'a recruté il y a un peu plus de trois ans, l'entreprise possédait deux immeubles. Alors, peu à peu, Mark Thompson a apprivoisé ses nouvelles fonctions et sa transition de carrière d'homme de main à administrateur d'immeubles. Cette opportunité a été pour lui une bénédiction, le métier précédent devenant de plus en plus difficile. Il a vu dans ce travail une occasion de s'assurer une belle vieillesse. Il n'est pas partenaire avec Michel Paré, comme l'est Alain Dupré, mais jouit de très bonnes conditions et a droit à des bonis importants à la fin de l'année. Comme il n'a pas de fonds de pension, il compte conserver cet emploi pour encore au moins dix ans. Il a donc coupé les ponts avec ses anciens coéquipiers pour se concentrer uniquement à sa nouvelle carrière. Michel Paré lui a promis sécurité et argent aussi longtemps qu'il le voudra.

Quand un locataire s'entête à ne pas payer son loyer, cela nuit à sa réputation. Ce comportement risque de se propager aux autres et de compromettre sa carrière. Mark Thompson ne peut permettre de tels écarts, sous aucune considération. Les affaires sont difficiles, il n'est pas question qu'un quelconque locataire vienne perturber le fragile équilibre. Personne ne les oblige à signer un bail et loger dans un immeuble de Gestion Immo, mais quand un bail est signé il doit être respecté. Lorsque ce n'est pas le cas, il doit y veiller personnellement, au bout du compte, le travail n'est jamais mieux fait que par soi-même.

Ce n'est pas par plaisir qu'il sonne à la porte du logement numéro 38 en ce samedi midi. Après dix jours de retard et l'envoi de deux avis, Thompson considère que l'élastique a été suffisamment étiré.

Personne ne répond.

Mark Thompson croit voir une ombre au bas de la porte. Comme le concierge, à qui il s'est informé avant de monter à l'étage, n'a vu personne sortir de l'immeuble ce matin, les locataires doivent y être. Thompson fait signe à l'homme sur sa gauche de frapper directement dans la porte. Toujours pas de réponse. Quelques secondes plus tard, il sort un trousseau de clefs, repère la bonne et prend sur lui d'ouvrir la porte. Une femme est adossée au mur d'en face, la main sur la bouche. Elle regarde son mari en maillot de corps, les yeux écartelés, qui ne sait plus quelle posture adopter. Trois ou quatre enfants se font entendre dans la pièce d'à côté.

Mark Thompson prend l'initiative.

- Vous avez un retard de dix jours, monsieur Maurice, ce délai est inacceptable. Nous ne partirons pas d'ici avant d'avoir collecté le loyer que vous nous devez, soit huit cent cinquante-huit dollars.

L'homme en maillot de corps a vraiment peur. Tant mieux, cela facilitera le travail des percepteurs.

- J'ai eu une collision avec mon taxi, monsieur. La carrosserie avant est complètement à refaire.

- Il y a des assurances pour ces cas.

- Je n'ai pas renouvelé mon assurance dommages matériels sur ma voiture, monsieur, je n'avais pas l'argent. Je dois payer de ma poche maintenant. J'ai presque le montant requis à présent. Je pourrai la faire réparer et recommencer à travailler.

- Ce n'est pas mon problème.

Mark Thompson a appris très tôt dans sa carrière qu'il ne faut avoir aucune empathie pour faire ce métier. S'il commence à écouter les histoires de l'un ou de l'autre, il n'arrivera à rien. De toute façon, les histoires sont toutes les mêmes, il n'est pas nécessaire de perdre son temps à les écouter.

L'homme en maillot de corps, de stature frêle, se fait encore plus petit.

- La semaine prochaine, je pourrai peut-être…

Il se fait couper la parole d'un geste sans équivoque de la main. Thompson approche son visage à dix centimètres de celui de l'homme.

- Mon argent. Immédiatement, monsieur Maurice.

L'homme gémit presque. Un enfant crie plus loin. La mère essaie de le faire taire pour ne pas énerver les collecteurs plus qu'ils ne le sont en ce moment.

- Pas tout de suite chéri, maman ira te voir dans deux minutes, retourne jouer avec tes frères.

Les deux hommes à leur tour s'approchent du locataire qui se retrouve ainsi encerclé et adossé au mur. Mark Thompson est très fort à ce petit jeu. Il a constaté dans son métier que plus l'équipe faisait peur, plus vite elle obtenait des résultats. Il a développé une tactique simple, mais efficace : un, ne jamais perdre de vue le but de l'opération, deux, n'accepter aucun compromis, et trois, ne jamais partir sans l'argent.

- Huit cent cinquante-huit dollars, monsieur Maurice. Tout de suite.

Discrètement, l'un des deux assistants, obéissant au regard de Mark Thompson, lève la main à la hauteur de son menton, pour vraisemblablement être en position d'atteindre le cou du locataire. Stratégiquement, le second assistant se positionne entre le locataire et sa conjointe. Ils ont développé une belle synergie d'équipe avec le temps.

- Donne-lui l'argent, Dieudonné.

La femme est morte de peur. Elle crie. Elle constate que ces trois types-là ne plaisantent pas.

- C'est l'argent pour l'auto. Je ne pourrai plus travailler si…

Mark Thompson reprend à son compte :

- L'argent, monsieur Maurice.

Le ton ne laisse aucune place à la discussion. Le locataire comprend que ces types ne partiront qu'avec l'argent en main. Il fait un signe des yeux à sa conjointe. Elle semble soulagée, va dans la cuisine et en revient avec une enveloppe qu'elle donne au patron du trio. L'équipe recule d'un pas. Les deux assistants ne quittent pas le locataire du regard. Mark Thompson sort l'argent, compte ce qu'il faut pour le loyer et resserre le peu qu'il reste dans l'enveloppe délestée.

- Le mois prochain, pas de retard, monsieur Maurice. Notre patience a des limites. Ne nous faites pas revenir ici, cela ne se passera pas aussi bien que cette fois-ci, je vous le promets.

Un dernier regard méchant pour bien faire imprégner le message, et voici le trio de collecteurs qui quittent l'appartement numéro 38.

Ce samedi-là, à Québec seulement où Gestion Immo possède deux immeubles à logements, ils iront visiter trois autres locataires récalcitrants.

Montréal, samedi midi, 10 août

Pauvre Mylène, elle souhaite tant que je lui revienne avec de bonnes nouvelles à la suite de mon appel à mon ami Mat. Elle est suspendue à mes lèvres à l'autre bout du fil. Malheureusement, elle ne reçoit aucun encouragement de ma part. Je ne peux que lui confirmer qu'Anouk est vraiment en danger avec ces gens. C'est la triste vérité. Même la Sûreté du Québec n'y peut rien. Mylène et moi non plus. Anouk est effectivement seule et en péril.

C'est là que Mylène m'arrive avec une idée farfelue. Elle me parle d'aller rejoindre Anouk à Nassau. Je sursaute, mais j'avoue que l'idée m'a aussi frôlé l'esprit depuis son appel de ce matin. Je l'ai rejetée sur-le-champ avant même de lui donner une chance d'aller plus loin. Qu'est-ce que j'irais faire là-bas ? Quand j'ai entendu la même proposition de la bouche de Mylène, mon idée de ce matin s'est légitimée.

Nous en discutons un moment, mais l'évidente question est : pour y faire quoi ? Mylène ne le sait pas plus que moi, sinon simplement éviter à Anouk d'être seule sur l'île avec ce type. La raison me paraît assez bonne, mais encore, pour y faire quoi précisément ? J'hésite, elle aussi.

Elle et moi convenons de nous rappeler avant la fin de l'après-midi, si l'un de nous recevait des nouvelles des Bahamas. Il nous est d'un grand réconfort, pour nous deux, de savoir que chacun n'est pas seul à s'inquiéter pour Anouk. Faire face à une crainte commune, soude encore bien plus les gens que peut le faire un intérêt commun.

Océan Atlantique, samedi 10 août, matinée

Juste comme elle allait ouvrir la porte qui sépare la section des chambres de la salle de séjour, Anouk entend une discussion qui lui paraît plutôt animée, entre Michel Paré et un autre homme. Elle ne comprend pas tout, mais quand même assez, pour saisir qu'il est question de sa présence sur le bateau. L'autre homme ne semble pas très heureux de la décision de Michel Paré de l'avoir invitée, elle. Elle entend son nom. Rien pour la rassurer. Les mots sont entrecoupés de bruits de moteur et de vagues produites par le déplacement du yacht. L'un demande à l'autre de parler moins fort, elle entend distinctement un « chut » de l'autre côté. Elle approche son oreille de la porte. Elle est morte de peur. Si quelqu'un arrive par-derrière ! Elle ne sait pas qui est debout et qui dort encore.

La nuit ne lui a pas porté conseil. Elle n'a malheureusement pas rêvé non plus, elle a bel et bien suivi un escroc sur un yacht privé aux Bahamas. Anouk n'a pas plus de plans que la veille. Elle a bêtement talonné l'homme qui a l'argent, faute d'avoir trouvé mieux. Quel que soit ce qui l'attend de l'autre côté de cette porte, elle devra négocier avec le fait qu'au moins un homme n'est pas heureux de la venue d'une inconnue dans leur petit cercle. Cette perspective lui donne encore plus le frisson.

L'idée que personne ne sait où elle se trouve en ce moment n'a rien pour la réconforter non plus. Elle disparaîtrait que nul ne saurait où la chercher. Aucune trace d'elle. Elle est montée à bord du bateau en pleine nuit. Personne ne l'a vue, à part ceux qui la reverront tout à l'heure. Dieu sait où elle se trouve ! *Dans quel merdier tu t'es foutue, pauvre toi ?*

Les hommes se sont calmés. Elle attend encore une minute ou deux pour ne pas laisser savoir qu'elle était dans les parages au moment de leur dispute.

Elle prend une grande respiration et voilà, elle se décide à ouvrir la porte. *Que le spectacle commence !*

- Bonjour, Anouk. Wow !

Michel Paré ne fait que dire à haute voix ce que tous dans la pièce constatent. Quand Anouk décide d'y mettre le paquet, elle n'a pas de concurrences. Son maillot, sous son paréo translucide confirme les plus folles visions que Michel Paré a eu le temps de se forger, la veille. Mais le plus grand charme d'Anouk est son sourire singulier. Il donne une impression de complicité, comme si vous étiez pour elle, la personne la plus importante au monde, de telle sorte que l'on s'attache instantanément à elle.

La pièce, faite sur le long, est tout simplement magnifique : d'un côté, le superbe salon avec deux divans de cuir blanc et sur ce côté-ci, une grande table de verre entourée de chaises crème. Tout baigne dans une lumière abondante, merci aux grandes ouvertures et à la porte-fenêtre au fond de la pièce. L'espace est rehaussé d'un tapis assorti, de toiles de choix et de quelques sculptures ici et là. Le bateau est encore plus luxueux qu'il ne lui parut la veille. *Ce sont probablement les Damien de ce monde qui ont payé pour tout ce luxe.*

À la vue des deux autres femmes, Anouk respire un peu mieux. Elle se sent rassurée d'avoir la confirmation de ne pas être la seule femme à bord.

- Tu me présentes tes amis, Michel ?

Trop fier, il s'exécute sur-le-champ.

- Anouk, permets-moi de te présenter un collègue, Alain Dupré et son amie Stéphanie Morgan.

Anouk va vers Stéphanie et lui tend la main. Elle paraît plutôt jeune, a de beaux traits et son regard est des plus brillant. Sa poignée de main est ferme, sa posture très droite. Anouk a la perception que cette fille sait ce qu'elle veut. Il n'en est pas du tout de même pour Alain Dupré. Teint basané et cheveux coupés à la perfection, ce dernier lui fait l'impression d'être artificiellement au-dessus de ses affaires. Instantanément, il lui déplaît. Il a quelque chose qui lui semble louche. Il faut dire que son jugement n'est pas partial sachant que son fraudeur d'hôte doit s'entourer de fraudeurs de collègues.

Elle n'est pas dupe du petit regard approbateur qu'il lance à Michel Paré. *Macho en plus*.

Elle sourit plus facilement quand Michel lui présente Tom Harrison et sa conjointe Sylvie, parce qu'elle a la même impression que pour le couple précédent. La femme lui paraît immédiatement sympathique, l'homme plus âgé l'est beaucoup moins. Sylvie lui semble très intelligente et déterminée. Attributs qu'elle rencontre généralement chez les femmes d'action. Tom Harrison, lui, est ventru et a l'air pompeux. Il lui tend une main condescendante. Anouk le surnommera, pour elle-même évidemment, le pacha. Le cas est réglé, elle a beaucoup plus d'atomes crochus avec les deux femmes qu'avec les deux hommes. Et cela n'a rien à voir avec son orientation.

Elle conclut que ces deux hommes ont à peu près vingt ans de plus que leurs conjointes. Elle aurait vraiment aimé être de leur âge. De l'âge des deux autres femmes, pas celui des hommes. Elle sera donc la moins jeune des femmes pour le temps de la croisière. Elle qui n'avait aucune stratégie jusqu'à il y a cinq minutes, elle sait maintenant qu'elle ira d'abord explorer du côté des filles. Les affinités aidant, cela lui donne une cible immédiate. Voilà enfin un semblant de piste.

Elle ne décèle aucune trace résiduelle de la dispute pour laquelle elle a été témoin auditive avant son entrée. Maintenant qu'elle reconnaît les voix, elle sait que l'autre homme était Alain Dupré.

Dernière sortie du lit, elle prend place devant le seul couvert encore intact, entre Michel Paré et Tom Harrison.

CHAPITRE 7
Laval, dimanche 11 août

Un dimanche sur deux, lorsque ce n'est pas son tour de garde à la boutique d'art, Damien visite sa tante, à sa résidence pour personnes âgées, sise à Laval.

La majorité des gens semblent repousser ce moment où elles devront se séparer de la plupart de leurs meubles, afin d'emménager dans plus petit. Pas Béatrice Gagnon. Avant d'arriver ici, elle vivait seule en appartement. Durant l'hiver, elle sortait peu, les trottoirs étant une menace constante pour les hanches des personnes aux os fragilisés par l'âge. Elle devait faire son épicerie au marché le plus proche tout de même à une demi-heure de chez elle, marcher à la banque six coins de rue plus loin et aller à la bibliothèque du quartier en autobus, quand il faisait beau. Le soir venu, seule la télévision s'imposait comme choix ; personne avec qui parler. Le lendemain, comme tous les jours, elle déjeunait seule, dînait seule et soupait presque toujours seule.

Béatrice Gagnon aime le monde. Elle adore les cartes et le bingo et voulait apprendre à jouer au billard. Elle n'a eu aucun mal donc à se débarrasser de ses gros meubles encombrants et vieillots quand enfin, elle a trouvé une place à la résidence où elle espère finir ses jours. Ici, après son déjeuner, elle descend au rez-de-chaussée pour y rejoindre l'une ou l'autre de ses amies. Le petit marché, la bibliothèque et le comptoir bancaire sont dans l'immeuble. Depuis qu'elle vit ici, Damien a retrouvé la tante Béatrice qu'il a connue quand elle était plus jeune. Elle s'est remise à jouer des tours, à imiter gentiment une vieille dame ou à se moquer d'une autre. À soixante-treize ans, tante Béatrice a retrouvé ses trente ans. Elle a des amies, vit dans un milieu agréable et sécuritaire et a accès à un choix infini d'activités.

Elles et ses amies ont pris l'habitude de s'offrir des excursions organisées par la résidence. Des séjours de deux ou trois jours à La Malbaie, à Québec, dans le comté de Charlevoix, ou dans la région de Chicoutimi et ainsi de suite. Tante Béatrice sait compter. En participant à trois ou quatre de ces excursions par année, avec ses économies actuelles, elle pouvait s'offrir ces petits luxes pendant encore près de deux ans. Mais voilà, dans deux ans, elle aurait été obligée de se trouver des prétextes pour ne plus suivre ses amies faute d'argent. Il lui fallait un miracle pour faire grossir suffisamment ses économies, afin de profiter de ces petits bonheurs pendant encore quelques années de plus.

Ce dimanche, c'est la première fois qu'elle voit Damien depuis qu'elle sait qu'elle a probablement perdu tout son argent ainsi que celui de son neveu.

Depuis son arrivée, il y a vingt minutes, ils font comme si de rien n'était et se relancent à coup de : « Qu'as-tu fait cette semaine ? », de « Comment va la santé ? » ou encore de « Comment va madame unetelle ? ». Après le café et les petits biscuits, un silence s'est invité dans la conversation. Chacun cherche quelque chose à dire de son côté. Rien ne vient inspirer l'un ou l'autre. Ils doivent se rendre à l'évidence, ce qu'ils ont en tête prend toute la place. Ils ne peuvent plus faire semblant que rien n'est arrivé.

C'est elle qui lâche du lest la première.

- Je suis tellement désolée, Damien. Si tu savais.

Damien a sa réponse toute faite.

- Tante Béatrice, ce n'est pas de ta faute. Personne ne m'a obligé à te prêter cet argent. C'est moi qui ai pris la décision, personne d'autre. Nous avons cru aux beaux boniments de ce type.

Elle aussi a sa réponse toute faite.

- C'est quand même moi qui t'ai attiré dans cette aventure.

Tous les deux ont l'impression que le scénario de cette discussion a été rédigé, par l'un et par l'autre, inspirés de leurs cauchemars. Ils ne font que débiter le texte à haute voix, passage nécessaire à leur exorcisme.

- Je suis tellement désolé pour toi, ma tante. Moi, j'ai le temps de me refaire, toi, tu comptais sur cet argent pour tes petits voyages. C'est terriblement injuste.

Elle préfère ne pas répondre. Où peut-être n'en est-elle pas capable. Damien sent que les sanglots viendront bientôt hypothéquer la fierté de sa tante.

Montréal, dimanche 11 août

Au retour de chez sa tante, ce dimanche après-midi, Damien appelle Mat à la maison. Il ressent le besoin de faire quelque chose pour elle. Mat lui relate le coup de tête d'Anouk et partage son inquiétude avec lui. Damien n'en revient pas. Il appelait son ami pour une affaire d'argent, il se fait assommer par une histoire d'amitié. Anouk court tous ces risques pour lui et sa tante. Il a la larme à l'œil, sa voix se casse.

- Elle est allée là-bas pour moi !

Il sanglote maintenant. Mat le laisse s'apaiser. Une fois calmé, Damien se sent envahi par un autre sentiment.

- Elle va au-devant de tous les dangers pour moi et pendant ce temps, moi, je pleure sur mon sort et sur celui de ma tante. Je me sens lâche, Mat.

Mat, qui craint un coup de tête de la part de Damien, sent qu'il doit intervenir vigoureusement.

- Ne te mêle surtout pas de cette affaire, Damien. Il y a assez d'Anouk qui va se jeter corps et âme dans la tanière du loup, je ne veux pas m'inquiéter pour un autre de mes amis. Est-ce clair ?

Il obtempère sans difficulté à la mise en garde. L'expression « la tanière du loup » le rend moins téméraire. Mais tout de même, il ne peut rester les bras croisés pendant que son amie, elle, essaie de faire quelque chose. Il se sent piteux.

- Qu'est-ce que je peux faire, Mat ?

Mat doit monter le ton. Il y a assez d'Anouk qui succombe à ses intuitions, il n'a pas besoin qu'un autre s'infiltre dans son enquête.

- Je viens de te le dire, Damien. Rien. Tu ne fais rien. C'est l'affaire de la police. Que je ne te vois pas t'en mêler !

- Oui, mais Anouk ! Que pouvons-nous faire pour elle ?

- Laisse faire Anouk. Ce n'est pas parce qu'elle se met les pieds dans les plats que tu dois en faire autant. Tu m'entends ?

- Oui, oui, j'ai compris.

Au moins, j'aurai essayé, se dit Damien pour apaiser sa conscience.

***

Il a compris le message de Mat, mais il se sent tout de même lâche de savoir que son amie prend les risques à sa place. N'ayant pas la bravoure d'Anouk, il n'est pas déçu que Mat lui ait interdit de se mêler de cette affaire, mais le geste d'Anouk continue quand même à le tourmenter. Pour se faire rassurer sans doute et toujours sous le choc, Damien appelle un autre ami.

Lorsque mon cellulaire a sonné, j'espérais que ce fut Mylène avec des nouvelles fraîches à propos de ma sœur. Je ne m'attendais pas à devoir consoler Damien.

J'essaie de l'encourager comme je le peux. Après cinq minutes, j'avoue que je perds un peu de ma patience, dont je n'ai pas hérité en quantité suffisante au départ. À la limite, je me moque de leurs dix mille dollars envolés en fumée. Ce qui me préoccupe beaucoup plus en ce moment même, c'est la sécurité de ma sœur, pas les pleurnichages ou les états d'âme de Damien.

Je le lui fais savoir, peut-être avec un peu trop de transparence. Ce n'est pas la première fois que j'ai tendance à m'impatienter avec mes amis. À chaque occasion, je le regrette. Cette fois-ci ne fait pas exception. J'essaie de me racheter avant qu'il ne raccroche.

- Personne n'a voulu cette situation, Damien. Nous sommes tous désolés pour toi et pour ta tante, crois-moi. L'équipe de Mat fait de son mieux pour recouvrer l'argent. Je ne sais pas ce qui a poussé Anouk à suivre ce type aux Bahamas, elle a pensé bien faire, j'en suis certain. Maintenant, nous devons la sortir de là.

Je parle autant pour convaincre mon ami que pour essayer de me rassurer moi-même.

- Au moins si nous en avions des nouvelles. Nous n'avons rien. Son cellulaire est éteint ou est hors réseau. Je me fais beaucoup de mauvais sang pour elle, Damien. Merci de te préoccuper d'elle. Dès que j'ai du nouveau, je t'appelle.

Je suis assez fier de moi, je l'avoue. J'ai gardé mon calme, pesé mes mots et fait preuve d'empathie. Je crois que je viens de me racheter. Je vais trouver un moyen de terminer la discussion avant que je ne m'emballe à nouveau.

Cela c'était sans compter sur le fait que Damien a le don de sortir des réflexions de son chapeau, venues de nulle part, qui ont pour effet de vous déstabiliser.

- Comme je te connais, tu vas y aller.

- Où ?

Je fais comme si je n'avais pas compris le sens de sa déclaration.

- Aller la chercher aux Bahamas, Gabriel.

Je ne réponds pas tout de suite, comme si Damien me mettait en face d'une évidence que je niais. Il prend les devants.

- Vas-y, Gabriel. Va la chercher. Tu as le temps, les moyens et le cran que je n'ai pas. Ramène-la-nous. Je ne veux pas qu'il lui arrive quelque chose à cause de moi. L'argent, ce n'est que de l'argent. Ta sœur est bien plus importante que tout cet argent. Va la chercher.

* * *

Dès que nous avons raccroché, j'ai aussitôt contacté Mylène. Damien venait de me donner la réponse. Il disait tout haut ce qu'une voix me chuchotait en dedans de moi depuis hier matin. Qu'est-ce que je fais ici à me morfondre quand Anouk est en danger avec le fraudeur ? Je ne peux rien pour elle à Montréal. Peut-être pas plus là-bas, mais au moins, je tenterai quelque chose. Ma décision est prise. *Merci Damien !*

Quand elle décroche, Mylène ne me dit même pas bonjour.

- A-t-elle donné signe de vie ?

J'ai dû la décevoir encore une fois et le fait qu'elle me pose la question me déçoit aussi. Elle s'attendait tellement à ce que je lui réponde un beau « oui ». En guise de consolation, j'enchaîne immédiatement en lui annonçant mon intention d'aller sur place, au moins cela me donne l'impression de lui offrir un semblant de bonne nouvelle. Sa réponse est instantanée et déclinée sur un ton qui incite à n'opposer aucune argumentation.

- Je t'accompagne.

Nous n'avons pas besoin d'être deux. Il y a assez d'Anouk et maintenant moi, il faut limiter les dégâts.

- Ce n'est pas nécessaire, Mylène. J'y vais moi, ce n'est pas la peine de se déplacer tous les deux.

- Comment fais-tu ? As-tu un agent de voyage ?

- Oui, le même depuis des années. Mais je viens de te dire que…

Elle ne me laisse pas terminer.

- Alors tu prends deux billets ou je dois réserver de mon côté ? De toute manière, j'y vais et je paie ma part.

Je comprends de plus en plus ce qu'Anouk aime de cette fille. Pas la peine de tergiverser.

- Fais ta valise, Mylène. Je te communique l'itinéraire d'ici une demi-heure.

Quand j'ai quitté Preston One, j'ai conservé la même agence de voyages, même si je l'ai peu sollicitée depuis. En tant que vice-président aux finances, basé au siège social de Montréal, je devais parcourir le monde dans tous les sens. Une réunion dans un pays, un problème dans un autre, un comité de gestion ou un suivi de projet ailleurs. J'étais là où l'action se déroulait. Cette agence de voyages m'a si souvent dépanné que j'ai tissé des liens personnels avec plusieurs de leurs employés. Aujourd'hui, je ne considérerais pas faire affaire avec qui que ce soit d'autre.

Encore une fois, ils ont fait des miracles. Notre vol est en fin d'après-midi. Pas de vol direct disponible dans un si bref délai, nous devrons transiter par Miami, seul petit inconvénient pour être à la dernière minute.

Comme convenu, quinze minutes plus tard, j'annonce la bonne nouvelle à Mylène. Je la prendrai dans une heure trente, son appartement est sur mon chemin. Elle accepte l'offre, à la condition de payer la moitié du taxi.

Mes valises sont bouclées en un temps record. Facile puisque j'ai presque tout en double : rasoir, brosse à dents, etc. Mon passeport est toujours valide et rangé dans ma valise, défaut professionnel. Je réalise que j'ai peut-être fait un peu trop rapidement, me voici assis dans mon grand salon à contempler le mur d'en face pendant que mon mauvais sang tente de prendre le dessus.

Las de me languir, je quitte l'appartement plus tôt, avec comme conséquence mon arrivée quinze minutes d'avance chez Mylène.

Elle confond mon avance avec de la ponctualité. Elle me fait asseoir dans un coin pendant qu'elle court dans tous les sens pour rassembler ce qu'elle qualifie d'essentiel pour le voyage. À chacune de ses apparitions, entre sa chambre, la salle de bain et le salon, elle s'excuse de ne pas être déjà prête et moi je m'excuse d'être arrivé trop tôt. Je refuse son offre d'apéro. Je sais qu'elle le fait par politesse, mais elle n'aurait pas le temps de le préparer et moi, encore moins de le boire. Au moins ici, je ne suis pas seul avec moi-même. La situation est plutôt distrayante.

Pendant le trajet vers l'aéroport, elle me donne l'impression d'oublier momentanément le caractère insolite de notre voyage. Je la vois sourire, comme quelqu'un qui part vraiment en vacances. J'essaie d'en faire autant. Je n'y arrive pas. Elle semble lire dans mes pensées, me touche la main et tente de me rassurer en me disant que nous la retrouverons et de ne pas m'en faire. La tactique fonctionne à moitié, mais au moins, je ne suis pas seul. J'apprécie sa présence.

96

CHAPITRE 8
Océan Atlantique, samedi 10 août, matinée

En tant que nouvelle arrivée dans le groupe, Anouk en est le centre d'intérêt. Elle l'aurait été de toute façon, même si elle en faisait partie depuis les derniers dix ans. Elle a choisi de s'en tenir à la vérité sur sa vie, son travail et ses loisirs. Un seul mensonge sur les vrais motifs qui l'ont amenée ici lui paraît bien assez difficile à gérer, sans en ajouter d'autres. Évidemment, elle préfère se réserver une petite omission quant à sa situation amoureuse.

À la fin du petit déjeuner, elle avait compris que Tom Harrison est le directeur de la banque avec laquelle Gestion Poséidon fait affaire et que le collègue de son hôte, Alain Dupré, est en fait son associé aux Bahamas. Elle n'a qu'à participer aux conversations, rire quand c'est drôle et se fondre au groupe pour avoir l'air de l'une des leurs. À son deuxième café d'après déjeuner, les silences se font plus rares et les discussions moins banales. À part comprendre qui est qui, elle ne s'aventure pas à poser quelques questions que ce soit sur le travail de ces gens. Encore moins sur ce qu'ils font pour parvenir à se payer un yacht de cette dimension et de ce luxe. Elle se concentre sur son rôle d'invitée de dernière minute qui est reconnaissante de la chance extraordinaire qu'elle a de participer à cette croisière privée.

Anouk ne connaît Stéphanie et Sylvie que depuis le petit déjeuner, mais étrangement, elle ressent des affinités qu'elle n'aurait jamais cru retrouver avec des filles de bateaux, comme elle se plaît à les appeler intérieurement. Parce qu'elles sont passablement plus jeunes que leur conjoint respectif, Anouk s'attendait à devoir frayer avec de belles filles n'ayant absolument rien d'intéressant à dire. Ce n'est manifestement pas le cas, ce qui ne les empêche tout de même pas d'être de jeunes femmes très séduisantes. Réciproquement, Anouk sent qu'elles ont aussi un certain respect envers elle. Elle est autonome, même très autonome, ce que les deux filles semblent étrangement beaucoup estimer.

Jouant de prudence, elle a préféré attendre d'être sur le pont, seule avec ses deux nouvelles amies, pour chercher à en savoir un peu plus sur elles et par le fait même, sur les hommes. Sous prétexte de se faire bronzer, elle les a rejointes, mais a préféré se trouver un petit coin d'ombre pour ménager sa peau. Les hommes font leurs mâles avec de grosses cannes à pêche à l'arrière du bateau. Les moteurs fonctionnent au ralenti laissant échapper un ronronnement rassurant. Une petite musique baroque se mêle au bruit des vagues qui se brisent sur la coque. En d'autres circonstances, Anouk se serait sentie vraiment très bien.

Une voix qui semble venir de nulle part la sort de sa bulle.

- Est-ce que tu ris de nous, Anouk ?

Elle se tourne brusquement vers Sylvie, mais comprend trop tard que la question lui est posée parce qu'elle souriait pour rien, sans que cela fasse suite à un jeu d'humour quelconque. Ce dont les filles ne se doutent pas, c'est qu'elle était en train de s'imaginer l'air de Mylène si elle savait qu'elle se trouve en ce moment, sur le pont d'un luxueux bateau, quelque part sur l'océan Atlantique, avec deux superbes jeunes femmes en bikini. Vaut mieux qu'elle ne le sache jamais.

- Je savourais le moment présent, tout simplement. Quel beau bateau et quelle belle journée ! Incidemment, savez-vous où nous sommes ?

- Sur un beau bateau par une belle journée.

- Très drôle, Stéphanie.

Anouk fait celle qui est offusquée, mais ne peut tout de même pas s'empêcher de sourire.

- Pour répondre à ta question, je crois que nous sommes quelque part entre les Bahamas et les États-Unis.

- Est-ce que vos cellulaires fonctionnent ?

- Pas ici, non. Quand nous serons un peu plus près des côtes américaines, nous serons à nouveau à portée de réseau. Ici, nous sommes au milieu de nulle part, entre la mer et le soleil. Un endroit tout de même pas si mal, non ?

Stéphanie n'attend pas de réponse. Elle trouve Anouk un peu soucieuse.

- Tu attends une invitation pour un concert, peut-être ?

- Non, je voulais plutôt me commander une pizza végétarienne.

Les jeux de mots lui paraissent faciles avec ces deux filles.

- Sérieusement - reprend Anouk sur un ton moins enjoué -, je suis partie de Montréal un peu rapidement hier soir, j'aurais aimé donner de mes nouvelles. Mes amies ne savent même pas que je suis sur un bateau. Si elles essaient de me contacter, elles vont s'inquiéter.

Le sujet en reste là. Il n'y a rien à ajouter de toute manière. Aussi bien profiter de la journée.

Stéphanie et Sylvie se retournent simultanément sur le dos, probablement pour faire bénéficier leur beau ventre plat du même traitement solaire que leur dos. Le silence s'installe dans le trio, chacune savourant la brise et le soleil.

Les hommes sont loin et s'affairent probablement à trouver le bon appât pour le bon poisson, qui ne se présentera possiblement jamais. Anouk décide d'en profiter, le plus discrètement possible, pour essayer d'en savoir un peu plus sur l'étrange petit groupe.

Elle la joue par la bande, inutile de les prendre de front.

- Y a-t-il longtemps que vous connaissez vos conjoints ?

Du tact au tact, Stéphanie envoie la belle stratégie d'Anouk par-dessus bord.

- Tu veux savoir si nous étions mineures.

Les deux amies pouffent de rire, suivies de peu par Anouk qui réalise qu'elles ne sont pas dupées par son angle d'attaque. La glace est brisée.

- Moi, c'était il y a deux ans, répond Stéphanie, plus sérieusement. Je faisais un travail dans le cadre de mes études en journalisme sur les nouveaux arrivants dans l'île. Alain y était établi depuis deux ans, donc un sujet d'intérêt. D'entrevue en entrevue, j'ai poussé le journalisme peut-être un peu loin. Le sujet s'est avéré effectivement plus intéressant que je ne l'aurais cru, mais j'ai toujours tenu à garder mon appartement à Nassau.

Elles en rient toutes les trois.

- En journalisme, wow, je suis impressionnée.

- À quoi t'attendais-tu ?

La question accable un peu Anouk. *Je l'ai bien cherché.*

- Si tu recherchais un sujet pour un autre travail académique, tu pourrais faire un article sur les préjugés qu'ont certaines grandes langues comme moi, envers les belles femmes qui sont en couple avec des personnes plus âgées qu'elles.

Anouk venait de faire amende honorable. La répartie a été très bien accueillie. Puis, elle s'adresse à Sylvie, sourire en coin :

- Toi, je ne veux surtout pas savoir depuis quand tu es avec Tom.

- Moi, j'ai ma scolarité d'avocate. Il ne me restait que l'examen du barreau à passer pour être reçue officiellement. En vacances ici il y a six ans, je suis tombée sur Tom. C'est une longue histoire, mais j'ai tout laissé pour venir habiter ici, avec lui.

Derrière le ton badin de Sylvie, Anouk détecte une certaine tristesse. Sylvie n'a pas le même sourire que tout à l'heure, Stéphanie non plus. Anouk décide de formuler une question toute simple, mais combien percutante !

- Des regrets ?

Sylvie regarde son amie comme si elle attendait une approbation quelconque. Elle restera bredouille et devra se débrouiller par elle-même.

- Des fois.

Anouk, pas très convaincue par la réponse, se contente de la répéter.

- Des fois !

Elle a l'impression de pousser peut-être un peu fort. Sylvie cherche ses mots.

- Je ne connais personne qui aurait pu passer à côté d'une pareille occasion. Tom était tellement gentil et attentionné. Il m'a fait découvrir un univers merveilleux. Des voyages, une magnifique maison et des relations. Tout ce que je ne pouvais pas avoir, du moins en début de carrière. Tu vois, je suis entrée en droit pour avoir l'impression d'avoir un certain pouvoir sur ma vie et celle des autres. Lui, il m'offrait tout cela instantanément. Je suis la conjointe du banquier.

- Je vois.

Le petit « je vois » d'Anouk provoque un effet inattendu.

- Je ne sais pas ce que tu vois, Anouk, mais…

Sylvie stoppe sa phrase en plein milieu, se lève et quitte abruptement le pont, à la surprise de toutes. Anouk se sent mal. Elle ne sait plus que faire.

Après une longue minute, Stéphanie la rassure.

- Ne t'en fais pas trop, Anouk, tu as mis le doigt sur un bobo. Depuis quelqu temps, Sylvie est, disons-le, en réflexion. Comme si après ces années, le conte de fées tirait à sa fin. Elle a abandonné sa future carrière pour lui et cette vie. Aujourd'hui, elle songe sérieusement à le laisser. Je crois qu'être la femme du banquier ne lui suffit plus.

Elle n'en dira pas plus.

- Je suis désolée, Stéphanie, je ne comptais pas me mêler des affaires des autres. Je voulais encore moins la blesser. Je m'en veux tellement ; vous qui m'accueillez si chaleureusement.

- Ne t'en fais pas, Anouk. Comme tu le constates, pas très facile le journalisme d'enquêtes.

Stéphanie essaie de détendre l'atmosphère du mieux qu'elle le peut.

- Elle veut le laisser, pour toutes sortes de raisons, surtout depuis quelques semaines, mais elle hésite. Tu gardes cela pour toi. Ce qui se dit sur le pont du bateau reste sur le pont du bateau.

Anouk est reconnaissante de la confiance que son amie lui démontre.

Petit moment de répit, juste le temps de changer de position, puis Anouk reprend là où elle a laissé, mais en avançant avec encore plus de précautions. Chat échaudé craint l'eau froide.

- Est-ce que tu termines tes études en journalisme bientôt ?

- Il me reste un terme, je finis en décembre. J'ai étiré un peu les sessions, mais depuis un an, je suis plus assidue. J'ai bien l'intention de terminer cette année.

- Bravo. Quels sont tes projets une fois que tu seras diplômée ?

- Tu veux savoir si je serai une femme à la maison, comme l'est Sylvie.

- He ! Non… Oui. En fait, je crois que tu as tout à fait raison, tu lis en moi comme dans un grand livre.

- Non. Je ne serai pas une charmante épouse de quelqu'un qui a réussi ou non, à la maison. Je ferai des reportages et un jour, j'espère que je travaillerai pour une grande agence de presse qui m'enverra faire des papiers un peu partout dans le monde.

Pause stratégique, puis elle reprend.

- Si ta prochaine question est au sujet de ce que je ferai d'Alain une fois diplômée, je te répondrais qu'il ne fera plus partie de ma vie à ce moment-là. Lui et moi ça n'a jamais été le grand amour, encore moins ces derniers temps.

- Encore moins ces derniers temps ?

- Tu as bien compris, encore moins ces derniers temps.

Visiblement, elle n'a pas l'intention de s'étendre sur le « encore moins ces derniers temps ».

Anouk ne sait que répliquer. Stéphanie lui fait une importante confidence sans parler de celle à propos des relations entre Sylvie et Tom. Elle ne s'attendait pas à un aussi beau déroulement. Elle reste muette.

- Encore une fois, Anouk, tu gardes ce que je t'ai dit pour toi.

Le pari est remporté. Anouk a bien l'impression d'avoir gagné la confiance de ses deux nouvelles amies. Elle ne sait pas en quoi les affaires matrimoniales de ces gens peuvent l'aider, mais chaque chose en son temps se dit-elle.

Durant le restant de la matinée, les échanges se sont concentrés sur des propos moins personnels. Sylvie est revenue les rejoindre un peu plus tard. La rougeur de ses yeux indiquait qu'elle avait pleuré. Elles n'ont plus abordé de sujets conjugaux entre elles.

Les deux questions qui brûlent les lèvres d'Anouk sont de savoir si elles sont au courant que Michel Paré est un escroc et si les deux autres, Alain Dupré et Tom Harrison sont de connivence avec lui. Pour cela, elle devra patienter.

Juste avant le dîner, les trois femmes sont passées par leur chambre pour se refaire une beauté. Question vestimentaire, ses hôtes devront s'habituer à voir Anouk avec la même petite robe soleil qu'elle s'est achetée à l'aéroport. Personne ne s'en plaindra, du moins, pas les trois hommes.

* * *

Au dîner, elles ont eu droit à des histoires de pêche abracadabrantes, entrecoupées de rires incrédules. Pas un mot sur le travail de ces gens. Tous semblent s'être concertés pour en faire un secret d'État. Anouk ne sait pas encore si c'est à cause de sa présence à elle, ou du fait de la présence des conjointes en général. Cela lui paraît tout de même très étrange. Chaque fois que des collègues à elle se rencontrent en dehors du bureau, le sujet du travail en vient inévitablement à tomber sur la table. Quand le travail nous tient à cœur, il est normal d'en parler, même hors les murs. Ici, rien. Le sujet est complètement évacué. Pas une allusion, pas un sous-entendu, personne ne s'échappe ; à croire qu'ils ont passé toutes leurs vies sur ce bateau, à ne rien faire.

Sylvie est plutôt silencieuse ce midi. Stéphanie compense en faisant parler Anouk de son travail en génie civil chez ING Solution. Elle ne sait si cela peut intéresser ses hôtes, mais puisqu'elles sont condamnées à discuter pêche ou génie civil, elle préfère de loin le sujet du génie civil. Donc, Anouk explique avec de plus en plus de verve à mesure qu'elle s'aventure dans les détails, les défis que représentent les nouvelles technologies appliquées à certains projets, les difficultés de respecter les échéanciers toujours plus serrés et les exigences budgétaires. Ses mains bougent, elle fixe tour à tour chaque personne dans les yeux, son regard est lumineux.

Après un temps qui lui a paru pourtant très court, elle réalise que son assiette est encore presque pleine, tandis que tous les autres ont terminé la leur. Elle rougit en se rendant compte qu'elle venait de monopoliser toute la conversation du dîner, avec ses histoires de travail. Michel Paré la regarde avec admiration et fait un petit sourire aux deux autres hommes. Sourire qui pourrait subtilement sous-entendre : vous voyez les amis, je n'ai pas amené n'importe qui avec moi.

Il résume l'assentiment du groupe.

- Si j'avais besoin d'une ingénieure, chef de section génie civil, je t'embaucherais sur-le-champ, Anouk.

Les deux autres filles montrent des signes d'envie. Sylvie l'exprime ouvertement.

- C'est beau t'entendre parler de ton travail, Anouk. Nous découvrons tous que tu es une passionnée ; tu fais ce que tu aimes. Tu as réussi. Bravo.

Anouk rougit encore un peu plus. Elle se dit qu'elle aurait dû se tenir plus au soleil ce matin, cela aurait minimisé son changement de couleur.

Les hommes ne sont pas arrivés à pêcher quoi que ce soit, sinon tout le bateau l'aurait assurément su. Ils retournent donc à la tâche, à l'arrière du yacht.

Une fois entre elles, Stéphanie propose une partie de scrabble. Les deux autres acquiescent sur-le-champ. Le soleil de ce début d'après-midi est trop chaud ; elles joueront en dedans. Cela fait l'affaire d'Anouk. De toute manière, la vue est tellement belle, même de l'intérieur. Le tableau est composé de reflets turquoise qui dansent sur les murs, de soleil plein les hublots, d'écumes qui se pointent ici et là et de quelques petits nuages décoratifs qui passent au loin devant la porte-fenêtre. Tout ceci est sans parler du somptueux aménagement intérieur.

La partie va bon train, les nouvelles amies d'Anouk sont plus fortes au scrabble qu'elle ne l'avait anticipé. Elles ont chacune un mot de sept lettres à leur actif, pas elle. C'est au tour de Sylvie de jouer. Elle jongle devant ses lettres depuis un certain temps tout en donnant l'impression que sa tête est ailleurs.

- Je suis désolée de t'avoir imposé mes émotions à fleur de peau, Anouk.

Anouk la trouve courageuse de revenir sur l'incident.

- Ce n'est rien. Nous avons tous nos hauts et nos bas.

- Tu es bien généreuse, merci.

L'air évasif de Sylvie porte à croire qu'elle n'est plus dans le jeu. Elle jette un œil sur la porte-fenêtre qui mène à l'arrière du bateau, là où sont les hommes. Son attention revient vers son jeu. Ses lèvres bougent, sans qu'un son en sorte encore.

Soudainement, elle lance quelque chose qui prend Anouk par surprise.

- Il m'a tellement déçu.

Stéphanie intervient immédiatement, sur un ton affirmatif.

- Ne va pas là, Sylvie.

Anouk ne saisit pas le message, mais il semble qu'il a signifié quelque chose pour Sylvie. Cette dernière s'arrête sur-le-champ. Elle n'ira pas plus loin. Son visage se refait, sa main s'agite maintenant sur ses lettres. Elle est revenue dans le jeu, laissant la réalité là où elle est.

Anouk se sent dépassée. Elle ne voit pas ce qu'elle pourrait ajouter. Elle aimerait tant communiquer avec Mylène ou avec son frère en ce moment. Elle doit, elle aussi, faire des efforts pour ramener son attention sur le jeu.

La suite de la partie se jouera machinalement, sans conviction. Anouk perdra.

CHAPITRE 9
Bahamas, lundi 12 août

Nous sommes arrivés à l'hôtel seulement vers minuit hier soir. Dommage collatéral causé par nos trois heures d'attente à Miami, entre nos deux vols. En contrepartie, j'avoue que c'est un plaisir de voyager avec Mylène. Elle est débordante de ressources, possède un sens de la réplique hors du commun et elle sait ce qu'elle veut. Ce voyage est son premier aux Bahamas ; elle a l'intention de joindre l'utile à l'agréable dès que nous aurons localisé Anouk. Bien qu'inquiète, elle espère la retrouver rapidement et en bonne forme, ce qui lui permet d'entrevoir quelques jours de vraies vacances avec sa bien-aimée. Du moins, ce sont les ondes positives qu'elle essaie de s'envoyer tant bien que mal. Elle veut vraiment y croire.

Notre plan est très simple, pour ne pas dire ténu. Téléphoner à Mat ce matin pour vérifier s'il a du nouveau, puis se rendre aux bureaux de Gestion Poséidon. Nous verrons bien ce que nous pourrons y glaner. Nous improviserons à partir de là. Très ténu donc, notre plan.

En contrepartie, outre retrouver ma sœur, ce qui ne nous amènerait qu'au point de départ, j'essaie de pondre des bribes de plans qui nous aideraient à récupérer les sommes perdues par Damien et sa tante. Finir le travail entamé par Anouk en quelque sorte. Je me suis même pris à penser que ce serait fantastique de trouver une façon de rendre leurs épargnes aux autres investisseurs qui ont aussi tout perdu. Pour le moment je n'ai rien de très convaincant. En vérité, c'est le néant. Je n'ai aucune idée sur la façon dont je pourrais recouvrer quoi que ce soit. Mais comme ceci n'est pas ma première préoccupation, allons-y par étape. J'appelle Mat avant de rejoindre Mylène en bas, pour le petit déjeuner.

Il est encore tôt, j'espère qu'il est arrivé au bureau.

- Sergent Mathieu Smith à l'appareil.

Ouf ! Il est là.

- Salut, Mat ! Je t'appelle de Nassau.

- Bon, un autre qui ne se mêle pas de ses affaires. Tu n'as pas entendu ce que je t'ai dit. Qu'est-ce que tu fais là-bas ?

- J'y suis avec Mylène.

- Mylène ?

- La nouvelle flamme d'Anouk, tu sais ?

- Cela me rassure énormément. Avez-vous l'intention de vous mêler de toutes mes enquêtes ou seulement de quelques-unes ?

- Tu es de mauvais poil ce matin, tu aurais dû dormir un peu plus.

- Je peux aller me recoucher tout de suite si tu insistes.

- Je crois que nous sommes partis sur de mauvaises bases, Mat.

- Pas du tout ! Les bases sont très bonnes. Ta sœur se mêle de mes affaires, tu te mêles de mes affaires et voilà que la nouvelle conquête de ta sœur se mêle de mes affaires. Je trouve bien au contraire que les bases sont très bonnes !

Je me retiens pour ne pas pouffer de rire. Mat sait être assez percutant dans l'adversité, pourvu que l'on ne le prenne pas trop au premier degré.

- Je t'appelle simplement pour savoir si tu as du nouveau, avant que Mylène et moi n'allions faire un tour du côté des bureaux de Gestion Poséidon. Tu vois, je respecte ce que tu fais de ton côté, mais je crois qu'il ne faut négliger aucune piste. Nous, nous avons l'avantage d'être sur place. Pourquoi ne pas unir nos forces ?

- Le grand stratège qui parle.

- Je m'inquiète de plus en plus pour Anouk. Trois jours se sont écoulés maintenant sans avoir aucun signe de vie de sa part. Je ne raffole pas de cette situation. Son cellulaire est endommagé, elle est hors réseau où elle ne peut nous appeler. Je n'aime aucune de ces hypothèses, Mat, particulièrement la troisième.

- Moi non plus admet le policier. Plutôt que de parler pour ne rien dire, voici ce que j'ai appris de mon côté, tu en feras ce que tu pourras.

- Je t'écoute, vas-y.

- Comme nous le soupçonnions, seulement une petite partie de l'argent revient au Québec, le gros des sommes demeure effectivement aux Bahamas. Les montants qui réintègrent le Québec le font sous deux formes. Des intérêts versés aux investisseurs qui, crois-moi, cesseront dès qu'ils fermeront boutique, et des prêts hypothécaires à Gestion Immo. Selon nos recherches, il s'agit d'une compagnie immobilière dont le gestionnaire est Mark Thompson. Nous enquêtons sur lui.

Pas blanc comme neige, le type, il a un casier judiciaire plutôt épais.

- À qui appartient cette boîte, Gestion Immo ?

- Devine.

- À Michel Paré ?

- Bingo ! Droit dans le mille ou presque. Michel Paré a un associé, Alain Dupré. Ensemble, ils ont la main haute sur les deux côtés de l'équation. Un scénario classique ayant pour toile de fond le vol, l'évasion fiscale et des pertes pour les petits épargnants, puisqu'ils n'ont aucun recours lorsque tout tourne mal. C'est malencontreusement exactement ce qui est en train de se produire, car les jours de Gestion Poséidon sont maintenant comptés.

C'est pire que je ne le craignais.

- Pouvez-vous y faire quelque chose ?

- Très difficile, Gabriel. Il y a des avocats imbriqués là-dedans, des sommes investies ici et là, et probablement des banquiers complaisants aux Bahamas qui se cachent sous le secret bancaire. Les fiscs canadien et québécois sont sur les dents avec ce type de fraudes de cols blancs. Très bien ficelées, toutes les transactions prises isolément semblent légales. Les immeubles locatifs au Québec ne paient pas d'impôt, faute de profit. Les profits générés par les intérêts sur les prêts hypothécaires presque usuriers sont à l'abri dans un paradis fiscal. Et là, je ne te parle pas du gros de l'argent qui ne revient jamais puisque tout simplement stocké là-bas.

Je suis très déçu, mais plus ou moins surpris.

- Vous ne pouvez pas les coincer, ces minables ?

- Nous avons des comptables judiciaires sur le cas. En attendant, comme je te l'ai dit, nous ne pouvons qu'aviser les épargnants de la magouille probable derrière le stratagème employé.

- Tu es au courant, je m'imagine. Michel Paré a trouvé le moyen de déjouer votre petit jeu de chat et de souris, en exigeant des paiements électroniques vendredi dernier. Les transactions ont donc été exécutées instantanément.

Mat n'est pas heureux.

- Je suis au courant, oui. J'avais une note sur mon bureau en arrivant ce matin. À mon avis, il sent la soupe chaude, je ne serais pas surpris d'apprendre qu'il s'agissait de sa dernière conférence. Ils savent que nous sommes sur leurs talons. Cela devrait calmer leurs ardeurs ou même les arrêter complètement, pour l'instant.

- Pour l'instant ?

- Ils feront une erreur, tôt ou tard. Nous serons là pour les cueillir.

- Genre attend voir, tu veux dire !

- Je n'apprécie pas ce que tu insinues. Si tu as une meilleure idée, je t'écoute. Peut-être que moi aussi je pourrais m'offrir des vacances aux Bahamas.

- C'est vrai, j'oubliais que tu es à prendre avec des pincettes ce matin.

- Veux-tu le numéro du service des plaintes ?

Je ne tiens pas à me relancer dans des discussions qui n'aboutiront à rien.

- Merci, Mat. Ces renseignements me seront très utiles. Je t'appelle dès que j'ai du nouveau ou dès que j'ai des nouvelles d'Anouk.

- Merci, j'en fais autant. Ah oui ! Ne vous mettez pas les pieds dans les plats, toi, Mylène, ta sœur et je ne sais qui d'autre.

Océan Atlantique, lundi matin, 12 août

Après deux jours en mer, Anouk se dira plus tard : « Déjà deux jours ! » Les choses se passent infiniment mieux qu'elle ne le croyait en arrivant sur le bateau. Il faut souligner qu'au départ, elle anticipait le pire. Michel Paré respecte les conditions émises par son invitée, espérant sans doute qu'une fois écoulée la période de prescription, elle acceptera ses avances. Bien qu'il la dévore des yeux quand il est avec elle, il n'a même pas essayé de l'embrasser, encore moins de l'inviter à sa chambre. Peut-être un petit geste d'affection ici et là, qu'elle n'encourage pas vraiment. Elle a l'impression qu'il met le paquet pour se faire passer pour un gentleman, ce qu'il doit probablement être dans la vie courante, si ce n'est qu'il est aussi un fraudeur dans cette vie courante.

Même un bateau de cette taille finit par paraître petit après deux jours en mer. Mais grâce aux activités de pêche des hommes, en fin de compte, les vacanciers ne se retrouvent tous ensemble que pour les repas. Dans la journée, les hommes se tiennent à l'arrière, soi-disant à leur pêche, ou ils sont en conciliabule dans le salon, pendant que les femmes sont généralement sur le pont. Les choses sont aussi bien ainsi. Anouk ne supporte guère les manières de Tom

Harrison, ni la personnalité d'Alain Dupré et encore moins les airs au-dessus de tous soupçons, que se donne Michel Paré.

Les deux dernières nuits, le capitaine a trouvé refuge à l'intérieur de petites baies façonnant le paysage des îlots, semés ici et là sur le passage du yacht. Les spectacles sont magnifiques. Des étoiles à profusion, des soirées chaudes et des discussions presque toutes amorcées par les femmes. Les hommes se bornent à participer aux débats initiés par Anouk et ses amies, comme s'ils n'avaient aucun point commun quand le groupe est réuni au complet. Anouk est certaine maintenant que les hommes s'interdisent certains sujets devant elles.

Jamais elle n'aurait cru, en acceptant de faire cette croisière, qu'elle se serait fait deux amies. Autant elle a pris les deux jeunes femmes de haut en arrivant, autant elle a réalisé que ce n'est pas parce qu'elles ont des conjoints riches et plus âgés, qu'elles sont écervelées pour autant. Après deux jours à vivre dans un espace restreint, Anouk les considère d'égal à égal. La proximité quotidienne avec ses deux nouvelles amies aurait pu exacerber leurs différences, elle les a plutôt rendues complémentaires.

Anouk ne tient pas un rôle. Elle joue franc jeu, sauf évidemment en ce qui concerne les vraies raisons qui l'ont amenée à accepter l'invitation de dernière minute. Elle continue assurément de conserver son petit jardin secret à propos de Mylène. Pour ce qui est du reste de sa vie, elle ne s'est infligé aucune censure. Elle a l'impression qu'il en est ainsi de ses deux amies. Stéphanie n'hésite pas à s'ouvrir sur ses premières amours, sur ses relations difficiles avec sa mère et sur sa réconciliation récente. Elle parle sans retenue de ses ambitions dans sa future carrière de journaliste et de ses projets pour l'après-Alain Dupré. Du côté de Sylvie, le cœur à la vague, elle a laissé entendre que cette croisière est probablement sa dernière avec Tom. Pour elle, ce voyage représente son chant du cygne, l'aboutissement d'une relation à laquelle elle a sincèrement cru. La fin d'un rêve. Un retour à la réalité.

La dynamique imposée par la présence d'Anouk donne une autre couleur aux conversations. Les deux amies étant plutôt semblables, elles découvrent un modèle de femme auquel elles s'identifient facilement. Anouk représente, en plus de son élégance naturelle, la femme de carrière qui réussit. La femme d'action qui s'assume. La professionnelle qui inspire, celle qui va où elle veut, par elle-même.

De son côté, après deux jours entiers en mer, Anouk en est venue à la conclusion que ces deux femmes resteraient ses amies, quel que soit le dénouement des évènements. Elle est maintenant persuadée que ni Sylvie ni Stéphanie ne sont impliquées directement dans les affaires de leurs conjoints. Elles en savent probablement plus que ce qu'elles ont laissé filtrer jusqu'à présent, mais Anouk est portée à faire confiance à leur intégrité.

La conjoncture est très particulière. L'arrivée d'Anouk dans la vie des deux jeunes femmes coïncide avec leur prise de conscience par rapport à l'existence que mène chacune d'elle. Pour toutes les deux, cette vie ne leur convient plus. Anouk se trouve malgré elle, à leur servir de miroir. Elle ne fait rien pour précipiter la fin de leurs relations ; elle est simplement là, au moment où la réflexion a lieu. Elle a l'impression qu'un évènement récent est survenu entre les deux couples. Son intuition l'incite par contre à ne pas entrer trop directement dans cette zone de turbulence. Elle y arrivera, un peu plus tard, du moins le croit-elle.

Alors que les filles sont en pleine discussion sur la responsabilité des journalistes dans la propagation d'idées occidentales dans les pays du Moyen-Orient, elles voient s'approcher Michel Paré, l'air penaud.

Sa voix n'est pas tellement assurée, ce qui ne lui arrive que très rarement. Il s'adresse à Anouk.

- Alain vient de me rappeler que je ne t'avais pas encore inscrite sur notre liste de clients. Comme c'est originalement cette raison qui t'a amenée ici, il trouve bizarre que tu ne te sois toujours pas enrôlée.

Anouk se sent à des années-lumière de cette transaction. Elle ne l'avait pas oubliée, mais espérait bien naïvement qu'il était passé à autre chose. Elle doit réagir rapidement, se disant que si Alain Dupré avait rappelé Michel Paré à l'ordre, cela devait revêtir une certaine signification.

- Je me demandais quand tu étais pour me le proposer.

Il sourit, manifestement soulagé par sa réaction. Il l'invite à le suivre au salon où l'attend sa petite machine numérique, gobeuse de cartes de crédit et de débit.

- Le capitaine me dit que nous sommes à portée de réseau depuis une heure. C'est le temps d'en profiter, n'est-ce pas ? À moins que tu ne veuilles reconsidérer ta décision. Je comprendrais.

Tous les scénarios possibles lui défilent par la tête à la vitesse de l'éclair. Elle ne peut se permettre de perdre sa couverture. Elle devra se résoudre à se délester de vingt mille dollars pour protéger ses arrières. Décidément, elle n'aime vraiment pas ce type, malgré ses airs de gentlemen.

- Pourquoi voudrais-je reconsidérer quoi que ce soit ? Ma paye a été déposée dans mon compte, j'ai l'argent maintenant, ne t'inquiète pas.

Michel Paré hésite, puis se forge un sourire.

- En effet, faisons les choses dans les règles de l'art, tout le monde sera content.

Anouk ne comprend pas ce que veut dire « tout le monde » dans ce cas-ci. Son associé Alain Dupré ? Son directeur de banque ? D'autres partenaires ailleurs ? Cela ne lui paraît pas clair. Est-ce un test ? Après tout, elle ne sait pas ce dont discutent les hommes à longueur de journée qui, incidemment, n'ont encore attrapé aucun poisson, sinon elle.

- As-tu ton chèque de deux mille dollars ?

- Évidemment.

Malgré son air désinvolte, Anouk rage en dedans. Elle donne dix-huit mille dollars nets à ce fraudeur. Elle sent qu'elle n'a pas le choix. Trop vulnérable, sur le bateau avec ces types, elle doit se résigner à souscrire à l'escroquerie.

- Tu me dis combien a coûté l'avion et tu le déduis du chèque.

Michel Paré vient pour intervenir, mais se ravise. En deux jours, il a appris à connaître la femme.

CHAPITRE 10
Longueuil, il y a 18 ans

Les premiers emplois qu'a occupés Michel Paré ne comptaient pas vraiment. Ils n'avaient qu'une utilité, lui permettent de se payer un appartement pour fuir son milieu familial.

Il n'a pas été bien traité ni mal traité non plus. Ses parents n'avaient tout simplement pas beaucoup d'aptitude parentale. Ils auraient dû s'arrêter après le premier enfant, c'est-à-dire après lui, mais voilà, ils ont continué à en faire, comme si avec la quantité de rejetons viendrait la qualité de l'esprit de famille. Une fois le quatrième arrivé en ce bas monde, le père a décidé que la vie familiale n'était pas faite pour lui. Après une dure bataille de l'un et de l'autre pour ne pas obtenir la garde des enfants, c'est la mère qui a perdu. Elle a donc dû assumer l'élevage familial seule.

Personne n'a été battu, mais personne n'a été cajolé dans cette maison sans chaleur. Dès qu'il a eu seize ans, Michel Paré a laissé l'école pour voler de ses propres ailes. Ses professeurs ont essayé de le retenir en vain. Ils trouvaient dommage qu'un élève aussi brillant quitte si précocement les études. Sans presque ne jamais étudier, Michel arrivait toujours premier de sa classe. Il aimait particulièrement les chiffres et se plaisait à démontrer des formules mathématiques complexes à chaque utilisation, plutôt que de se contenter de les apprendre par cœur et de les appliquer comme tout le monde.

Donc ses premiers boulots ne correspondaient ni à ses goûts ni à ses talents. La liberté et la quiétude nouvellement acquises compensaient amplement la monotonie de ses premières expériences.

La découverte, il l'a eue à l'âge de vingt-cinq ans. On demandait un représentant aux ventes dans le département des électroménagers pour un grand magasin du boulevard Thérien. Le matin, à la première heure, il fut le premier à se présenter pour le poste. La veille, il était allé voir la concurrence dans trois établissements différents où il s'était fait passer pour un client magasinant l'achat de toute la suite d'électros : poêle, frigo, micro-onde, lave-vaisselle, laveuse et sécheuse à linge. Il a profité d'un cours en accéléré sur le fonctionnement de cinq marques différentes pour chacun de ces électroménagers. Il a appris comment faire miroiter les marges de crédits et la magie du principe d'acheter maintenant et payer plus tard. En plus, il avait saisi tous les arguments de vente, des plus honnêtes aux plus créatifs.

Fort de ses acquis de la veille, l'entretien d'embauche n'a duré qu'une demi-heure. À la suite à son entrevue, il a été présenté au directeur du magasin lui-même qui à son tour, lui a fait une offre sur-le-champ. Ce matin-là, l'affiche de demande de personnel a été retirée de la vitrine une heure après l'ouverture des portes.

Durant les deux ans qui ont suivi, il fut nommé meilleur vendeur vingt-trois mois sur vingt-quatre. À son premier mois en poste, il s'était contenté de la deuxième place.

Michel Paré s'était trouvé une profession. Non seulement le travail lui permettait de payer son loyer, mais il s'était découvert un véritable talent pour convaincre les gens. Quand les autres vendeurs faisaient semblant d'être occupés en voyant arriver un couple mal habillé qui ne paraissait pas être en moyens, c'est lui qui se présentait à eux. Après cinq minutes, il avait saisi leurs besoins et les avait valorisés. Après dix minutes, il leur avait proposé exactement le modèle qu'il leur fallait. Une demi-heure plus tard, il les avait convaincus de signer ici et là pour activer leurs paiements mensuels, soi-disant sans intérêt. Évidemment, il passait assez rapidement sur le nombre d'années que prendra le remboursement et sur les conséquences de manquer un seul paiement. Le client était heureux, sa commission le rendra lui aussi heureux.

Un jour, il a eu comme client le propriétaire du concessionnaire automobile d'en face. Après avoir appliqué toutes ses techniques de vente, non seulement il avait réussi sa vente, mais il avait en poche une offre d'emploi en tant que vendeur automobile, avec possibilité de commissions qui devraient atteindre le double de ce qu'il touche ici.

Deux semaines plus tard, il commençait son nouvel emploi. Deux mois après, il gagnait pour la première fois la palme du meilleur vendeur du mois.

Bahamas, lundi midi, 12 août

Même tôt le matin, Mylène est pleine de vitalité. Elle semble parfaitement remise de son long voyage de la veille. Hier soir, elle a trouvé le moyen de prendre un dernier verre au bar de l'hôtel, pendant que je dormais comme un loir. Elle a discrètement posé des questions au barman sur la compagnie

Poséidon, sans soutirer quelque indice que ce soit. Cette firme n'est apparemment pas très connue ici.

Après le petit déjeuner, durant lequel j'en ai profité pour relater ma conversation avec Mat, Mylène et moi avons pris un taxi pour les bureaux de Gestion Poséidon.

Alors que nous nous attendions à nous retrouver devant un immeuble de bureaux sur une rue passante, nous sommes en face d'une allée menant à une superbe villa dans un quartier de banlieue huppé et peu fréquenté. Je m'assure avec le chauffeur qu'il a bien la bonne adresse. C'est effectivement le cas. Nous le payons et à regret, le laissons partir.

Aucun de nous ne se presse pour être le premier arrivé à l'entrée de la villa.

- Qu'est-ce que nous allons dire en arrivant, Gabriel ? En as-tu une idée, toi ?

J'ai bien peur de baisser dans son estime. Je ne sais pas si elle me prenait pour un super héros, mais j'ai peur de devoir lui avouer que je n'ai aucune idée de l'approche à prendre.

- Toi la première.

Pas folle, la fille.

- Non, j'insiste, donne-moi tes idées d'abord, je te ferai part des miennes après.

Par bonheur, l'allée qui mène de la route à la villa est très longue. Elle nous donne l'occasion d'avoir la discussion que nous aurions dû avoir bien avant de nous retrouver ici. Heureusement, ce petit jeu nous change les idées, il nous permet de digérer la nouvelle que nous avons eue juste avant d'entrer dans le taxi.

- Tu as gagné, Mylène, j'avoue que je n'ai aucune idée pour la suite des évènements. Désolé, je me sens un peu con.

Sans prendre une seconde pour y réfléchir, elle réplique.

- C'est bien ce que je craignais,

- Que je sois un peu con ?

- Non, que tu n'aies pas la moindre idée de ce que nous allons faire là-dedans.

Puis, elle ajoute d'une voix plus basse :

- Ce qui revient au même.

Elle me tape sur l'épaule en pointant du menton la villa qui se rapproche de nous et poursuit.

- Moi qui te prenais pour un grand stratège, je suis déçue.

Elle fait la moue maintenant.

Je bafouille comme un ado qui cherche à impressionner une fille.

- Je suis navré, Mylène, je ne suis pas le grand détective que tu croyais retrouver en moi. Je ne suis que moi. Un frère qui veut aider sa sœur. Pas plus. À toi de me faire part de toutes tes bonnes idées. Il ne reste que quelques pas avant que nous nous retrouvions devant la porte.

Mylène s'arrête et me fait face.

- Désolée, Gabriel, je ne voulais pas te blesser. Je sais que tu tiens à ta sœur et ce sentiment t'honore. Cela te rend vulnérable et j'avoue que j'aime te voir ainsi.

Elle me prend la main en me parlant. Cette fille ne cessera de me surprendre. Elle poursuit.

- Voici ce que je propose. Nous entrons et nous demandons à parler à Anouk. Nous verrons bien ce qui se passera.

Je la regarde en voulant dire : « C'est ça, ton idée ! », mais je me garde de le verbaliser. Je n'en ai pas de meilleurs à offrir de toute manière.

C'est bizarre, mais juste avant d'arriver devant la porte de la villa, je réalise pour la première fois depuis que je suis levé, que le temps est superbe, que l'air est chaud et que la végétation est luxuriante. Je trouve étrange d'avoir des considérations aussi terre à terre, juste avant de me jeter dans l'inconnu.

Montréal, lundi midi, 12 août

Anxieux de n'avoir reçu aucune nouvelle, Damien qui n'en peut plus se résigne à contacter Mat. Il se sent responsable de la décision d'Anouk. Non seulement il doit gérer les états d'âmes de sa tante et les siens, il s'inquiète maintenant de son amie, à la recherche de je ne sais trop quelle piste aux Bahamas.

- Sergent Mathieu Smith à l'appareil.

- Mat, c'est moi.

C'est tout ce que Damien a besoin de mentionner. Ses amis reconnaissent sa voix sans plus de présentation.

- Ah Damien ! Si tu m'appelles pour avoir des nouvelles d'Anouk, j'ai bien peur de te décevoir.

Ce n'est pas la réponse qu'il espérait recevoir. Sa voix tremble à présent.

- Crois-tu qu'Anouk est en danger, Mat ?

- Je l'ignore, Damien. Personne ne sait où elle est. Elle n'a pas donné de ses nouvelles depuis qu'elle a avisé sa nouvelle flamme qu'elle partait pour Nassau. En fait, je ne sais même pas si elle y est effectivement, aux Bahamas.

Puisque Damien veut tout savoir, Mat rajoute que Gabriel et la nouvelle amie d'Anouk sont aussi partis la rejoindre.

Damien est sens dessus dessous. Il se sent coupable à présent d'avoir incité Gabriel à aller chercher sa sœur aux Bahamas.

- Qu'est-ce que tu comptes faire ?

- Rien, Damien. Comme elle est partie de son propre chef et qu'elle n'a rien fait de mal, comment veux-tu que je réquisitionne les registres des compagnies aériennes pour vérifier où elle est ?

Le ton de Mat monte instantanément. Cela ne laisse aucune place pour une quelconque riposte de son ami. Il attaque avant de se faire attaquer. Ses nerfs à lui aussi sont à bout. Il en rajoute.

- Je ne suis pas au département des chiens perdus, Damien. Si Anouk, puis Gabriel, puis Mylène et je ne sais qui d'autre décident d'aller aux Bahamas, que puis-je y faire. Je suis dans la police, pas à la recherche de touristes en mal de sensations fortes.

Damien ne dit rien. La réplique de Mat lui scie les deux jambes. Il n'est pas équipé pour faire face à ce genre d'assaut.

Mat qui sent le désespoir de son ami réalise qu'il va peut-être un peu loin.

- Désolé, Damien, je ne voulais pas t'accabler avec mes propres soucis. La vérité est que je n'ai aucune nouvelle. Je poursuis la filière de l'argent, la seule chose sur laquelle je peux me concentrer pour le moment. Si j'ai du nouveau, je t'appelle immédiatement. Est-ce que cela te convient ?

D'une voix hésitante, Damien répond.

- Oui, Mat. Merci

Il raccroche sans attendre sa réaction.

CHAPITRE 11
Océan Atlantique, lundi midi, 12 août

Anouk n'a pas pris de temps à réaliser que si la petite machine à collecter de l'argent pouvait être en réseau, son cellulaire devait l'être aussi. Discrètement, après en avoir terminé avec la transaction qui venait fort probablement de lui faire perdre dix-huit mille dollars, elle regagne sa chambre pour pouvoir enfin donner de ses nouvelles à ses amis.

Deux points sur cinq, c'est toute la puissance de réseau à laquelle elle a droit. Elle s'en contentera.

Déçue, elle n'a pas de réponse du côté de Mylène. Étrange, se dit-elle, c'est comme si son cellulaire était fermé. C'est peut-être le cas après tout. Sans tarder, par peur que quelqu'un ne s'aperçoive de son absence, elle compose immédiatement le numéro de son frère.

Mais voilà, elle entend des pas venant du petit hall qui donne accès aux chambres. Elle met sa main sur le récepteur, comme si quelqu'un pouvait entendre la sonnerie à l'autre bout.

- Est-ce que ça va, Anouk ?

Elle reconnaît la voix.

- Oui, Stéphanie ! J'arrive dans deux petites minutes.

- Tu me laisses entrer ?

Anouk est paniquée. Voici qu'elle entend son frère répondre à l'appel maintenant. C'est trop de situations à gérer en même temps, elle tremble de partout. Elle prend sa voix la plus basse possible.

- Un instant, Gabriel. Donne-moi une minute.

Puis d'une voix plus forte, s'efforçant d'avoir un air assuré, elle répond à son amie.

- J'arrive tout de suite, Stéphanie. J'ai besoin d'un moment.

Cette dernière ne semble pas vouloir battre en retraite.

- Je sais que tu es au cellulaire, Anouk, ne crains rien.

Anouk a la bouche ouverte. D'un côté, il y a son frère qui attend qu'elle dise quelque chose et de l'autre, elle doit donner une réponse immédiate à Stéphanie qui est en train d'envahir son territoire.

Écoutant son instinct, elle va à la porte et l'entrouvre dans l'espoir de lui faire comprendre qu'elle voudrait être seule pour un moment.

- Ce ne sera pas très long, Stéphanie, je termine cet appel.

Cette dernière prend Anouk de vitesse et pousse sur la porte afin de se faufiler dans la chambre.

Anouk la regarde, interloquée.

- Ne crains rien, Anouk. Il faut que je te parle seule à seule. Termine ton appel, je n'écoute pas.

Anouk entend Gabriel à l'autre bout qui crie dans le récepteur.

Tout en ne détachant pas son regard de l'intruse, elle se résigne à faire cesser le calvaire de son frère.

- Désolée, je ne peux pas te parler longtemps.

- Es-tu en danger ? Qui est avec toi, je t'entends parler à quelqu'un ?

Le ton du grand frère est agité, il n'y peut rien.

- Calme-toi. Je vais bien. Je pourrais te parler plus longuement dans une journée ou deux.

Je suis soulagé d'entendre la voix de ma sœur. Pour ce qui est d'attendre encore une journée ou deux avant d'en savoir plus, je le digère mal. Il se passe des choses dont elle ne veut pas ou ne peut pas me parler. J'essaie une autre tactique.

- Je suis ici, à Nassau, avec Mylène. Dis-moi où tu es, nous trouverons le moyen de te rejoindre.

Anouk sent instantanément sa gorge se serrer à l'idée que son frère et Mylène sont sur l'île.

- Ah oui !

Stéphanie décèle la vulnérabilité sur le visage d'Anouk. Instinctivement, elle baisse le regard pour lui redonner l'intimité qu'elle lui a dérobée.

Anouk se ressaisit.

- Je te contacte dès que je le peux. Maintenant, je dois te laisser.

Elle raccroche sans donner plus de détails à son frère qui, elle le sait, doit avoir mille questions à poser. Tout de même, il aura eu de mes nouvelles, se dit-elle pour se réconforter. *Au moins, il sait que je vais bien.*

Elle dirige à présent son attention vers Stéphanie. Sans dire un mot, elle fait passer dans son regard toutes les questions du monde sur le but de sa présence imposée. Stéphanie comprend.

- Désolée, Anouk, c'est l'unique moyen que j'ai trouvé pour te parler seule à seule. Je t'ai suivie ici. J'ai bien pensé que tu aurais des appels à faire.

Anouk toise la femme en se demandant où elle veut en arriver. Elle a peine à retrouver son calme.

Sentant ses interrogations, Stéphanie va droit au but.

- Je sais que ta venue ici a quelque chose à voir avec les magouilles des hommes. Ton histoire de manque temporaire d'argent ne tient pas la route. Michel est trop obnubilé par toi pour s'en apercevoir.

Anouk vient pour nier, mais se ravise sur-le-champ. Elle choisit de ne pas réagir, enfin en parole, mais tout son corps, lui, donne raison à Stéphanie. Cette dernière est trop intelligente pour qu'elle lui lance n'importe quelle salade sans fondement. Elle décide donc de la laisser poursuivre afin qu'elle dévoile tout ce qu'elle a en tête.

Elle s'assoit sur le lit. Sans attendre une invitation, son amie en fait autant. La suite de la conversation se fait côte à côte à présent.

- Le fait que tu n'aies posé aucune question sur ce que font nos conjoints est très révélateur. N'importe quelle personne normale en croisière sur un yacht d'un tel luxe aurait posé plusieurs questions sur le travail de ces gens. Je ne sais pas, moi : sur le genre d'affaires qu'ils font, sur la relation entre les trois hommes, depuis combien de temps ils possèdent le bateau, la villa, ainsi de suite. Toi, rien. En deux jours, aucune question, ni à eux ni à nous. Ta discrétion me paraît étrange dans les circonstances. Tu es au courant que Michel est dans l'immobilier, enfin, admettons, mais tu n'en connais pas plus. Quel est son rôle dans l'organisation, celui d'Alain, la taille de l'entreprise, le nombre d'employés, etc. On n'évite pas un tel sujet par hasard pendant aussi longtemps, Anouk.

Anouk regarde son amie dans les yeux, mais ne bronche pas.

- Je ne sais pas ce que tu viens faire là-dedans, Anouk. Alors soit tu sais parfaitement bien ce qu'ils font ou soit tu es à la recherche de quelque chose. Tu oublies que je suis en journalisme, je commence à développer un flair pour ces choses.

Anouk qui s'était demandé un moment si par hasard Stéphanie aurait eu des vues sur elle en la rejoignant à sa chambre se retrouve en total déséquilibre. Force lui est d'admettre que Stéphanie a un bon point. Par excès de modération, Anouk s'est fait prendre. Rien ne sert de nier.

- Qu'est-ce que tu veux savoir, Stéphanie ?

Bahamas, lundi midi, 12 août

Mylène et moi n'avons pas reparlé de l'appel de ma sœur, reçu juste avant d'entrer dans le taxi qui nous a conduits ici. Mylène n'a eu aucune réaction ou était trop frustrée pour en discuter. Elle ne comprend pas plus que moi pourquoi il faudra attendre une journée ou deux avant de savoir ce qui arrive à Anouk. Aucun de nous n'a osé formuler quelque spéculation que ce soit. L'ambiance dans le taxi était dense. Tous les deux, nous étions à la fois rassurés de la savoir saine et sauve et frustrés de ne pas en connaître davantage sur sa situation. L'effet combiné de ces deux impressions opposées nous rend ambivalents, presque émotionnellement au neutre.

Sans se consulter, nous réagissons, elle et moi, de la même manière. Comme pour canaliser notre stress, nous nous concentrons sur la tâche immédiate à accomplir. Nous savons que nous en reparlerons plus tard, quand nous aurons digéré l'information. Je n'en ai aucun doute.

Pour le moment, notre discussion sur l'approche à adopter une fois rendus au bout de l'allée qui nous mène à la villa mobilise toutes nos énergies.

Nous y voici. Je sonne. On nous ouvre.

Elle est encore plus impressionnante en dedans qu'en dehors. Les propriétaires de la résidence roulent sur l'or. Mylène et moi en perdons notre sens pratique, nous en oublions les politesses. La dame devant nous, portant tablier et petit bonnet, commence à trouver le temps long.

Mylène retrouve ses esprits avant moi.

- Désolée de vous importuner, madame, mais nous sommes à la recherche d'une amie, Anouk Beauregard, qui serait venue ici vendredi soir dernier.

Je n'aurais pas trouvé mieux. Question directe, sans détour. La voix calme et chaude de Mylène a tout pour rassurer. Si la femme sait quelque chose, elle pourra nous éclairer et peut-être nous dire où est Anouk. Sinon, elle pourra peut-être nous indiquer à qui le demander.

- Je regrette, madame, je suis seule dans la villa en ce moment. Ils sont tous partis en croisière.

Mylène et moi répliquons la même chose en même temps en haussant tous les deux le ton.

- En croisière ! Où ?

- Je n'en sais rien, monsieur, madame. Monsieur Dupré nous a demandé de préparer de la nourriture pour cinq personnes pour une durée de quatre jours. Vendredi, avant de quitter Montréal, son patron l'a appelé pour lui demander d'ajouter ce qu'il faut pour une invitée supplémentaire qui arriverait avec lui, presque en plein milieu de la nuit. C'est tout ce que je sais.

Mylène me regarde, médusée. En plus, je lis une expression de tourment sur son visage. Moi, j'ai peur pour ma sœur. Elle, en plus de s'inquiéter pour Anouk, elle semble vivre une espèce de trahison. Sa bien-aimée avec qui elle vient d'emménager la quitte sans prévenir pour faire une croisière avec des inconnus sur un yacht aux Bahamas. Je sens son désarroi, je lui prends la main. Elle ne la refuse pas et accepte l'énergie qui y transite.

Je poserai les questions suivantes, elle, elle a besoin d'assimiler la nouvelle.

- Savez-vous, madame, si Anouk Beauregard fait partie du groupe ?

La dame est très patiente. Je crois que nous lui inspirons confiance.

- Je ne saurais vous le dire, monsieur. À part monsieur Dupré, je sais que le grand patron est aussi avec eux. Il emménage dans la villa, nous lui avons préparé un bureau. Ils viennent tous deux de prendre leur retraite. J'ai cru comprendre que cette croisière a pour but de souligner l'évènement.

Bon, nous ne savons toujours pas avec certitude si Anouk est sur ce yacht, mais je saurai utiliser ce que j'apprends en ce moment, une fois que nous nous serons repliés d'ici. Je modifie mon approche.

- Savez-vous dans quelles affaires travaille monsieur Dupré ?

Le front de la dame se plisse.

- Je dois vous demander de partir à présent.

Elle nous contourne, pousse la porte et nous fait comprendre, sans équivoque, que la discussion est terminée. J'y suis allé un peu trop fort, je crois. À regret, nous obtempérons.

Nous nous retrouvons au bout de la longue allée, sur une route peu passante. Heureusement, l'abribus nous indique que nous aurons un moyen de transport, éventuellement. Il nous fournira l'ombre d'ici là.

Il y a longtemps que j'ai laissé la main de Mylène, pas tellement à l'aise avec la situation. Nous sommes maintenant assis, l'air ridicule, dans cet abribus que nous aurions trouvé cocasse dans une autre circonstance. Mylène, qui n'a toujours pas dit un mot, sort de sa torpeur.

- Je n'en reviens pas, Gabriel. Ta sœur t'appelle pour te dire gentiment qu'elle n'est pas disponible pour nous parler avant un ou deux jours et maintenant j'apprends qu'elle est en croisière, la chère, avec de purs inconnus sur un yacht. Je ne sais plus quoi penser d'elle.

Je la comprends. Je ne sais plus que penser de ma sœur non plus. J'essaie de la réconforter, en espérant, par la même occasion, que mes propres paroles m'encourageront aussi.

- Je connais Anouk. Si elle est sur ce yacht, elle en a pesé le pour et le contre. Et si elle a suivi ce type, Michel Paré, c'est qu'elle a évalué qu'il n'y avait pas de danger pour elle.

- Merci, Gabriel, je suis consciente que tu fais de ton mieux. Mais, tu vois, je connais aussi un peu ta sœur, depuis moins longtemps que toi, mais tout de même assez pour savoir qu'elle est capable de coups de tête, sans avoir soupesé le pour et le contre, comme tu le dis.

Nos regards se concentrent sur la route qui ne nous offre toujours pas d'autobus à l'horizon. Puis cela me revient tout d'un coup.

- Michel Paré et son associé prennent leur retraite ! Ils laissent tout tomber donc ! Fini les intérêts. Les épargnants vont assurément perdre tout leur argent.

Mylène ne me répond pas. Elle paraît être sur une autre planète. Je ne sais même pas si elle a entendu ce que je viens de lui dire.

Je n'ai pas longtemps à attendre. Elle me le confirme. Son ton est machinal.

- Anouk, sur un yacht, avec ce type !

Elle ne m'a pas entendu.

L'expression de son visage tourne maintenant à la colère. La femme à côté de moi est une personne meurtrie et jalouse. Elle est venue au secours d'Anouk, avec moi, dans l'espoir d'être à ses côtés et de peut-être joindre l'utile à l'agréable en profitant du beau temps des îles, après l'avoir retrouvée. Et là, la voilà seule et en colère. Je crois qu'elle lui en veut.

Voici l'autobus qui arrive.

CHAPITRE 12
Montréal, lundi après-midi, 12 août

Mat est enragé. Vu sa façon de procéder vendredi dernier, il ne serait pas étonné, sentant la soupe chaude, de ne plus revoir Michel Paré au Canada. Il commence à réaliser que Paré risque de s'en sortir sans une égratignure. Il sait maintenant que ses derniers clients, ceux de la rencontre de vendredi, ont tous payé sur-le-champ. Sa stratégie consistant à les aviser avant qu'il ne soit trop tard n'a pas fonctionné. Il s'en veut de n'avoir rien pu faire. Il n'a pas su prévenir cette éventualité. Paré s'apprêterait donc à arrêter le versement des intérêts et pire, à garder pour lui, hors de portée, tout leur argent.

Les agents du fisc québécois et canadien lui ont confirmé que vu l'état actuel du système bancaire aux Bahamas et des traités avec le Canada, il ne leur apparaît pas impossible, mais très difficile cependant de récupérer les sommes qui sont encore dans ce paradis fiscal. Ils anticipent des délais extrêmement longs avant d'obtenir la déportation éventuelle des présumés coupables.

Quand Mat s'est enrôlé à la Sûreté du Québec, c'est exactement ce genre de situation qu'il voulait prévenir. Qu'un type comme Paré arnaque aussi facilement des centaines de personnes qui lui faisaient confiance. Des centaines de tantes Béatrice et de Damien se sont fait dérober leurs économies impunément. Pire encore, il ne pourra vraisemblablement pas leur obtenir justice. Il aura honte face à eux et ses amis pour le restant de ses jours.

C'est dans cet état d'esprit qu'il répond à l'appel qui le sort de ses sombres pensées.

- Sergent Mathieu Smith à l'appareil.

- Mat, c'est moi. J'ai eu des nouvelles d'Anouk.

Mat ne réagit pas. Moi qui croyais qu'il aurait sauté au plafond.

- C'est tout ce que tu as à dire. Rien !

- Désolé, Gabriel. J'avais l'esprit ailleurs. Évidemment, j'en suis heureux. Comment va-t-elle ?

- Je crois qu'elle va bien. Elle ne m'a parlé que pendant trente secondes. Il semble qu'elle n'était pas seule et elle ne pouvait me parler librement.

- C'est tout !

- C'est presque tout, en effet. J'ai su aussi par la femme de ménage de la villa qu'elle serait fort probablement sur un yacht privé et ne reviendrait à terre que dans un ou deux jours.

- Sur un yacht privé ?

- Tu as bien entendu, Mat. Sur le yacht de Michel Paré, avec vraisemblablement une clique de fraudeurs. Pas très rassurant, si tu veux mon avis.

Le policier replonge dans son silence. Je poursuis.

- Selon la femme de ménage, la petite croisière est pour célébrer la retraite de Michel Paré et de son associé.

Mat encaisse les nouvelles informations. Il sort de son mutisme. Son ton est résigné.

- C'est bien ce que je craignais, il nous file entre les doigts, le salaud. Tu sais que nous avons les mains liées dans cette affaire. Tous ces pauvres gens risquent fort probablement de perdre leur argent. Tout est aux Bahamas, sauf quelques prêts hypothécaires sur certains immeubles. Nos experts sont à déterminer quelle partie des sommes est recouvrable ici, au Québec. À vue d'œil, le gros des sommes, soit une bonne quinzaine de millions, est à l'abri dans une banque bahamienne. Plus tard cette semaine j'aurai une estimation juste du montant.

Je sais que Mat tient à Anouk autant que moi, mais je réalise qu'il considère qu'elle s'est placée elle-même dans cette situation et que professionnellement il ne pourra rien faire pour elle. Il doit se concentrer sur le recouvrement de l'argent, ce qui semble une cause perdue, et se pencher sur la poursuite des coupables, ce qui semble aussi une cause perdue. Je dois lui donner raison. Nous avons peu d'éléments avec lesquels travailler.

- Écoute, Gabriel. Toi, tu nous ramènes Anouk et moi je continue de voir ce que je peux faire à propos de l'argent et des criminels.

J'hésite. Dois-je lui faire part de l'idée qui me trotte dans la tête depuis cette nuit, ou attendre que mon plan soit mieux mûri ?

La grosse voix de Mat interrompt ma courte réflexion.

- Qu'est-ce que tu me caches, Gabriel ?

Il devine tout, celui-là.

- Rien. Je pensais à quelque chose tout simplement.

- Tu ne fais rien de dangereux. M'entends-tu ? Contente-toi de ramener Anouk et sa nouvelle copine. Moi, je m'occupe de ma partie.

Ma réponse est sortie sans que je la filtre. Il y a des jours où j'aurais avantage à me la fermer.

- Il n'y a pas d'autre partie, Mat. Tu me dis que les fraudeurs sont à l'abri et que l'argent est pratiquement intouchable dans une banque bahamienne. Ta partie est bien mince, non ?

Je n'ai pas longtemps à attendre.

- Ne prends plus la peine de me rappeler si c'est pour me faire la leçon. Je ne suis pas en vacances aux Bahamas, moi, je dois gagner ma vie. J'ai d'autres chats à fouetter. Je te laisse. Bye.

J'ai couru après.

Océan Atlantique, lundi midi, 12 août

- Est-ce que tu es de la police, Anouk ?

Anouk ne sait plus quoi dire ou quoi faire. Stéphanie a percé son jeu. Elle se sent prise au piège. Elle est seule sur un bateau avec des gens qu'elle ne connaît pas. Elle s'est liée d'amitié avec ces deux filles, mais n'a pas d'idée sur quel côté elles pencheraient si elles avaient à choisir entre leurs conjoints et elle.

- Je ne suis pas de la police, Stéphanie.

- Tu fais un reportage sur ce qu'ils font, ou quelque chose du genre ?

Stéphanie n'a pas à chercher ses questions bien longtemps, elles sont toutes prêtes.

- Non. Je suis ingénieure, pas une journaliste.

Elle revient au point de départ.

- Alors qu'est-ce que tu fais ici, Anouk ?

Anouk sait d'avance que Stéphanie ne croit pas à son histoire de pauvre fille à qui il manquait de l'argent pour investir dans un beau mirage.

- Je ne sais pas quoi te dire, Stéphanie.

Anouk cherche à gagner du temps. Elle hésite à mettre son jeu sur la table avant de bien saisir celui de l'autre.

Stéphanie ne lâche pas le morceau.

- Si tu n'es pas de la police, l'unique autre scénario est que tu veux découvrir ce qui se trame dans la société de nos conjoints pour d'autres raisons. Je ne sais pas encore lesquelles. Peut-être pourrais-tu éclairer ma lanterne.

Anouk comprend que seule la franchise a une chance de la tirer d'embarras. Elle risque donc le tout pour le tout. Elle doit abattre son jeu. Elle décide de la faire de manière courte et directe.

- J'ai des amis qui ont perdu toutes leurs économies à cause de Michel Paré. J'essaie de trouver un moyen de récupérer leur argent.

Anouk dévisage Stéphanie. Sa physionomie est difficile à lire. Elle regarde le mur opposé un instant. Puis lentement, Stéphanie redirige son regard vers Anouk. Graduellement, cette dernière a l'impression de voir le visage de la femme se dérider. Stéphanie paraît se détendre peu à peu.

Arrive enfin le verdict !

- Tes amis ont de la chance d'avoir une amie comme toi.

Bahamas, lundi fin après-midi, 12 août

Ne pouvant rien faire d'autre pour le moment, Mylène, qui essaie toujours de se calmer, se fait dorer un peu plus loin sur la magnifique plage attenante à l'hôtel. Moi, je me suis trouvé un petit coin à l'ombre. Je ne gagnerai probablement pas le concours du plus beau bronzage de l'établissement, mais un jour, ma peau me remerciera. Je n'avais pas lu un livre depuis des lunes. Un article à l'occasion, une revue ici et là, les journaux, Facebook, oui, mais pas un vrai livre. Le monde du coopératisme est une découverte pour moi. Dans son livre, Claude Béland traite de son évolution de main de maître. Ma cuirasse de capitaliste s'amincit.

Pendant cet après-midi seulement, j'oublie Anouk, Damien et sa pauvre tante. Mylène n'a presque pas parlé en revenant de la villa, retour chaleureusement offert par le réseau d'autobus de Nassau. Bien qu'elle ait des craintes concernant Anouk, en même temps, je sens qu'elle lui en veut. Je ne peux nier le fait que ma sœur a décidé d'elle-même de suivre cet homme jusqu'ici et de se joindre à une croisière sur un yacht privé. Je me mets à la place de Mylène, elle doit se sentir trahie, aussi noble soit la cause endossée par ma sœur.

Après deux d'heures de lecture, je pose mon livre, j'admire la mer et je l'avoue, la superbe silhouette de Mylène au loin.

En l'espace d'une seconde, j'ai deux ou trois idées qui me traversent l'esprit. Je me force à abandonner mes fantasmes irréalistes. Il serait beaucoup plus utile que je revienne sur le plan que j'ai commencé à ébaucher. Anouk devrait revenir à quai demain ou après-demain. Il faut faire vite.

Le scénario que j'élabore est, je l'admets, un peu tordu. Quelqu'un qui me regarderait en ce moment se poserait des questions à propos de mon sourire qui trahit l'aspect burlesque de mon plan. Il s'estompe de lui-même quand je me rends à l'évidence qu'un des points faibles du scénario se situe au niveau du risque qu'il nous ferait prendre, à tous.

Voilà que mon sourire revient maintenant ; je m'imagine la tête que Mat ferait s'il savait ce que je trame en ce moment.

- Tu penses à tes vieux péchés !

Je me sens comme un enfant pris en défaut. J'essaie de me recomposer une façade. Mylène est juste là, debout, devant moi, faisant dos au soleil, dans son petit maillot juste à la hauteur de mes yeux. Par où est-elle passée ? Cela n'a rien pour me redonner ma contenance. Elle me voit ravaler.

- Ne prends pas cet air, tu as droit à tes petits secrets, Gabriel.

- Ce n'est pas ce que tu penses, Mylène.

En fait, c'est exactement ce à quoi elle pense, elle n'a plus vingt ans et elle sait très bien l'effet qu'elle produit. Bon, me voilà pris deux fois plutôt qu'une. La tête de Mat et la mienne à présent, devant Mylène. Je choisis de lui dévoiler ce qui m'a amené à sourire à propos de la tête de Mat. Je garderai mes fantasmes pour moi, là où ils doivent demeurer.

- Assieds-toi. Je veux te parler de quelque chose.

Mylène se forge un air intrigué et s'exécute. Je ne sais pas à quoi elle pense, mais elle me gratifie de son plus beau sourire. Il semble qu'elle aussi prend une pause de drame et se contente de profiter du moment présent.

- Je t'écoute.

- Voilà, demain ou après-demain, nous retrouverons Anouk.

Elle m'écoute religieusement autant avec ses oreilles qu'avec ses grands yeux bleus.

- Nous aurons alors deux choix. Revenir à la maison tous les trois, ou tenter de récupérer l'argent de Damien et de sa tante. Et pourquoi pas, l'argent de tous les autres investisseurs.

Je vois que Mylène n'anticipait pas ce type de discussion. Je ne peux présumer de ce à quoi elle s'attendait, mais ses grands yeux se font un peu plus petits à présent.

- Tu m'intéresses, continues.

Elle est prête à entendre la suite. J'ai hâte d'avoir ses réactions.

- Il m'est venu une idée pour récupérer l'argent. Pas seulement celui de Damien ou de sa tante, mais tout l'argent. Elle a très peu de chances de réussir, mais c'est la seule que j'ai en tête pour le moment.

* * *

Mark Thompson n'est pas homme à se laisser faire. Il veut bien administrer les immeubles et faire la sale besogne de collection de loyers pour Michel Paré. Il ne s'en plaint pas,

144

ce travail lui permet de très bien gagner sa vie. Mais voilà, il vient d'apprendre que son patron s'est retiré des affaires et a quitté le Canada pour les Bahamas. Il est parti sans lui dire un mot et sans même lui mentionner ce qu'il adviendrait de lui.

Ce n'est pas le genre de cas qui se règle par téléphone. Mark Thompson aime regarder dans les yeux la personne à qui il s'adresse. Demain mardi, il ira lui-même frapper à la porte de la villa dont il a tellement entendu parler et demandera son dû. Il estime que la dépense pour le voyage en vaut la peine. Il n'a pas l'intention de s'annoncer, préférant l'effet de surprise. En fin de compte, c'est Michel Paré qui a établi les nouvelles règles du jeu, il constatera que lui aussi peut très bien jouer à ce nouveau jeu.

CHAPITRE 13
Océan Atlantique, mardi après-midi, 13 août

Est-ce par manque de chance à la pêche ou pour des raisons professionnelles ? Anouk ne le sait pas, mais les femmes se sont fait annoncer ce matin que la croisière se terminait et qu'on avait donné ordre au capitaine de revenir au port. En ligne droite, ils seront arrivés à la marina en début de soirée.

Autant Anouk se sentait stressée quand elle est montée à bord, autant elle l'est maintenant à la pensée de devoir quitter le bateau qui somme toute, s'est avéré être un lieu où elle s'est finalement sentie bien. Peut-être en est-il temps après tout. Elle a dû hier soir, pour la première fois, repousser les avances de Michel Paré au moment de se dire bonne nuit. Elle a conscience qu'elle joue avec le feu en tentant le diable depuis vendredi soir dernier, malgré le beau pacte qui les lie.

La veille, en fin d'après-midi, Anouk a vu Stéphanie et Sylvie s'absenter du pont pendant une bonne demi-heure. Quand elles sont revenues, elle ne leur a posé aucune question. Elle savait trop bien de quoi elles avaient discuté. Sylvie avait les yeux rouges. Pas un mot ne s'est dit à leur retour sur le pont. Anouk préférait attendre. Ce n'était pas à elle de prendre les devants. Elle devait respecter leur silence ; ne pas brusquer leur réserve. Au souper, elles ont agi comme si de rien n'était.

Ce n'est qu'aujourd'hui qu'Anouk mettra fin à ses spéculations, car Sylvie, après s'être assurée que les hommes sont à l'arrière, fait une déclaration qui surprendra Anouk.

- Nous sommes avec toi, Anouk.

Anouk ne répond pas. Ce moment lui semble irréel. Elle se sent comme si elle avait usurpé un rôle qu'on ne retrouve qu'au cinéma. Elle est sur un yacht de luxe, avec des escrocs de haut niveau, en train d'avoir une discussion bien réelle à propos de ce qui pourrait être ni plus ni moins une mutinerie. Elle ne peut pas croire qu'elle joue aux espions, en ce moment même, en compagnie de ces deux femmes. Jamais elle n'aurait cru qu'un jour elle se serait retrouvée dans une pareille situation.

Elle doit patienter. Elle, elle a déjà ouvert son jeu la veille, avec Stéphanie. Elle sait très bien que son sort est entre les mains de ses deux nouvelles amies. Elle doit attendre la suite avec résignation.

Stéphanie prend le relais.

- Nous en avons parlé entre nous, Anouk. Tu as raison sur toute la ligne. Comme je te l'ai dit hier, j'ai eu la puce à l'oreille il y a environ deux mois, quand je suis tombée par hasard sur des documents trouvés sur le bureau d'Alain. J'ai découvert ce qui arrive avec l'argent souscrit par des centaines de personnes au Québec. La grosse partie demeure ici, aux Bahamas et non investie dans l'immobilier comme il le prétend. Je ne lui en ai pas parlé, peut-être par pudeur, peut-être par lâcheté.

Sylvie la coupe.

- Pour moi, c'est plus récent. J'ai surpris une conversation téléphonique entre Tom et Michel il y a deux semaines. Ils discutaient des possibilités pour la justice canadienne de mettre la main sur les sommes qu'ils ont transférées ici. Je n'en reviens pas encore. Je suis toujours sous le choc. Je croyais que Tom s'en tenait à des affaires honnêtes. Je suis tellement déçue, Anouk, tu ne peux savoir à quel point. J'en suis venue à le détester. Je ne peux plus demeurer avec cet homme. Je suis entrée en droit pour que la justice soit bien servie et je me retrouve à vivre avec quelqu'un qui la bafoue en aidant à frauder des gens. Il a perdu tout mon respect.

Anouk compatit avec la jeune femme. Elle lui prend la main, ce qui l'incite à poursuivre.

- J'ai laissé mon droit pour lui. J'ai sacrifié ma carrière pour lui, pour être avec lui, pour vivre sa vie à lui.

Elle a la larme à l'œil à présent.

- C'est pire que s'il m'avait trompée, je crois. Je réalise aujourd'hui que pendant les années que j'ai passées avec lui, il me trompait par sa malhonnêteté, jour après jour.

Durant les prochaines minutes, à voix basse, en s'assurant de temps à autre que les hommes se tenaient toujours à l'arrière du bateau, Stéphanie et Sylvie, à tour de rôle, ont fait part à Anouk de ce qu'elles vivaient et de ce qu'elles savaient sur les affaires des hommes.

Anouk connaissait le volet collection de l'argent, pour en avoir fait les frais en personne, ainsi que Damien et sa tante. Par contre, elle ne saisissait pas les relations d'affaires entre Michel Paré, le grand patron, Alain Dupré, l'associé aux Bahamas et Tom Harrison, le banquier. Elle a eu la confirmation que l'arnaque de vendredi était leur dernier coup. Michel et Alain prennent leur retraite, ce qui valide ses soupçons, à savoir que les gens qui se sont enrôlés vendredi soir ont probablement perdu tout leur argent, comme les autres avant eux.

Stéphanie, moins émotive que son amie, reprend les rênes de la discussion.

- Alors c'est oui, Anouk. Nous t'aiderons à trouver une façon de récupérer les sommes d'argent qu'ils ont usurpées à ton ami.

Elle soupire profondément et poursuit.

- Tu nous as ouvert les yeux. Depuis deux mois, je suis au courant, mais je continue pourtant à avoir une trop grande complaisance envers les activités d'Alain. Je sais maintenant que tout ce luxe dont je profite moi aussi provient des économies de ces gens. J'ai l'impression que j'attendais une occasion, ou une personne comme toi, Anouk, pour me donner le courage de faire quelque chose.

Anouk se sent mieux, elle a des alliées. Elle n'est plus seule, ce qui dans les circonstances lui paraît inespéré. Mais elle est consciente en même temps, de la grande pression qui se pose sur ses épaules. Elle est l'instigatrice d'un complot dont elle ne maîtrise aucun des éléments.

Ses deux amies la regardent. Elles attendent la suite. Le problème est qu'Anouk n'a pas de suite à proposer. En fait, le seul plan qu'elle a à l'esprit est d'entrer en communication avec son frère qu'elle sait maintenant sur l'île et de voir avec lui et probablement aussi avec Mat, ce qu'ils ont à proposer.

Par prudence sans doute, Anouk se contente de mentionner qu'elle devra contacter des gens dès son retour sur terre. Elle ne dit pas qu'il s'agit de son frère et encore moins qu'elle a aussi l'intention d'en parler à la police, par l'entremise de Mat.

Juste au moment où Anouk a l'impression que tout est sur les rails, Sylvie arrive avec une étonnante demande.

- Je ne sais pas pour toi Stéphanie, mais je me sentirais un peu traître si nous faisions arrêter les hommes.

Elle s'arrête, semble reconsidérer ce qu'elle vient de dire et se reprend.

- Mais s'ils se font arrêter, bon, je m'en remettrai aussi, conclut-elle pour elle-même à voix basse.

Puis Sylvie prend un soudain aplomb et lève la voix.

- Êtes-vous avec moi, les filles ?

Anouk ne sait d'où cela lui est venu, mais elle lance aux deux autres en tendant le bras :

- Toutes pour une et une pour toutes.

C'est alors que, surprenant ses deux amies, Sylvie conclue qu'Anouk devait demeurer à la villa pour le restant de la semaine. Il leur faut plus de temps pour mettre quelque chose au point. Si Anouk repart pour Montréal ce soir ou demain, il ne leur sera pas possible de fomenter quoi que ce soit. Elle est libre, est en vacances et a un billet de retour ouvert.

- Excellente proposition. C'est moi qui en parlerai à Alain, annonce Stéphanie, il n'aura sûrement aucune objection. Je sauterai quelques cours cette semaine. Si mes yeux ne me trompent pas, je crois aussi que Michel sera tout à fait d'accord avec l'idée.

Anouk sourit. Elle n'a pas encore acquiescé, mais son langage corporel la trahit. Après tout, elle ne sera pas venue aux Bahamas pour rien et d'une façon très égoïste, elle n'aura pas donné dix-huit mille dollars à ce fraudeur en vain non plus. Plus déterminée que jamais, sa confiance se transmet à ses nouvelles alliées.

Puis, sans prévenir, les deux femmes constatent que le visage d'Anouk s'assombrit.

- Quelque chose ne va pas, Anouk, s'enquiert Stéphanie qui prend un timbre de voix plus intimiste ?

- Il y a un petit problème, voyez-vous ?

Les deux filles se regardent, mais décident d'attendre qu'Anouk poursuive d'elle-même. Ce qu'elle finit par faire non sans une certaine hésitation.

- Le pacte que j'ai avec Michel est...

La voilà qui rougit maintenant.

- Bon, voici. Nous avons conclu, enfin soyons précis, j'ai demandé à Michel de ne pas s'attendre à ce qu'il se passe quoi que ce soit entre nous durant la première semaine. Que j'ai pour principe de bien connaître la personne, avant de... vous voyez ce que je veux dire.

Les deux amies d'Anouk démontrent par leurs sourires complices qu'elles voient très bien où elle veut en venir.

- En acceptant l'invitation à la villa, il considérera que sa semaine de chasteté s'est écourtée. Ce sera très difficile de lui faire comprendre mes réticences après cette belle croisière et après son hospitalité à venir à la villa. Bien que je l'aie tenu à bonne distance, il se demandera à quel jeu je joue.

Les deux amies rougissent elles aussi.

Sylvie trouve une solution qu'elle s'empresse de proposer triomphalement aux deux autres.

- C'est très simple, Anouk, nous te chaperonnerons.

Anouk la regarde perplexe.

- Je ne tiens plus à coucher avec mon escroc de conjoint. J'annoncerai que pour célébrer notre nouvelle amitié entre nous trois, et pour le temps de tes courtes vacances, Anouk, je demeurerai à la villa plutôt que de retourner à la maison avec Tom, grâce à l'invitation à venir de Stéphanie - elle jette un regard vers cette dernière. De cette manière, toutes les trois nous logeront sous le même toit et nous t'aurons à l'œil. Toi et moi coucherons dans une des chambres d'invité. Au matin, Stéphanie nous retrouvera en bas. Nous serons les gardiennes de ta pudeur. Puis vendredi, nous te mettrons dans le premier avion avant que ton pacte d'abstinence ne soit caduc.

Stéphanie ne laisse pas à Anouk la chance de protester.

- Bravo, Sylvie. Excellente idée ! Considère-toi invitée, ainsi qu'Anouk. Je leur annoncerai la nouvelle tout à l'heure.

Longueuil, il y a 12 ans

En quatre ans, Michel Paré a manqué le titre de vendeur du mois à seulement quatre reprises, lors de son premier mois en poste et à trois autres occasions qui concordaient avec ses périodes de vacances annuelles. Ses collègues vendeurs de voitures le surnommaient le séducteur de clients. Ils auraient voulu eux aussi avoir une petite chance de gagner le titre du meilleur vendeur du mois, place presque exclusivement occupée par lui.

Quand il a répondu à l'annonce pour le poste de représentant en assurance vie et invalidité, il le faisait par curiosité. Après quatre ans à vendre des voitures, même si l'argent rentrait bien, il sentait le besoin de voir ailleurs s'il pouvait encore améliorer ses conditions.

L'entretien d'embauche s'est très bien déroulé. Michel Paré a fait une forte impression sur le comité de sélection. Ses étonnantes performances antérieures dans la vente d'électroménagers ou de voitures faisaient saliver par anticipation l'employeur potentiel. L'entrevue a duré presque deux heures. Le seul bémol est son absence d'attestation en tant qu'agent d'assurance.

La compagnie d'assurance était relativement petite, ce qui conférait à ses dirigeants une certaine souplesse. À la fin de la rencontre, la compagnie lui offrait de faire partie de leur équipe à la condition qu'il soit affecté au début, à du travail administratif, pendant qu'il poursuivrait sa formation afin d'obtenir son attestation. Au cours de cette période, on lui proposait le même salaire qu'il touchait chez son employeur actuel, en y incluant les commissions. Après l'obtention de son diplôme, un territoire lui sera attitré, il aura droit à une commission, aura une voiture de fonction et une perspective de gain atteignant facilement le double de ce qu'il fait actuellement.

Le lendemain Michel Paré donnait sa démission comme vendeur de voitures. Son patron ne pouvait lui offrir plus d'argent pour le retenir. Ses collègues ont fait semblant d'être déçus. Quelques mois plus tard, il obtenait la certification avec tous les honneurs.

Jamais Michel Paré n'aurait cru être aussi passionné par le domaine financier. L'assurance a été pour lui une révélation. Il réalise l'immense potentiel qu'offre la vente de produits financiers plutôt que des biens comme des électroménagers ou des voitures. Le client peut difficilement comparer deux offres, il y a trop de variables d'une police à l'autre. L'acheteur n'a aucune idée de la marge de profit que l'émetteur de ces produits peut se mettre dans les poches et chaque nouveau client offre un potentiel de paiements mensuels sa vie durant.

Ses patrons ne lui ont pas menti. Après dix-huit mois, Michel Paré avait effectivement doublé son salaire précédent de vendeur de voitures. Trois ans plus tard, il se rapprochait du triple de ce qu'il aurait fait s'il était demeuré à son ancien poste. Sa performance était inédite dans la compagnie. La direction n'en revenait pas. La première année, il a gagné une croisière en Alaska, attribuée au vendeur qui avait recruté le plus de nouveaux clients durant l'année. Les trois années qui suivirent, il a remporté la croisière aux Bermudes, celle en Méditerranée puis celle aux Bahamas.

Au début, très peu de clients se disaient insatisfaits des compensations reçues en réclamation d'invalidité et peu de familles étaient mécontentes des règlements à la suite du décès d'un proche. Dans ce type d'entreprise, il est normal qu'à l'occasion, des clients soient déçus lors de réclamations. Le plus souvent, c'est parce qu'ils ont mal lu le contrat ou ne se souviennent plus des clauses qu'ils ont contractées quelques années auparavant.

Il y a quelque temps, statistiques en main, le service à la clientèle a constaté que Michel Paré se situait substantiellement au-dessus de la moyenne de ses collègues en ce qui a trait au nombre de plaintes par cent réclamations. Ils se sont fait signifier par la haute direction que c'était normal vu le gros chiffre d'affaires qu'il générait chaque année. Ils ont mis leurs statistiques en veilleuse, comprenant que Michel Paré était intouchable parce que trop rentable pour l'entreprise.

Avec le temps, il devenait clair pour tout le monde qu'il se passait quelque chose. Cette fois-ci, la direction a porté l'oreille à ce qu'avait à dire le service à la clientèle. Chiffres à l'appui, ils ont constaté que dans son cas, la tendance s'aggravait dangereusement. Elle devenait vertigineuse. D'une année à l'autre, la moyenne d'insatisfaction augmentait pour prendre cette année des proportions alarmantes. Il devait y avoir une bonne explication.

Lorsque convoqué au bureau du grand patron, Michel Paré ne s'y est pas présenté.

Le service du contentieux a ordonné l'examen de tous les contrats de Michel Paré depuis sa première vente et demandé que l'on contacte ses clients pour discrètement, valider s'ils se souvenaient des engagements de leur représentant vedette. Presque rien n'a été décelé sur les contrats signés durant sa première année sur la route. Lors de sa deuxième année en poste, vingt-huit contrats contenaient des anomalies, deux cent quatorze la troisième et finalement, deux cent quatre-vingt-trois pour l'année qui était en cour et qui n'était pourtant pas terminée. La majorité des anomalies étaient constituées de fausses déclarations induisant l'assuré en erreur sur les dommages ou les montants assurés. La plupart se fiaient au dire du représentant qui avait tellement l'air de vouloir leur bien.

Michel Paré a été remercié de ses services par courrier recommandé. Aucune plainte n'a été formulée au bureau des assurances de peur de faire fuir les clients potentiels. La compagnie a été obligée d'assumer les pertes occasionnées par leur ancien vendeur vedette en comblant les écarts entre ses promesses et la réalité. Elle a laissé courir le bruit dans l'industrie. Michel Paré ne se retrouvera plus jamais un emploi dans le domaine des assurances.

CHAPITRE 14
Bahamas, mardi après-midi, 13 août

- Tu m'as bien compris, Damien. Ce n'est pas une farce, mon plan est bien ficelé. C'est très sérieux. J'ai vraiment besoin de toi.

Damien n'y croit pas. Il trouve que mon idée n'a aucun sens. Il ne veut pas incarner le rôle que je lui demande de jouer. Il est irrité de se faire placer dans cette situation. Il se sent comme quelqu'un à qui un ami sollicite de l'argent. Difficile de répondre non, bien qu'indisposé par la demande.

- Je n'aime pas ton plan, Gabriel. C'est trop…

- Trop quoi ?

- Trop. C'est tout. Tu comprends ce que je veux dire. Trop.

Je savais que la partie ne serait pas facile avec Damien.

- Dis-moi exactement ce qui te tracasse dans mon plan.

Aussi bien régler les objections une par une. Je suis au téléphone avec Damien depuis vingt bonnes minutes pour n'aboutir à rien.

Damien essaie de regrouper ses ripostes.

- Premièrement, Gabriel, je ne serai jamais capable de passer pour ton associé, je ne connais rien à la finance.

Évidemment avant de demander cette faveur à Damien, j'ai pris soin de couvrir tous les angles.

- Tu portes un habit trois-pièces. Comme je te le disais, si tu n'en as pas, achète-t'en un, c'est sur mon compte. Ensuite, tu fais comme si tu savais tout, tu marches d'un pas décidé, la tête haute. Finalement, tu donnes de solides poignées de main et tu écoutes comme si tu jugeais ce qu'on te disait. Le reste, je m'en occupe.

- Facile à dire.

- Presque aussi facile à faire, Damien. As-tu d'autres objections ?

Damien réalise que je me suis préparé à répondre à tous ses arguments. Il sait qu'en fin de compte, il ne pourra dire non à son ami, mais veut se faire rassurer encore et encore. De mon côté, cela me permet de valider certains points de mon ébauche de plan. Il n'y a rien comme une bonne critique pour améliorer les choses.

- Tu devrais le demander à Mat. Lui saurait comment faire.

Autre argument, autre riposte.

- Mat ne peut agir à titre privé, encore moins professionnellement. Tu le sais très bien, Damien. Par contre toi, tu n'es pas de la police, tu peux jouer ce rôle si tu veux nous aider.

J'ai fait par exprès pour rajouter « si tu veux nous aider », afin de lui donner mauvaise conscience s'il lui prenait l'idée de refuser.

Je ne le laisse pas réfléchir plus longtemps

- Si tu as une meilleure idée, fais-m'en part, je t'en prie. Moi, j'essaie de trouver une solution pour récupérer ton argent, celui de ta tante et des autres. Maintenant, si tu ne veux pas nous aider…

J'arrête ma phrase là, après avoir bien placé un « si tu ne veux pas nous aider » cette fois-ci.

Je le sens qui cogite à tout azimut. Je dois admettre que je lui en demande beaucoup. Je viens de le sortir de sa zone de confort et lui donne vraiment peu de temps pour me répondre. Damien est le seul à qui je peux confier ce rôle. Sans lui, mon plan ne pourra pas fonctionner.

- J'ai besoin de ta réponse demain, Damien. Après il sera trop tard.

- Je vais y penser, Gabriel.

- Merci, Damien. Tu sais que sans toi nous ne pourrons rien. Je te rappelle demain matin à ta boutique.

Soulagé que je lâche prise, il retrouve une posture plus assurée.

- D'accord, j'attendrai ton appel.

Bahamas, mardi soir, 13 août

Stéphanie n'a eu aucune difficulté à convaincre Alain Dupré d'inviter Anouk à la villa pour le restant de la semaine. Quant à Michel Paré, il fut plus que ravi de l'initiative des filles.

Stéphanie a cru comprendre, face à sa réaction, qu'il voyait la chose d'un très bon œil. De son côté, Tom Harrison ne comprenait pas pourquoi Sylvie voulait absolument demeurer à la villa de son client et ami pour le restant de la semaine. Elle aurait tout aussi bien pu rejoindre ses amies après le petit déjeuner si elle tenait tellement à être avec elles tous les jours durant les vacances d'Anouk. Il a plus ou moins digéré leur histoire de couventines. Sylvie s'est montrée intraitable. Il devra s'en accommoder.

Le yacht a accosté à dix-neuf heures. Anouk n'est pas déçue de mettre le pied à terre, bien qu'elle sente toujours le roulis du bateau dans ses pas et dans sa tête. Elle est passée par toute la gamme des émotions dès son embarquement jusqu'à son débarquement, pour ne pas parler du voyage entre Montréal et ici. Le temps de plier bagage, ce qui fut fait plutôt rapidement dans son cas, ils s'entassent maintenant dans la voiture, laissée là vendredi dernier. Elle éprouve un grand soulagement en mettant le pied sur la terre ferme tout en étant consciente qu'elle se retrouvera dans une autre réalité dans cette fameuse villa qu'elle a plus ou moins hâte de voir.

L'équipage est demeuré à bord. Tom Harrison est parti en taxi, seul, avec son petit bonheur.

Michel conduit, Alain est assis à ses côtés. Stéphanie, Sylvie et Anouk sont à l'arrière. Ils n'échangent aucun mot dans la voiture qui les ramène à la villa. La vie des gens riches et célèbres n'est pas si reposante que l'on pourrait le croire. Soleil, air salin, mouvement des vagues, bonne nourriture et grands vins viennent à bout des plus forts.

Finalement, la voiture ralentit, puis s'engouffre dans une longue allée bordée de magnifiques palmiers royaux.

Alain Dupré qui ne l'avait pourtant croisé qu'une seule fois, reconnaît immédiatement la silhouette particulière de Mark

Thompson au loin, près du portique. Anouk l'a vu donner un coup de coude à Michel Paré en le voyant. À en juger par la physionomie des deux hommes, elle devine que ce type n'est pas le bienvenu à la villa. Les visages allongés des hommes en disent long. Anouk a un mauvais pressentiment.

Arrivé devant la porte, Michel Paré laisse descendre ses passagers. Il s'isole du groupe pour se diriger aussitôt vers Mark Thompson en faisant signe aux autres de ne pas l'attendre.

* * *

- Mat, c'est moi. Je suis désolé de te déranger à la maison. J'espère que vous aviez terminé votre souper.

- J'aime toujours bavarder avec des vacanciers qui se font dorer sous le soleil, Gabriel. Cela me rappelle que la dernière fois où je suis allé dans le sud, c'était il y a onze ans, avant l'arrivée des jumeaux. En te parlant, c'est un peu comme si j'y étais moi-même, tu vois. Que puis-je faire pour toi ?

- Si quelqu'un veut faire un don à la Sûreté du Québec, sur quel compte doit-il le déposer ?

- As-tu pris trop de soleil ou trop d'alcool ?

Je ne m'attendais pas à l'avoir facile de sa part.

- Non, c'est sérieux, Mat. Disons que quelqu'un a volé mille dollars dans le tiroir-caisse d'une épicerie. Supposons que vous retrouviez l'argent, ce qui est hypothétique, est-ce que vous remettez le montant directement au propriétaire de l'épicerie ou vous le déposez sur un compte bancaire le temps que durent les procédures ?

Mat semble considérer la question. Sa grosse voix met fin à mon attente.

- Je ne vois pas du tout ce qu'il y aurait d'hypothétique au fait de retrouver de l'argent volé. Je trouve que tu commences bien mal.

Je n'aurais pas dû essayer de faire le fanfaron, surtout en attaquant les performances du département de Mat. Je n'ai pas été très malin sur ce coup-là. Je me suis placé dans une situation où je dois faire amende honorable. Ce que je fais sur-le-champ.

Une fois satisfait, Mat s'attarde maintenant à l'essence de ma question.

- Je n'ai pas le numéro du compte avec moi.

- Je m'y attendais un peu, Mat, mais peux-tu le trouver ? Tu sais, celui avec toute une série de chiffres qui identifient le code de la banque, la succursale et le numéro du compte. Il apparaît au bas des chèques personnalisés.

- Je sais ce qu'est un numéro de compte bancaire, Gabriel. Ce que je ne sais pas pour le moment, c'est ce que tu veux en faire.

Il s'arrête net et attend mes explications. Je peux deviner à son intonation, qu'il suspecte où je veux en venir et qu'il n'aime pas l'idée. Je prends une grande respiration et je me lance.

- J'ai besoin de ce numéro de compte de la Sûreté du Québec pour le cas où Michel Paré et son complice se sentent pris de remords et voudraient retourner tout ce qu'ils ont gagné malhonnêtement au détriment de leurs victimes.

Je n'ai pas longtemps à attendre.

- Tu commences par me dire que je suis un incompétent et puis là, tu me prends pour un con. As-tu bu ?

- Je suis à jeun comme... Comme je ne sais pas quoi en fait, mais je suis à jeun, crois-moi, Mat.

Je sais que je ne réponds pas à sa vraie question en ce moment. Il veut comprendre où je m'en vais avec mes histoires de compte bancaire.

- Alors si tu n'as pas bu, tu me prends pour un incompétent ou pour un con ?

- Je ne peux pas t'en dire plus, Mat. J'en suis triste, mais vois-tu, il ne faut pas que tu sois impliqué dans ce que j'ai en tête. Tout ce dont j'ai besoin c'est ce numéro qui ne doit certainement pas être secret. Toi, tu restes en dehors du coup.

- C'est plutôt toi qui dois demeurer en dehors de quelque coup que ce soit. Je t'avais demandé de ramener Anouk et sa nouvelle conquête, non pas de jouer à Sherlock Holmes aux Bahamas.

Je savais qu'il résisterait, mais pas à ce point.

- J'ai d'autres connaissances à la Sûreté. Peut-être qu'eux seraient plus collaboratifs.

- Je sais que tu n'as pas d'autres contacts ici, sinon tu aurais évité de m'appeler parce que tu sais très bien que j'aurais trouvé ton idée tordue, ce qui est effectivement le cas.

Pas moyen de le déjouer, celui-là.

- Regarde, Mat. J'ai une petite idée sur la façon de reprendre l'argent stocké à la Banque ici et de le faire transférer au Québec.

Il n'embarque pas dans mon histoire.

- Incidemment, j'ai eu la confirmation des comptables judiciaires que la somme retenue aux Bahamas est de seize millions de dollars canadiens.

Bon signe, Mat est sur une bonne pente. Je donne un tour de vis.

- Je me suis dit que si c'était possible de faire transférer tout cet argent du Québec aux Bahamas sans que le gouvernement - je prends soin de ne pas mentionner la police - puisse intervenir, alors cela devrait être tout aussi plausible de faire l'inverse.

Mat, à l'autre bout de la ligne, cogite sur ce que je viens de lui dire. Je patiente et me prépare à toute éventualité.

- La seule façon que je vois pour en arriver à leur faire transférer ce qu'ils ont mis à l'abri est de les arnaquer, Gabriel. J'espère que ce n'est pas ce que tu as en tête. D'un côté, ce serait presque impossible et de l'autre cela m'apparaît beaucoup trop dangereux.

- En tant que policier, je te dis que non, ce sera fait volontairement de leur part. Disons un repentir tardif. En tant qu'ami, je dois t'avouer qu'ils seront peut-être un peu surpris de leur propre générosité, mais cela est une autre affaire que le policier n'a pas besoin de savoir.

- Tu reviens ici avec Anouk tout de suite, Gabriel. Oublie ces idées sur-le-champ. C'est trop dangereux. Ces types ont beaucoup à perdre, ils feront tout pour protéger ce qu'ils ont.

J'avais déjà envisagé le degré de risque. En fait, Mylène et moi avons retourné la question sur tous les angles. Notre projet n'est pas sans pièges, mais je crois que l'enjeu en vaut la chandelle.

- Nous serons très prudents, Mat. Mylène et moi avons convenu de mettre fin au plan dès que nous soupçonnons un danger quelconque. Tu me le donnes ce numéro de compte ou non ?

Silence pondéré de la part du policier. Il attend d'autres arguments ou il me fait languir.

Faute d'obtenir plus d'arguments et après un temps bien calculé qu'il estime suffisant, il conclut.

- Appelle-moi demain, au bureau. Je vais y penser entre-temps.

- Damien, sa tante, les investisseurs et investisseuses t'en remercieront.

Bon, était-ce la peine de rajouter cette déclaration ? Peut-être un peu trop insolent de ma part. Mais voilà, je suis assez stressé et dans une situation où je dois maintenant attendre le bon vouloir de Mat en plus de celui de Damien. La conjoncture commence à m'énerver.

- Bonne nuit, Gabriel. Ne fais pas trop de rêves érotiques en pensant à toutes ces investisseuses reconnaissantes.

- Dis donc, tu sais être très drôle toi aussi. Je te rappelle demain matin à ton bureau.

CHAPITRE 15
Bahamas, mardi soir, 13 août

Le serveur venait juste de retirer nos assiettes d'entrée qui avaient déclaré forfait, victimes de notre fringale, quand mon cellulaire nous sort de notre conversation, Mylène et moi.

- Anouk ! Où es-tu ?

Sous l'effet de la surprise, Mylène se mord la langue.

- Je ne peux pas te parler longtemps, Gabriel. Je suis revenue à la villa. Je vais y demeurer pour le restant de la semaine.

Je dois mettre ma main sur le récepteur pour répéter à Mylène ce que me dit ma sœur. Il est hors de question qu'elle attende la fin de la conversation pour avoir un compte rendu. Elle insiste, elle veut que je lui passe mon cellulaire. Je finis par le lui céder à contrecœur, dans le but de le lui reprendre la minute d'après.

- Anouk, comment vas-tu ?

Je ne peux entendre la réponse, mais elle semble satisfaire Mylène. Je suis rassuré à mon tour.

Elle hausse la voix à présent.

- Pas avant vendredi ! Je ne te suis pas. Qu'est-ce qui se passe, Anouk ?

Cette fois-ci, je comprends que Mylène n'aime pas la réponse de ma sœur. Elle est furieuse.

- Viens nous rejoindre, nous profiterons de la semaine de vacances qu'il nous reste. Nous visiterons l'île toutes les deux. Je te le rappelle, nous sommes censées vivre ensemble.

Ses joues deviennent écarlates.

- Quoi ? Avec qui visiteras-tu les Bahamas ?

Ses yeux s'embuent maintenant.

Mylène me rend mon cellulaire. Sa mine me confirme qu'elle ne veut pas entendre la suite de ce qu'Anouk a à lui dire.

- Anouk, c'est moi.

- Gabriel, je dois te laisser, je ne suis pas seul.

Le temps court, je sens l'urgence de lui parler de mon scénario. Je demanderai plus tard à Mylène ce qu'Anouk lui a dit pour la mettre dans cet état. Je ne veux pas perdre une minute.

- Anouk, nous avons un plan pour essayer de récupérer l'argent qu'ils ont volé. C'est très important, je dois t'en parler.

- Elles arrivent, je te laisse.

Je suis très heureux que ma sœur soit toujours saine et sauve et rendue à la villa, même si je ne comprends pas tout le mystère qui entoure ses appels. Je suis par contre frustré, car rien ne fonctionne comme je le voudrais. Je dois attendre le bon vouloir de Damien, de Mat et maintenant celui d'Anouk. À ce rythme, nous n'y arriverons jamais.

Mylène est elle aussi dans un état second. Elle a empli sa coupe de vin pendant que je parlais à Anouk et a eu le temps de la vider avant que je ne termine ma trop courte discussion.

Ses yeux sont rouges de colère, son ton est strident.

- Figure-toi que ta charmante sœur, pour laquelle toi et moi sommes accourus jusqu'ici pour la sortir du danger, va tranquillement visiter l'île dans les prochains jours, accompagnée de deux nouvelles copines avec lesquelles elle se prélassait en croisière.

Elle ne boit pas assez rapidement à son goût pour diluer sa colère et sa peine. Elle saisit prestement la bouteille qui n'a qu'à bien se tenir. Le serveur n'est pas assez prompt pour l'aider à étancher sa soif, elle doit faire le travail elle-même.

- Fais attention, Mylène, je suis passé par là, ce n'est pas une très bonne solution.

- Merci, mais si j'ai besoin d'un conseil, je le demanderai.

Je préfère ne pas argumenter. Il y a de ces discussions qui ne se prennent pas dans le feu de l'action.

Pendant leur silence plutôt lourd, le serveur arrive avec le plat principal.

Je dois admettre que le vin a fini par avoir un effet apaisant sur Mylène. Ses traits sont maintenant détendus, elle regarde son assiette avec appétit. Je décèle même un petit sourire qui se pose sur ses lèvres.

- Je suis navrée, Gabriel. Je me suis emportée un peu, je crois.

Je lui retourne son sourire.

- C'est oublié. Je me mêlais de ce qui ne me concerne pas.

Après une bouchée de ce divin canard, tout à fait à la hauteur de mes attentes, la réalité me rattrape.

- Nous devons parler de notre plan, Mylène, plusieurs points restent à approfondir.

Elle lève sa coupe vers moi et me répond armée de son plus beau sourire.

- Pas ce soir, Gabriel. Je n'ai plus la tête à penser stratégie. Demain, si cela te convient. J'essaie de me remettre du fait qu'Anouk est avec deux femmes et qu'elle fera tranquillement du tourisme avec elles durant les prochains jours.

Elle se maîtrise mieux à présent. Elle a pu faire allusion à la situation d'Anouk en conservant un certain calme bien que je sente qu'elle est vraiment aigrie par les évènements. Je me résigne donc à remettre à demain la suite de la préparation de ma stratégie. Mylène n'est que la dernière d'une longue liste de noms après qui j'attends pour concrétiser mon plan. Décidément, rien ne va ce soir. C'est à croire que je suis le seul à vouloir récupérer l'argent volé par ces salauds.

- Parfait, alors profitons de ce délicieux repas. Considérons cette soirée comme des vacances. Demain sera plutôt chargé.

Elle lève sa coupe à cette décision qui n'est pas la mienne. J'en fais autant, mais préfère alterner le vin avec de l'eau Perrier.

- Alors, parle-moi de toi, Gabriel. Je comprends que tu es en transition de carrière et en transition d'amour.

Elle vient de me couper le souffle. Anouk lui aurait raconté ma vie et le vin l'autorise à aborder la question avec moi sans aucune gêne. Ma première réaction est de lui signaler poliment que cela ne la regarde pas. Je me ravise. Mylène est sans malice. Elle ne cherche surtout pas à m'atteindre. C'est à moi de me contrôler.

- Ta question me surprend un peu, Mylène. Je vois que nous ne sommes pas à armes égales. Toi, tu sembles tout savoir de moi alors que pour moi, tu demeures un mystère.

- Hum ! Je suis donc un mystère. Personne ne m'avait complimentée de cette façon, Gabriel. Merci beaucoup.

Elle se prend un autre excellent morceau de canard, puisque nous avons choisi le même plat et elle poursuit.

- Par quoi commencer, Gabriel ? Qu'est-ce qui est important ? Bon, j'aime la musique classique, surtout romantique, Chopin, Brahms, Schubert, Beethoven, Liszt.

Je l'interromps.

- Liszt ?

- Aurions-nous un ami commun ?

- Oui. Quoi qu'il y ait des jours, où essayer de le jouer au piano, le fait passer rapidement du côté des ennemis.

- Je suis impressionnée que tu essaies même de le jouer, Gabriel.

- Merci, mais le résultat n'est pas encore de nature à éblouir qui que ce soit.

Après une autre bouchée de canard et une autre gorgée de vin, elle continue son intéressante description d'elle-même.

- J'aime aussi la peinture, particulièrement l'aquarelle et surtout l'abstrait.

- J'ai un ami qui fait de très belles choses dans ce domaine.

- Damien ?

Elle me surprend encore.

- Oui, Damien. C'est vrai, celui-là tu le connais un peu plus. En fait, nous sommes ici pour lui. Je vois que tu connais tous mes amis, Mylène.

- Ce sont aussi ceux d'Anouk.

- En effet. Tu as raison, je ne l'avais pas vu de cette manière.

- Quoi rajouter ? Ah oui ! Si par hasard tu te posais la question, je n'aime pas que les femmes, tu sais.

Son sourire est intrigant. Je crois qu'elle rougit un peu, ou est-ce le soleil pris cet après-midi ? J'en fais autant.

Juste comme je commençais à trouver un équilibre avec Mylène, moi qui ai dû me forcer à me comporter avec une si magnifique femme en faisant abstraction de toute séduction, voici qu'elle me déstabilise à nouveau.

Le restant du souper s'est déroulé dans une atmosphère des plus chaleureuse. Je sentais que cette femme avait quelque chose de très particulier. Ce soir, je suis à même de le vérifier. Je me prends à envier ma sœur d'être avec elle.

J'ai parlé de Marie, la femme de ma vie maintenant disparue, mais à ma grande surprise, je l'ai fait avec une certaine réserve. J'ai pu aborder le sujet sans tomber dans la détresse. Je crois que le temps commence à faire son œuvre. Je n'y croyais plus. Bizarrement, en même temps, j'ai presque honte d'en être rendu là. C'est comme si, par ma réserve, je trichais Marie. *Ne va pas gâcher cette première victoire.*

Dans l'ascenseur menant à l'étage où sont nos chambres, Mylène est revenue sur ce qu'Anouk lui a dit au téléphone plus tôt.

- Tu sais qu'Anouk est avec ces deux femmes, à la villa.

Elle n'en démord pas. Elle en est très affectée.

- Elle doit avoir ses raisons, Mylène. Elle n'a pas eu la chance encore de nous l'expliquer, mais je suis certain que ce n'est pas ce à quoi tu penses.

- Quelle que soit la raison, elle est avec ces filles.

Je ne sais plus quoi répondre. L'arrivée à notre étage me tire d'embarras. Nous regagnons nos chambres.

* * *

Il est rendu trop tard pour que je lise mes courriels. Demain sera une grosse journée. Je me contente de me jeter sous la douche.

Je ne peux m'empêcher de rire à voix haute, seul dans ma douche, en me remémorant la remarque de Mat au sujet de rêves érotiques à propos des investisseuses reconnaissantes. Où est-il allé chercher cela ?

Je n'ai entendu cogner à la porte qu'une fois le jet d'eau coupé. Je ne sais pas depuis combien de temps on frappait. C'est donc mouillé et drapé d'une serviette à la taille que je réponds.

À peine entrouverte, Mylène se glisse dans la chambre et referme la porte derrière elle. Elle porte la robe de chambre fournie par l'hôtel. Elle sort aussi de la douche, ses cheveux et sa peau sont encore mouillés.

- Si, comme tu le dis, Anouk a ses raisons d'être avec ces deux filles, je peux avoir mes raisons, moi, d'être ici.

Tout en me regardant droit dans les yeux, elle prend ma serviette qui me sert de pagne et d'un coup, me l'enlève.

Je suis sans riposte, sans mot, et sans vêtement. La vérité, c'est que je n'ai aucune idée de ce que je devrais faire. Enfin, ce n'est pas tout à fait exact. Je sais exactement ce que je ferais en temps normal, mais là, avec Mylène, l'amie de ma sœur, je suis paralysé.

- Ne fais pas cela, Mylène. Je ne peux pas. Tu ne peux pas. Tu vois ce que je veux dire.

Elle promène son regard sur moi, très langoureusement, de haut en bas puis revient me dévisager avec ses grands yeux mouillés de vin et de désir.

Sans quitter mes yeux, et sans que je puisse contester, elle se dégage de sa robe de chambre. Une épaule après l'autre. Lentement. Elle la laisse tomber à ses pieds maintenant.

C'est à mon tour de toiser la superbe femme debout devant moi. Elle comprend par un regard indiscret qu'elle ne me laisse pas indifférent. Elle prend mes mains et les place sur sa taille, puis elle saisit mes hanches de ses mains chaudes et moites pour me tirer doucement vers elle. Quand nos corps commencent à se toucher, nous sursautons tous les deux, surpris par tant de sensation. Elle est tellement douce, tellement belle, tellement chaude… *Tu perds la tête, Gabriel.*

Je suis en train de tomber dans un piège très dangereux. Il ne le faut pas. Voilà, c'est très bien, la remarque de Mat me revient à l'esprit. Enfin une porte de sortie. J'essaie donc de m'imaginer être avec toutes ces investisseuses reconnaissantes. Rien à faire. Le contre-fantasme ne fonctionne pas. Je n'ai plus le contrôle de mes pensées. Mylène est trop femme. J'ai trop envie d'elle.

Elle me joue dans les cheveux maintenant. Nos corps sont enlacés. Elle descend ses mains vers mes reins, j'en fais autant.

Les investisseuses reconnaissantes m'ont complètement abandonné.

Tout en continuant de me regarder dans les yeux, elle distance légèrement son bassin du mien pour faire glisser sa main sur moi, entre mes jambes. Je ressens une véritable décharge électrique. Je n'ai plus ma tête. À son tour, sans que je la commande, je surprends ma main qui s'engage aussi vers ses reins puis entre ses jambes. Elle tressaille. Nos corps se rencontrent, nos sens ont complètement pris le dessus.

Je suis dans les étoiles, elle l'est aussi. Nos lèvres se trouvent, sa langue cherche la mienne. Elles se découvrent à leur tour. J'ai lâché prise. Je ne sais plus où je suis et je ne sais plus ce que je fais. Je suis complètement envoûté. Une victime consentante, une victime entièrement subjuguée par la magie du moment.

Je ne sais pourquoi, à ce moment-là, je me suis dit qu'Anouk était vraiment chanceuse d'être avec une telle femme. L'effet n'a pas été instantané, loin de là, mais cette image m'a permis de me voir agir, de retrouver une parcelle de jugement. Mylène le sent immédiatement. Ses yeux changent de teinte. Son visage, calmement, modifie son expression. Je crois qu'elle aussi a un soubresaut de lucidité. Elle vient de pressentir, la mort dans l'âme, que nous en resterons là. Elle desserre son étreinte, j'en fais autant. À regret, nous reprenons la destinée de nos mains qui aussitôt lâchent prise.

Contrariés, nos corps se séparent. Mylène replonge ses yeux dans les miens. Elle ne prononce qu'un mot.

- Anouk ?

- Oui, Anouk.

- Dommage.

Puis d'un ton résigné, elle ajoute :

- Tu as raison.

- Tu ne peux pas savoir à quel point je regrette d'avoir raison.

Avant que nous ne changions d'idée, et que nous le déplorions tous les deux, elle enfile sa robe de chambre, frôle ses lèvres sur les miennes et quitte ma chambre.

J'ai très mal dormi. Demain matin, j'apprendrai qu'elle aussi a très mal dormi.

CHAPITRE 16
Bahamas, mardi soir, 13 août

Mark Thompson n'aime pas se faire raconter des histoires, c'est pour cette raison que Michel Paré l'a recruté pour gérer ses immeubles et persuader les mauvais payeurs d'entrer dans le droit chemin. Il possède aussi une autre qualité importante aux yeux de son patron : il ne pose aucune question. Il n'a donc pas demandé pourquoi les immeubles dont il s'occupait étaient grevés d'une hypothèque à vingt-quatre pour cent provenant d'une compagnie basée aux Bahamas, par l'entremise d'une banque, elle aussi sise aux Bahamas. Au Québec, Paré aurait pu emprunter pour un taux variant entre quatre et six pour cent.

Ce dont Michel Paré ne se doutait pas encore, c'est que Mark Thompson sait aussi penser. Après avoir réalisé que les immeubles ne valaient rien ou presque, en ce sens qu'ils sont hypothéqués au maximum de leur capacité, à un taux qui les rend non rentables, il a déduit que pour Gestion Poséidon, les propriétés ne sont là que pour les apparences.

Par hasard, il y a cinq mois, il est lui aussi tombé sur un petit communiqué, dans le journal du quartier, annonçant une conférence : « Comment faire de l'argent en toute sécurité ». Quand il a vu le nom du présentateur, il a saisi l'occasion d'éclairer sa lanterne. Il a donc, discrètement, assisté à la représentation de son patron. Assis à l'arrière, dans le coin le plus sombre, il a, lui aussi, trouvé Michel Paré génial. Il a presque été tenté d'acheter une part lui-même. C'est à cette conférence qu'il a compris d'où venait l'argent. Il a gardé cela pour lui, dans son métier, la discrétion est de mise.

Quand il a réalisé que son patron se retirait des affaires et avait déménagé aux Bahamas, il s'est dit que ses jours comme gérant des immeubles étaient comptés. Administrer des propriétés non rentables ne pouvait durer très longtemps. Cette fin de semaine, il a déduit que Michel Paré venait de le larguer sans même avoir eu le courage de le lui annoncer.

* * *

Michel Paré savait donc ce qui l'attendait quand il a aperçu Mark Thompson sous le porche de la villa en revenant de sa croisière. Avoir su, il ne serait entré que demain. Mais, encore là, Thompson serait probablement demeuré sous le porche jusqu'à ce qu'il revienne. La réalité venait de rattraper le nouveau retraité. Ses talents de vendeur seront mis à rude épreuve.

Il s'avance vers l'homme la main tendue, sourire aux lèvres.

- Bonjours Mark, quelle surprise !

Il omet de le présenter au groupe et s'assure que ses partenaires de croisière entrent, pendant que lui tire son visiteur un peu plus loin, vers la véranda. Anouk trouve la scène pire que ce qu'elle anticipait quand elle était encore dans la voiture. Michel est blême, l'autre homme, celui à la carrure de colosse, est rouge.

Mark Thompson n'a pas besoin de parler beaucoup, toute sa colère transite par son expression faciale. Il a même fait peur à Anouk quand elle est passée près de lui. Lui ne l'a même pas vue, trop occupé à dévisager Michel Paré. Elle a trouvé qu'il avait l'air mafieux, en plus d'avoir un physique hors de l'ordinaire.

Faute de preneur, Michel Paré se résigne à rabattre son bras. Il ne serrera pas la main de personne ce soir. Son visiteur n'a manifestement pas l'intention de fraterniser. Ce sera plus difficile qu'il ne le pensait.

- Assieds-toi, nous avons à discuter.

Il lui montre le banc à côté. Toujours sans prononcer un mot, le colosse s'exécute. Il emplit presque tout le banc à lui seul. Michel Paré se glisse péniblement entre lui et l'accoudoir. Puis, de sa voix rauque, Thompson lui jette par la tête :

- Tu me largues !

Par réflexe, Michel Paré nie.

- Pas du tout, Mark, tu n'y es pas. Où as-tu pris cette idée ?

- Tes immeubles ne valent rien, l'argent est ici. La police ne mettra pas de temps à comprendre tes petites manœuvres. Moi qu'est-ce que je fais là-dedans ?

Michel Paré se garde de lui annoncer que c'est déjà fait. Il a le fisc et la Sûreté du Québec sur le dos.

Thompson poursuit.

- Toi tu te caches ici dans ta belle villa ; moi j'aurai les flics aux talons et en plus je n'aurai plus mon travail. Ce n'était pas notre entente. Qu'est-ce qui arrive à mon job à vie ?

Michel Paré n'aime pas arriver trop rapidement à faire une proposition, ce n'est pas sa façon normale de négocier, mais il sait à qui il a affaire. Il réalise qu'il ne parviendra à rien par la discussion. Il doit s'y prendre autrement et mettre immédiatement une offre sur la table.

- Combien veux-tu en guise d'indemnité de cessation d'emploi ?

La construction de la question fait sourire Thompson, mais sa réponse est instantanée.

- Un million.

Michel Paré manque de s'étouffer.

- Tu rêves en couleurs, Mark. N'y pense même pas.

Mark Thompson qui n'est pas homme de dialogue, se lève, se penche vers Paré, lui prend le coup et le serre de sa grosse main jusqu'à ce qu'il ait les yeux presque sortis des orbites. Quand il le relâche, Michel Paré ne peut plus parler. Il mobilise toutes ses énergies à tenter de retrouver son souffle. La voix éraillée de l'intrus se fait encore entendre.

- Tu m'as promis que ce job était pour durer jusqu'à la fin de mes jours. Tu ne tiens pas ta promesse. Un million. Pas un sou de moins.

Avec ses yeux bouffis, Michel Paré voit l'homme descendre de la véranda et s'éloigner dans l'allée.

Montréal, mercredi matin, 14 août

Mat aussi a mal dormi, mais pour des raisons bien différentes de celles de son ami. Il n'aime pas l'idée de tendre un piège à Michel Paré. Personne n'est censé se faire justice soi-même. Mais voilà, il y a les principes et il y a la réalité. Mat sait très bien que les chances de récupérer l'argent de tous ces petits investisseurs sont presque nulles. S'il procède selon le livre, ils perdront tout ou presque, et le « ou presque » sera grugé par les avocats. Il ne le dira pas à son ami, mais il n'a pas d'autres idées pour récupérer l'argent. Ce n'est pas le premier cas de ce genre et malheureusement, ce ne sera pas le dernier.

C'est lui qui prend l'initiative de téléphoner aux Bahamas.

- Gabriel, Mat.

Je n'en reviens pas, Mat, lui-même, m'appelle.

- Tu vas mettre la Sûreté du Québec en faillite, Mat. Qu'est-ce qui se passe ?

- Tu peux me rappeler si tu veux faire économiser l'interurbain aux contribuables, tu as mon numéro.

- Pas question, je profite de ta bonté.

Je fais le fanfaron pour calmer mon stress. En fait, je suis très intrigué par l'initiative de Mat, alors que je m'apprêtais à l'appeler d'une minute à l'autre, comme convenu.

- Je te donne le numéro du compte bancaire qui sert à centraliser les sommes retrouvées ou saisies. J'ai vérifié, nous nous servons de ce compte pour déposer puis répartir aux propriétaires les montants récupérés qui ont été volés. Tu as un papier et un crayon.

Je sais que Mat marche sur son orgueil en ce moment. Je le trouve très humble. Une fois le numéro noté, il ajoute :

- Je ne sais pas exactement ce que tu as en tête, mais je t'en supplie, ne te mets pas en danger, ni toi ni Anouk. Tu m'oublies pour le reste, je ne veux pas être mêlé à tes manœuvres douteuses.

Puis, sur un ton de confidence :

- Rien d'illégal non plus, Gabriel.

Je ne réponds pas.

Bahamas, mercredi matin, 14 août

Je ne peux me cacher éternellement dans ma chambre. Je dois arrêter de tourner en ronds et me résigner à descendre déjeuner et ainsi faire face à Mylène. De toute manière, nous devons poursuivre la préparation de notre plan. Nous sommes condamnés à continuer, malgré ce qui s'est passé hier soir et surtout, malgré ce qui aurait pu se passer.

Nous sommes arrivés presque en même temps au restaurant de l'hôtel. Je crois qu'elle aussi hésitait à descendre. Quand nos regards se sont croisés, nous avons tous les deux détourné immédiatement la tête pendant une seconde pour réaliser que nous ne pouvions nous éviter et que nous devrons assumer le fait d'être en présence de l'autre. Je lui fais signe de me rejoindre à la table sur ma gauche.

- Bonjour ! As-tu passé une bonne nuit ?

- Non. Et toi ?

- Non plus.

Mylène prend l'initiative de clarifier la situation. Je l'en remercie intérieurement.

- Je ne pourrai pas oublier ce qui est arrivé hier, Gabriel. J'ai trouvé ce moment extrêmement troublant, tu ne peux pas savoir à quel point. J'avais bu et j'étais en colère contre Anouk.

Je viens pour intervenir, elle me freine en posant brièvement sa main sur la mienne.

- Je ne te verrai plus de la même façon. Nous devrons vivre avec nos souvenirs. Je te remercie d'avoir eu la force de tout arrêter avant que nous ne commettions l'irréparable vis-à-vis Anouk. Tu sais que je l'aime, malgré les apparences d'hier et cela, même si je ne comprends pas son comportement ces temps-ci.

Elle s'interrompt. Elle avait tout dit.

- Merci pour ta maturité, Mylène. Crois-moi, ce moment hier soir m'a complètement bouleversé. Tu comprends que nous ne pouvions faire cela à ma sœur. Sinon, tu peux me croire…

Je préfère m'arrêter là. Elle a compris. Pas la peine d'en rajouter.

J'ai peur que tous les deux nous nous sentions jugés par Anouk, bien qu'elle n'en sache jamais rien, du moins, je l'espère.

- Mylène, le meilleur service que nous pouvons rendre à Anouk est de l'aider à poursuivre ce qu'elle a entrepris en prenant le risque de s'aventurer ici.

Je venais de tourner la page, même si elle restera à jamais un peu froissée.

- Ne dois-tu pas appeler Mat et Damien ce matin ?

- Justement, j'ai parlé à Mat à l'instant. J'ai le numéro de compte sur lequel faire transférer l'argent. De là, la Sûreté du Québec saura le redistribuer aux investisseurs floués. Si nous réussissons évidemment.

- Bonne nouvelle. Rien n'aurait pu être possible sans la réussite de cette étape. Mangeons un morceau puis tu appelles Damien, j'ai hâte de connaître sa réponse.

- À vos ordres commandant.

Notre moment d'intimité d'hier ne s'effacera jamais de nos mémoires et nos mémoires n'auront jamais l'occasion d'oublier ce qui aurait pu arriver. Je ne verrai plus jamais Mylène de la même manière. Mais nous avons trouvé, elle et moi, un équilibre dans nos rapports qui je l'espère, tiendra le coup.

J'envie quand même ma sœur.

* * *

La première nuit d'Anouk à la villa s'est déroulée mieux qu'elle ne l'aurait crue. Elle n'a pas vu Michel Paré de la soirée, ce qui l'a passablement surprise d'ailleurs. Elle qui s'attendait à devoir mobiliser les troupes de filles pour l'aider à refroidir les ardeurs d'un prétendant frustré a eu la partie facile, enfin, cette fois-ci.

Comme prévu, elle et Sylvie ont partagé la même chambre d'amis. Bien qu'Anouk soit un peu plus proche de Stéphanie que de Sylvie, elles ont pu discuter seules, pour la première fois depuis qu'elles se connaissent. Sylvie est plus décidée que jamais à laisser Tom et à l'aider à recouvrer l'argent de son ami. Reste à élaborer une stratégie, ce qui est loin d'être fait. Elles ont envisagé différents scénarios, de la menace, pour laquelle elles n'étaient pas équipées face aux hommes, jusqu'au vol pur et simple.

Sylvie ne connaît presque rien des affaires de son conjoint banquier. Toutes les transactions se font à la banque, ses dossiers y sont également entreposés. Par contre, Anouk a été très intéressée quand elle lui a dit que Stéphanie savait elle, où Alain Dupré remise ses documents personnels et connaît l'endroit où il cache la clef du classeur. C'était peu, mais cela pourrait s'avérer utile en temps et lieu.

Quant à Anouk, à part sa bonne volonté, elle a peu à proposer. Bien qu'instigatrice de tout ce branle-bas de combat, c'est elle maintenant qui a le moins à offrir pour concrétiser la suite des choses.

Assez de flâneries pour ce matin. Il est temps de s'activer et de retrouver Stéphanie en bas.

- Allez ! Sort du lit et va sous la douche la première, je te suis.

Quand Sylvie sort de la douche, avec rien sur le dos, Anouk baisse instinctivement les yeux. Depuis qu'elle est jeune, elle ressent la même gêne dans ces situations. Elle sent son pouls s'accélérer et elle devient moite, tout en feignant l'indifférence. Pas facile de ne faire semblant de rien face à un corps aussi attirant que celui de Sylvie.

- Habille-toi et va m'attendre en bas. Je prends ma douche et je vous rejoins.

Ce que fait Sylvie, sans se douter du trouble qu'elle provoque chez sa nouvelle amie.

Anouk se change les idées pour revenir à la réalité. Elle peut enfin tenter de téléphoner à son frère, bien qu'encore une fois, elle ne pourra lui parler très longuement. On va l'attendre en bas.

Elle n'a pas à patienter longtemps, son interlocuteur répond immédiatement. Il anticipait vraisemblablement l'appel.

- Gabriel, c'est moi. Je suis navrée, mais j'aime autant te le dire tout de suite, je n'ai pas tellement de temps devant moi. Je suis attendue pour le petit déjeuner en bas.

- Anouk, es-tu toujours à la villa ?

Mylène, encore attablée avec moi, me regarde avec ses grands yeux suppliants. Elle ne m'arrache pas le cellulaire des mains cette fois-ci, mais ce n'est pas faute d'en avoir envie.

- Oui, toujours à la villa, Gabriel. Maintenant, écoute-moi. Sylvie, la conjointe du gérant de la banque et Stéphanie, la petite amie de l'associé de Michel Paré, veulent m'aider à recouvrer les sommes qu'a perdues Damien aux mains de leurs conjoints.

- Wow. Comment as-tu réussi cela ?

Je ne tiens plus sur ma chaise. Pour la première fois depuis que j'ai entendu le triste récit de Damien, je vois une petite lueur au bout du tunnel.

Mylène s'est levée, elle se place à côté de moi dans l'espoir d'entendre des parcelles de discussions. Elle ne peut attendre que je lui fasse un compte rendu.

- Je n'ai pas le temps de te raconter, c'est une trop longue histoire.

Je suis déçu, mais je comprends que nous devons maximiser l'utilisation de notre temps puisqu'encore une fois, ma sœur va me la faire courte.

- Qu'est-ce que tu attends de moi, Anouk ?

Mylène, qui voit mon excitation, a de la difficulté à contenir sa patience qui, même en temps normal, n'est pas sa plus grande qualité à elle non plus.

- Trouve quelque chose, un plan, une stratégie, enfin quelque chose. Nous n'avons pas beaucoup de temps, je suis à la villa jusqu'à vendredi. De notre côté, nous allons, les trois femmes, en parler cet après-midi. Stéphanie pourrait avoir accès aux dossiers personnels d'Alain Dupré. Je vois avec les filles ce que nous pouvons faire avec cette information. Nous avons besoin de ton aide, Gabriel. Je ne suis pas passée par tout le stress des derniers jours pour aboutir à rien.

Automatiquement, mon cerveau se met en branle. La tangente des évènements prend une tout autre direction. Pour la première fois, je perçois que nous avons enfin une petite chance de réussir.

Je place machinalement ma main sur le récepteur, je ne sais pas pourquoi d'ailleurs et je mets Mylène, qui n'en peut plus, au courant de l'arrivée en scène des deux nouvelles alliées puis je reviens à ma sœur.

- Je suis sur quelque chose, Anouk. J'attends une réponse de Damien et je mets le tout en branle. Ce sera gros. Nous voulons récupérer tout l'argent, pas uniquement celui de Damien et de sa tante. Les autres ne méritent pas plus de se faire voler que Damien ou sa tante. C'est tout ce que je peux te mentionner pour le moment. Ce que tu m'as dit à propos de l'accès aux dossiers d'Alain Dupré est un élément très important sur lequel nous pourrons travailler.

- Une réponse de Damien !

Anouk croit avoir mal compris.

- Si tu es pressée, Anouk, je te parlerai du rôle de Damien une autre fois.

C'est à son tour de se faire servir sa propre médecine de manque de temps. Bien placée pour comprendre, elle n'insiste pas.

- D'accord. Je te rappelle dès que je le peux.

Elle s'arrête un moment. Hésite, puis altère son intonation.

- Passe-moi Mylène, si elle est toujours près de toi.

Je lui tends le cellulaire et, bien qu'elle évite mon regard, je crois percevoir une larme perler sur sa joue.

- Anouk !

Je n'entends plus rien. Elle pleure maintenant.

En ce moment précis, je me félicite de ne pas avoir succombé, bien qu'in extremis, à l'envoûtement de cette magnifique femme.

Après leur courte conversation, Mylène me remet le cellulaire.

- Merci, Gabriel.

Je crois que son merci sert pour un double motif ; elle pense probablement la même chose que moi en ce moment.

* * *

Anouk peut maintenant rejoindre ses amies au rez-de-chaussée. Elles n'aborderont pas le sujet en déjeunant. Les trois filles attendront d'être loin des oreilles des hommes. Elles feront le tour des boutiques de Nassau après leur repas, prétextant à raison le manque de vêtements de rechange pour Anouk. L'excuse donnera aux filles le temps d'essayer de trouver un moyen d'unir leurs forces.

CHAPITRE 17
Bahamas, mercredi matin, 14 août

Après le déjeuner, nous nous sommes déniché un petit coin dans le hall d'entrée de l'hôtel pour que je puisse faire mon appel à Damien. Il n'était pas question de se retrouver dans la chambre de l'un ou de l'autre.

À cette heure-ci, Damien devrait en avoir terminé avec son heure de pointe du matin, si évidemment deux ou trois clients en même temps suffisent pour qualifier cette heure comme étant de pointe. Je l'appelle donc à la boutique.

- Gabriel ?

Il savait que c'était moi, ou il a un afficheur.

- As-tu pris ta décision, Damien ?

Je ne fais pas dans la dentelle, je n'en ai ni le temps ni le goût.

- Je le ferai pour ma tante, Gabriel. Tu peux compter sur moi, même si Mat va me tuer s'il vient à le savoir.

Je fais un signe de tête à Mylène qui tape des mains en le voyant. Elle est gonflée à bloc depuis qu'elle a parlé à Anouk tout à l'heure.

- Merci, Damien. Sans toi, notre plan ne pouvait pas réussir.

Je me suis fait la réflexion, sans la reprendre à haute voix, que même avec Damien, notre plan était loin d'avoir réussi.

- Tu sais que ton projet est complètement fou, Gabriel. J'espère que tu t'en rends compte.

La bravoure de Damien a ses limites. Je le sens tendu, ce qui ne me surprend pas. Qu'il ait accepté de jouer un rôle dans notre dessein pour récupérer l'argent est en soi inespéré. Je ne lui demanderai pas de faire l'intrépide en plus.

- J'en conviens, Damien. J'avoue que nous aurons besoin d'un petit peu sinon beaucoup de chance, élément que je n'aime pas inclure dans mes projets.

Pas certain que ce commentaire soit de nature à rassurer mon nouvel allier.

- Il va falloir que tu me répètes exactement ce que tu attends de moi. Il y a plusieurs points que je ne comprends pas parfaitement.

- Maintenant, j'ai tout mon temps, Damien. Alors je recommence depuis le début. N'hésite pas à m'interrompre quand tu le voudras.

* * *

Je crois que Damien a bien compris le rôle qu'il a à jouer.

Nous squattons le même coin depuis presque trois heures. De notre côté, Mylène et moi remâchons chaque étape du plan. Nous discutons à ne plus finir de certains aspects moins évidents et nous argumentons sur des points pour lesquels

192

nous avons des vues différentes. Mylène est d'une aide très précieuse. Je crois que tout ceci l'amuse au bout du compte. Au fait, je ne lui ai même pas demandé de m'assister. J'ai tenu pour acquis qu'elle faisait partie du plan sans vérifier ses intentions. Elle est venue ici, aux Bahamas, parce qu'Anouk était en danger, pas pour récupérer le butin des fraudeurs. Anouk semble maintenant libre de ses mouvements, revenue à terre et hors de danger. Pourtant, Mylène demeure partie prenante à mon projet. Je ne crois pas que ce soit parce qu'elle n'a rien à faire en attendant le retour d'Anouk.

Recouvrer l'argent volé n'était pas mon premier objectif non plus. Il l'est devenu, maintenant que je sais ma sœur à l'abri et que je réalise que ces salauds s'en tireront probablement indemnes avec l'argent de tous ces gens. Maman aurait aimé que quelqu'un intervienne pour lui éviter de perdre toutes ses économies. C'est sûrement le cas de la tante de Damien.

Malgré tout ce temps à discuter entre nous, il nous reste des aspects du plan pour lesquels nous n'avons aucune solution. Le rôle de chacun est assez clair, si nous tenons compte d'une grande part d'improvisation dévolue à chaque acteur de notre petite mise en scène. Le scénario est presque entièrement défini, mais certains angles sont plus faciles à discuter qu'à réaliser. Même avec l'élément chance, je suis loin d'être certain que notre projet réussisse.

À la fin de la matinée, Mylène et moi avons conclu que sans l'apport d'Anouk qui est notre homme sur le terrain, comme nous nous plaisons à dire entre nous, notre scénario est irréalisable. Nous avons tout fait, mais sans réussir, pour tenir Anouk et ses amies hors de notre plan ; cela pourrait s'avérer dangereux pour elles. Ces gens ne feront pas de cadeaux s'ils se savent menacés. Nous nous sentons ambivalents quant aux conséquences de leurs implications.

C'est Mylène qui finalement propose la marche à suivre.

- Nous devons en parler à Anouk et la laisser décider, elle et ses amies.

- Idée simple et géniale, Mylène !

Elle fait la moue.

- J'ai bien hâte de les connaître, les fameuses nouvelles amies de ta sœur.

Pas si certain de cela, moi ! Mais je ne la contredis pas ouvertement.

- Elle va sûrement m'appeler bientôt, dès qu'elle pourra se trouver un coin tranquille, sans témoins. Je lui demanderai si nous pouvons nous rencontrer, tous ensemble. Qu'en penses-tu ?

- En souhaitant que ses deux amies soient aussi fiables qu'elle te l'a dit.

Je l'espère, Mylène, je l'espère.

Bahamas, mercredi après-midi, 14 août

J'ai passé tout l'après-midi à l'hôtel à voguer sur internet, au bureau mis à la disposition des gens d'affaires. Je ne suis pas déçu de ce que j'y ai trouvé. Je crois que j'ai les éléments nécessaires pour avoir une certaine crédibilité dans mon scénario, dont je suis la vedette. Moi qui n'avais pas encore de profil LinkedIn, me voici doté d'une belle identité qui saura plaire, je l'espère, à mes nouveaux partenaires d'affaires. J'ai laissé mon cellulaire à Mylène. Je lui ai demandé de faire certains appels au Québec ; le sien demeure en mode avion pour éviter les frais d'itinérance. Il y a beaucoup d'éléments à coordonner. Je commence à croire que cela aurait été beaucoup moins dispendieux de rembourser Damien, sa tante, et pourquoi pas, une ou deux investisseuses reconnaissantes, plutôt que de financer la grande scène que nous nous apprêtons à jouer.

Vers la fin de l'après-midi, alors que mes recherches sont presque achevées, j'entends sonner mon cellulaire dans le cubicule d'à côté. Toujours entre les mains de Mylène, je me résigne à me contenter de l'écouter répondre.

- Anouk !

- Je suis dans une salle d'essayage, j'enfile une jupe. Je dois faire vite.

- Un jour, tu me paieras toutes les frustrations que tu me causes.

- Je compte bien te rembourser jusqu'à la dernière petite parcelle de frustration, avec les intérêts. En nature !

Je retrouve Mylène dans son cubicule. Le court silence et ses joues rouges en disent long sur le type de conversation qu'elles ont à l'instant.

Je dois interrompre ce beau moment de tendresse entre les filles.

- Passe-moi le téléphone, Mylène.

Elle lui fait un bruit de baisé et me tend l'appareil, accompagné d'une grimace.

- Anouk, nous avons besoin de toi.

- Tu ne sembles plus t'inquiéter tellement pour ta petite sœur.

- Désolé, Anouk, vas-tu toujours bien ?

- Je badinais, Gabriel. Oui, je vais bien et oui, je suis encore pressée, on m'attend, comme toujours.

- Donc voici. Pouvons-nous nous rencontrer tes deux amies, toi et nous deux ?

- Vous deux !

Je sens par son ton, qu'elle décèle quelque chose de menaçant dans le « nous deux ».

- Mylène et moi, évidemment. Ne fais pas l'enfant.

Anouk connaît mes préférences en matière de femme. Elle sait que nous avons les mêmes goûts. Je peux comprendre ses craintes, d'autant plus qu'elles ont bien failli se matérialiser hier soir.

- C'est un peu compliqué. Je devrai mentionner aux filles que tu es ici. Je ne l'ai pas encore fait. Elles trouveront étrange que j'aie attendu tout ce temps avant de leur dévoiler ta présence sur l'île. Il ne s'agit pas d'un petit fait banal. Peut-être que leur confiance en sera ébranlée. Tu vois, je marche sur des œufs.

Je comprends très bien son point.

- Entrevois-tu une autre solution ?

Elle n'hésite pas une seconde.

- Nous n'avons aucune autre solution, Gabriel. Nous en avons parlé entre nous une partie de la journée et hier jusque tard dans la nuit avec Sylvie, ma colocataire de chambre d'amis.

Elle s'arrête subitement puis d'une voix basse.

- L'histoire avec Sylvie, tu la gardes pour toi. Ce n'est pas ce que tu penses. Mylène ne comprendrait pas. Je lui expliquerai plus tard.

Je ne réponds pas pour ne pas mettre la puce à l'oreille de Mylène qui est suspendue à chaque parole que je prononce. Anouk reprend d'un timbre normal.

- Bon, je verrai ce que je peux faire. J'essaierai de trouver une façon de leur présenter la chose. Tiens ! J'ai une idée. Je leur dirai que, de nature inquiète, tu es venu à ma recherche avec ta conjointe.

- Là, c'est toi, Anouk, qui ouvre la porte.

- Pas touche, tu m'entends !

- Je plaisantais. Sérieusement, ton idée est bonne. Même si ta relation avec Mylène n'est pas de leurs affaires, tu évites d'introduire une donnée supplémentaire dans le tableau. Elles en auront assez à digérer avec l'arrivée de ton frère sans en rajouter une couche.

Mon oreille doit à présent se battre pour conserver sa place sur le récepteur. Elle se dispute avec celle de Mylène qui tente un assaut par ma droite. Mes derniers commentaires sur sa relation avec ma sœur ont suscité une vive inquiétude chez elle qui a déjà les nerfs bien assez tendus.

- En venant ici, j'ai croisé un Starbucks sur West Bay Street. Je vais essayer de convaincre mes amies de s'y rejoindre tous ensemble. Je te rappelle pour t'indiquer à quelle heure, si cela fonctionne. Au fait, après leur avoir révélé que tu es ici, si tout ne chavire pas évidemment, ce sera plus facile pour moi de t'appeler sans devoir me cacher constamment.

- J'attends ton appel, Anouk. Ah ! Mylène te fait des bye-bye.

- Rends-les-lui. Seulement les bye-bye. Rien d'autre. À demain.

- Bon courage.

* * *

Anouk a dit la vérité à son frère. Elle et ses amies n'ont trouvé aucun moyen de récupérer l'argent de Damien et sa tante. Elles ont échafaudé plusieurs manigances sans retenir de scénarios précis. Stéphanie sait où sont les dossiers personnels d'Alain Dupré et pourrait éventuellement y avoir accès, enfin, peut-être. Sylvie ne croit pas qu'elle pourrait fouiner dans les affaires de Tom Harrison à la banque. Stéphanie s'est donc proposée, faute de mieux, pour fouiller, à la première occasion, dans les dossiers d'Alain, ce qui sera malheureusement plus difficile depuis que son bureau est aménagé dans une chambre d'invité au deuxième.

Pour résumer leurs discussions, les filles ont conclu que pour l'instant, l'argent demeurait hors d'atteinte.

Quand Anouk est revenue de la salle d'essayage, elle avait sélectionné une jupe et deux hauts assortis. Ses amies l'ont félicitée sur ses choix. Au moins, elle pourra abandonner sa sempiternelle petite robe soleil qui heureusement séchait en une nuit. Par contre, le plus important ce ne sont pas ses nouveaux vêtements. C'est ce qu'elle doit annoncer aux filles.

Après avoir payé ses trouvailles, Anouk attire ses amies dans un coin du grand magasin.

Allez, Anouk, en peu de courage !

- Savez-vous qui vient de m'appeler, les filles ?

Stéphanie la prend par surprise.

- Celui à qui tu téléphones en cachette depuis quelques jours ou est-ce quelqu'un d'autre ?

Anouk rougit. Elle s'est fait avoir, encore une fois. Elle se sent dans une souricière. Toute sa physionomie est défaite. Stéphanie la prend en pitié et abrège ses souffrances.

- Nous nous demandions quand tu étais pour nous dévoiler qui est cette étrange personne que tu appelles de temps à autre en secret.

Anouk essaie de se recomposer une contenance, mais n'y parvient pas vraiment.

- Je ne sais pas comment vous le dire, les filles. J'ai un peu honte de ne pas vous en avoir encore parlé. Voyez-vous, mon frère et sa conjointe, quand ils ont su que j'étais ici pour essayer de récupérer l'argent volé, ont décidé de venir à mon aide. Ils sont sur l'île.

Sylvie et Stéphanie ne disent rien. Elles ne détournent pas leur regard d'Anouk et attendent la suite avant de réagir.

Anouk sent qu'elle a une pente à remonter. Si elle perd la confiance de ses amies, elles ne seront plus d'aucune aide pour récupérer l'argent. Elle doit être convaincante.

- Mon frère, Gabriel, a les mêmes amis que moi et comme moi, il ne tolère pas qu'il y en ait un qui s'est fait voler ses économies. Lui, il a de l'argent et du temps de son côté. Il est en plus très malin.

Anouk regarde par terre. Elle ne voit pas ce qu'elle pourrait rajouter à son plaidoyer. Elle n'a qu'à attendre.

- Est-il séduisant ?

Par cette boutade, Sylvie venait de lui donner sa bénédiction. Elle respire mieux.

- Un peu trop à mon goût.

- Je ne suis pas certaine de comprendre.

- Laisse tomber, Sylvie, c'est une affaire entre lui et moi.

Stéphanie prend le relais.

- Tu as droit à tes petits secrets, Anouk, comme nous d'ailleurs. J'ai confiance en toi, conclut-elle.

Anouk se sent beaucoup mieux à présent.

Stéphanie change de registre.

- Ton frère lui, le malin, a-t-il trouvé une façon de récupérer l'argent ?

- Il m'a affirmé que oui, enfin peut-être, mais il m'a aussi dit qu'il aurait besoin de nous toutes. Il a ajouté que même avec notre implication, il n'y a qu'une faible chance que nous réussissions.

Puis Anouk annonce triomphalement :

- Vous savez quoi, les filles ? Il a l'intention de recouvrer entièrement les sommes volées et de les remettre à tous les investisseurs floués, pas seulement recouvrer l'argent de notre ami !

Les sourires de ses amies lui indiquent qu'elle n'aura pas besoin de les convaincre, elles approuvent. Anouk suspecte même qu'elles trouvent dans cette approche une façon de faire amende honorable pour leurs complaisances, car elles connaissaient des agissements de leurs conjoints depuis quelque temps déjà.

Sylvie revient dans le jeu, galvanisée par ce qu'elle vient d'apprendre.

- Que doit-on faire ? J'ai hâte de voir la tête de Tom quand il comprendra que ses manigances avec Alain Dupré et Michel Paré ont été déjouées.

- Pas si vite, Sylvie. Selon Gabriel, il y a encore loin de la coupe aux lèvres. La première étape consiste à savoir ce que nous aurons à faire. Il veut nous rencontrer demain. Je lui ai suggéré le Starbucks de West Bay Street. Je dois le rappeler pour lui donner l'heure à laquelle nous pourrons y être, si vous acceptez, évidemment.

Sylvie, qui a hâte de passer à l'action répond la première.

- Moi, je n'ai aucune contrainte. Cette semaine, loin de Tom, je suis totalement libre. Et toi, Stéphanie, as-tu quelque chose demain ?

- Je sais qu'Alain travaillera en matinée avec Michel. Ils ont apparemment beaucoup de choses à régler et des documents à traiter à la suite de leur retrait des affaires.

Elle hésite un peu.

- Il trouve étrange par contre que je passe tout mon temps avec vous deux, alors que lui vient de prendre sa retraite. Je lui ai dit que mon temps m'appartenait, mais je ne veux pas qu'il se doute de quelque chose. Bref, je préfère que notre rencontre se tienne en matinée, pendant qu'il est pris lui aussi.

Le sourire d'Anouk s'estompe lentement. La voici qui joue avec la fermeture de sa sacoche à présent. Ses amies s'en rendent compte. C'est Sylvie qui va la chercher.

- Est-ce que tu nous en parles, Anouk, ou tu as l'intention de tout garder en dedans ?

Anouk sursaute. Elle n'avait pas réalisé qu'elle était devenue un objet de curiosité face à ses amies.

- Je m'excuse, les filles. J'étais dans ma bulle.

- Tu en sors ou tu nous laisses y entrer ?

Même si la question est une boutade, Anouk semble considérer la demande. Son front se plisse. La fermeture de sa bourse fait toujours les frais de sa nervosité.

- Je n'y ai jamais pensé jusqu'à maintenant. Je me sens tout d'un coup très égoïste.

- Toi, égoïste ! Tu te mets en danger pour récupérer l'argent de ton ami et maintenant celui de tous ces gens. Comme eux, tu es même allée jusqu'à investir, le mot est fort je l'avoue, vingt mille dollars de ta poche et tu te trouves égoïste !

Pour une seconde, Anouk esquisse un petit sourire.

- Tu oublies la belle ristourne de deux mille dollars, Sylvie.

Elle reprend son sérieux.

- Pour moi, c'est facile. Mes dommages sont limités à une perte pécuniaire, ce n'est pas la fin du monde. Vendredi, je partirai pour retourner d'où je viens. Mes vacances, si l'on peut qualifier cette aventure de vacance, seront terminées. Je retournerai bien tranquillement à Montréal.

Elle cherche les bons mots.

- Vous, les filles, qu'est-ce qu'il adviendra de vous une fois... ? Enfin, je veux dire quand vos conjoints auront tout perdu, si nous réussissons.

Sylvie et Stéphanie se regardent. Cette dernière prend l'initiative.

- Moi, comme je te le disais sur le yacht, j'avais considéré laisser Alain de toute manière, avant même de me rendre compte qu'il était un escroc. J'ai mon appartement, cela ne change donc rien de ce côté-là et je continuerai de faire ce que je fais actuellement, sans Alain. Je ne m'en sentirai pas plus mal. Finis pour moi la vie de luxe durant les fins de semaine. Si j'ai à y retourner, ce sera par mes propres moyens, pas en tant que charmante conjointe d'un monsieur qui s'avère être un voleur de petites gens.

Elle regarde au loin, comme si elle contemplait son avenir.

- Je termine mes études en journalisme. J'ai d'ailleurs un très bon sujet pour une série d'articles sur les dessous d'une fraude qui se joue entre le Québec et les Bahamas. Je deviendrai peut-être célèbre.

Anouk sourit. Elle trouve que Stéphanie sait vraiment ce qu'elle veut et où elle s'en va. Sa confiance la rassure, comme si son assurance venait de lui enlever une épine du pied.

Elle se retourne vers Sylvie maintenant. Elle, elle jongle avec son cellulaire éteint. Anouk et Stéphanie sentent que ce sera moins facile pour elle. Elle les surprendra pourtant.

- Moi, je reviens au Québec. Il y a presque six ans que je suis arrivée ici. Au départ, il ne s'agissait que d'un stage dans le cadre de mes études en droit. Je vais ressortir mes livres. Si je veux réussir l'examen du barreau, il faut que je m'y remette sérieusement et le plus tôt sera le mieux.

Elle penche la tête, manifestement nostalgique.

- Vous comprenez, j'aime toujours Tom, même ventru, et malgré ce qu'il est devenu. Il a déjà eu le feu sacré pour les affaires propres, vous savez. Quand je l'ai connu, il n'y a pas si longtemps, il voulait faire sa marque dans l'île comme financier. Il souhaitait être reconnu comme étant un homme intègre qui contribue à sa communauté.

Elle se referme un moment, puis son front se déplisse.

- La distance m'aidera à oublier, je l'espère.

Elle s'arrête encore, puis gonflée par une soudaine énergie elle conclut :

- J'ai tout de même hâte de lui voir la mine quand il comprendra ce qui lui arrive, à lui, à nous et aux millions de ses clients qu'il a contribué à voler.

En sortant du magasin, les trois femmes ont levé leurs bras en l'air, en signe de solidarité.

Chapitre 18
Longueuil, il y a 4 ans

Quand Michel Paré a reçu la lettre recommandée lui signifiant son renvoi de la compagnie d'assurance, non seulement il s'y attendait, mais cela n'a fait que concrétiser une décision qu'il tardait à prendre. Il était même étonné que son employeur ait mis autant de temps à comprendre son mode de fonctionnement. Il savait, pour avoir discrètement posé la question et écouté aux travers les branches, comment la compagnie d'assurance avait traité un cas semblable, il y a quelques années. La boîte ne poursuivra pas. Elle aura trop peur de nuire à sa réputation. Michel Paré n'a pas été long à découvrir la petite faille. Alors, pourquoi se priver de revenus supplémentaires, s'il pouvait devenir riche sans risque ?

Quand il reçut la lettre donc, il l'interpréta comme le signe qu'il était temps de voler de ses propres ailes. Il prendra une longue pause avant d'entreprendre sa prochaine carrière, en solo. Pourquoi laisser la plus grosse part du gâteau à un employeur, quand il pourrait tout garder pour lui ?

Il a bien apprécié les petites croisières qu'il a gagnées, mais il n'est pas dupe. Il sait que ce n'était qu'un os que le maître donne à son chien. La viande, elle, c'est le seigneur qui la mange, pas le chien. Si la compagnie lui a offert ces croisières, c'est parce qu'elle a dû générer l'équivalent du bateau au grand complet en profit, qu'elle garde évidemment pour elle.

Il savait maintenant qu'il ne serait jamais pauvre. Comme il avait amassé assez pour vivre agréablement, il prit une année sabbatique, puis une autre, et encore une autre, jusqu'au jour où son bas de laine ne pouvait plus soutenir son train de vie. Il a pris goût à cette vie et a compris qu'il lui fallait encore plus d'argent la prochaine fois qu'il prendra une sabbatique. L'idéal serait d'en avoir assez pour ne plus avoir à travailler durant le restant de ses jours.

Il y a un peu plus de quatre ans donc, il est retourné sur le marché de l'emploi, si l'on peut s'exprimer ainsi. Cette fois, ce sera le grand coup. Il envisageait de travailler entre quatre et cinq ans tout au plus puis de se retirer, riche, même très riche.

Michel Paré n'a eu aucun mal à entrer dans le domaine de la vente de produits financiers. Encore une fois, il s'est résigné à suivre les cours qu'il fallait pour obtenir le papier et le droit d'exercice. En prenant les bouchers doubles, avec sa facilité naturelle pour jongler avec les chiffres, il n'a eu aucun mal à se rendre au but.

À sa dernière croisière, celle aux Bahamas, gagnée chez son ancien employeur, il avait tâté le terrain au cas où... Il avait donc contacté quelques banques, un fiscaliste, un bureau d'avocats et s'était informé auprès de certaines compagnies de placements.

Le stratagème qui sera utilisé pour sa nouvelle carrière solo n'a pas été long à se mettre en place. Les informations glanées aux Bahamas il y a quatre ans lui serviront maintenant. Il est donc retourné aux Bahamas rencontrer le directeur qui lui semblait très conciliant. Tom Harrison deviendra le contact pour ses affaires bancaires.

La rencontre avec Alain Dupré fut une bénédiction, le partenaire rêvé, la synergie parfaite. Finalement, Michel Paré a recruté Mark Thompson, l'administrateur des quelques immeubles au Québec.

Il ne restait plus qu'à trouver les petits investisseurs et les attirer avec du miel. Il s'est gardé cette tâche. À ce jeu, personne ne lui va à la cheville. Six mois plus tard, il achetait et hypothéquait son premier immeuble. Durant la première moitié de l'année qui a suivi, il fit l'acquisition de trois autres immeubles, puis il cessa d'en acheter. Pas besoin d'en faire plus, il avait assez de propriétés pour rendre crédible son scénario d'investissement. L'argent s'accumulait dans les coffres aux Bahamas, au point où il a pu, sans effort, se permettre d'acheter cette superbe villa en banlieue de Nassau.

Tout ira très bien, jusqu'à ce que le fisc vienne se mêler de ses affaires, quatre ans plus tard.

Montréal, mercredi soir, 14 août

Mat n'aime pas s'entretenir de ses affaires avec Hélène, si ce n'est pour relater de petites anecdotes de bureau. Hélène aussi discute rarement de son travail d'assistante administrative à l'Hydro-Québec, sauf à l'occasion, pour parler d'un collègue ou de son supérieur, en bien ou en mal ; le plus souvent en mal.

Les jumeaux sont au sous-sol à brûler leur restant d'énergie avant de se mettre au lit.

C'est Hélène qui exceptionnellement enfreint la règle. Elle lui touche la main.

- Qu'est-ce qui ne va pas, Mat ? Depuis le début du souper, je sens que tu as quelque chose qui te tourmente. Tu m'en parles ou tu continues à tout garder pour toi ?

Mat ne se l'avouera pas, mais inconsciemment, il souhaitait que sa conjointe aille le chercher.

- Je n'aime pas amener mon travail à la maison, mais ce qui me préoccupe est de nature différente.

- C'est-à-dire ?

Hélène ne le bouscule pas. Elle lui laisse le temps qu'il lui faut.

- Tu te souviens de la fraude financière dont je t'ai parlé en revenant de notre souper du premier lundi du mois la semaine dernière, fraude dans laquelle Damien et sa tante ont chacun perdu dix mille dollars.

Elle n'est pas si surprise que ce soit cette histoire qui trouble son conjoint. Les dossiers strictement professionnels, Mat réussit très bien à les garder pour lui. Les affaires personnelles lui laissent des empreintes visibles sur le visage.

- Oui, je sais, comment pourrais-je oublier un pareil désastre ?

- Bien, imagine-toi qu'Anouk a décidé de relancer le principal suspect jusqu'aux Bahamas. Elle a même pris le risque de faire une croisière avec lui et ses acolytes.

Hélène est déconcertée. Celle-là, elle ne l'avait pas vue venir.

- Quoi ? Anouk est avec ces malfaiteurs, seule, aux Bahamas.

Mat commence à se demander s'il a bien fait de briser la règle. Hélène est aussi très proche d'Anouk.

- Pas exactement, non. Tu vois, Gabriel et la nouvelle flamme d'Anouk, Mylène, je crois, sont allés la rejoindre, dimanche soir dernier..

- Aux Bahamas ?

- Aux Bahamas.

Le policier constate à l'expression que dégage le visage de sa conjointe qu'elle digère mal le fait que leurs amis soient impliqués dans une affaire qui lui apparaît dangereuse.

- Nos amis Anouk et Gabriel sont en danger, je ne sais trop où aux Bahamas et toi, tu m'annonces tranquillement que cela fait depuis dimanche dernier qu'ils sont là-bas !

Mat ne relève pas la remarque. Là n'est pas l'objet de la discussion qu'il veut avoir avec elle. Hélène ne s'attend pas non plus à ce qu'il s'étende sur cet aspect.

Elle comprend maintenant pourquoi son mari avait l'air drôle ces derniers jours. Elle le connaît assez pour savoir que de temps à autre, il a un problème au bureau, mais que cette situation ne dure généralement pas très longtemps. Cette fois-ci, depuis le début de la semaine, elle le sent absent. Elle a un peu honte, mais elle est soulagée que les soucis de son mari ne concernent pas leur couple. Elle a connu tellement de personnes à qui le conjoint ou la conjointe a annoncé qu'il mettait fin à leur relation, à la fin d'un souper comme celui-ci, après des années de vie commune. Elle s'était prise à se demander si son tour était arrivé. Elle gardera cette réflexion pour elle.

Son attention revient à la situation de ses amis.

- Sont-ils plusieurs malfaiteurs là-bas ? Est-ce une grosse organisation ? Ils doivent être dangereux.

- Nous en connaissons deux qui sont actuellement aux Bahamas. Nous soupçonnons qu'ils ont un contact dans une banque locale et il y a au moins un autre suspect important, basé à Montréal, celui-là.

- Est-ce qu'Anouk et Gabriel sont en danger ? Quand reviennent-ils ?

- Là est toute la question, Hélène.

Mat cherche les bons mots.

- Ils se sont mis en tête de trouver une façon de récupérer l'argent qui a été détourné.

- Tu veux dire les vingt mille dollars de Damien et de sa tante.

- Non. Toutes les sommes détournées. C'est-à-dire seize millions.

Hélène prend une pause pour assimiler l'ampleur du montant en question.

- Tu ne m'as pas répondu. Sont-ils en danger ?

Voilà justement le cœur du problème, ce qui tracasse le policier et surtout l'ami.

- Gabriel a un plan en tête. Il ne m'a pas parlé des détails, je ne lui en ai pas demandé.

Il s'arrête un moment.

- La vérité, c'est que je ne veux pas être au courant de son projet. Je ne suis pas certain que tout soit entièrement légal, tu vois ? On ne récupère pas seize millions de dollars en misant sur le repentir des fraudeurs. Je crois qu'il leur prépare un piège.

- Donc ce sera dangereux.

Comme pour se convaincre lui-même, Mat se forge un air rassuré.

- Il me dit que non. Il ne prendra aucun risque.

- Le crois-tu ?

- Je crois qu'il sera prudent.

- Mais il y a des risques, non ?

- Possiblement, oui. Je ne sais pas, je n'ai pas les détails de ce qu'il a en tête.

- Tu m'as dit que tu ne veux pas les connaître, les détails de son plan.

Puisqu'il a abordé le sujet, aussi bien aller jusqu'au bout et poser la question qui le tracasse.

- Toi, crois-tu que je devrais les aider, même sans être au courant de ces détails ?

Elle vient instinctivement pour répondre oui. Puis, elle saisit tout d'un coup l'essence de la question. En tant que policier, Mat ne peut se permettre d'être impliqué dans une affaire qu'il sait ne pas être tout à fait légal. En tant qu'ami, le dilemme demeure entier.

Hélène ne met pas longtemps à soupeser la question.

- S'il arrivait quelque chose à Anouk ou à Gabriel, tu ne te le pardonnerais jamais.

Bahamas, jeudi matin, 15 août

Mark Thompson sait être patient, mais pas pendant très longtemps. Son hôtel est bien situé, Nassau est un très joli endroit à découvrir, mais il n'est pas ici pour faire du tourisme. Il a attendu en vain que Michel Paré le rappelle durant toute la journée d'hier. Ce matin, il s'est résigné à lui rendre une autre petite visite. Ses arguments de mardi dernier n'ont, semble-t-il, pas réussi à le persuader. Il devra faire preuve de plus de fermeté cette fois-ci. Mark Thompson, qui n'est toujours pas homme à s'annoncer, compte encore sur un petit effet de surprise. Ce principe a très bien fonctionné pour convaincre les locataires déviants. Il devrait générer d'aussi bons résultats pour persuader son employeur de lui octroyer la prime d'indemnité de cessation d'emploi à laquelle il estime avoir droit, même si cette expression le fait sourire.

Lorsqu'il frappe à la porte de la villa, c'est Tara, la femme de ménage qui lui répond.

Mark Thompson crée toujours un petit effet quand il se présente dans un cadre de porte. Il reste très peu de place à la lumière pour s'infiltrer entre lui et le cadrage.

- Monsieur Michel Paré, s'il vous plaît.

- De la part de qui, s'il vous plaît ?

- Mark Thompson. Dites-lui que je suis dans l'assurance. Je veux lui offrir une police sur sa vie.

213

Chapitre 19
Bahamas, jeudi avant-midi, 15 août

Nous avons préféré arriver une bonne demi-heure d'avance au Starbucks café, par rapport à l'heure convenue hier soir. Notre horaire à Mylène et moi est plus facile à régir que celui d'Anouk et de ses deux amies qui doivent composer avec des imprévus.

La veille, nous nous sommes couchés tôt. Il n'y a pas eu d'intrusion dans la chambre de l'autre. Je suis soulagé qu'il en fût ainsi, je n'aurais peut-être pas su, pour une seconde fois, rassembler assez de courage pour résister au corps et au charme de ma compagne de voyage. Avec un meilleur contrôle sur le vin et le réconfort de savoir qu'elle pourra enfin revoir son amie de cœur, Mylène a retrouvé son comportement normal, délivrée de ses frustrations par rapport à Anouk.

C'est elle qui aperçoit Anouk la première. Son sourire n'en finit plus de s'agrandir. Je dois lui prendre la main sous la table et la serrer fermement afin qu'elle réintègre son rôle d'épouse de moi-même.

Anouk vient de nous voir, elle se retourne vers deux belles jeunes femmes derrière elle, les invitant à la suivre en leur faisant signe de la main.

Je me lève comme entendu au préalable avec Mylène et je vais le premier enlacer ma sœur. Puis, c'est au tour de Mylène de se lever et de faire l'accolade à Anouk en essayant de dissimuler, autant que faire se peut, sa très grande joie de la revoir et son désir de lui sauter dessus.

Anouk prend en charge les présentations.

- Chères Sylvie, Stéphanie, je vous présente Gabriel, mon frère et sa conjointe, Mylène.

Mylène dévisage les deux filles. Elle sait d'avance qu'elle ne les aimera pas. Trop belles, trop séduisantes, trop jeunes, trop éthérées, trop près d'Anouk. Secrètement, elle souhaite qu'elles soient au moins un peu idiotes. Elle ne tardera pas à être déçue aussi de ce côté-là.

Quant à moi, le courant passe instantanément avec les deux nouvelles amies de ma sœur. Je ne me demande pas pourquoi.

Nous nous mettons à l'aise, sereinement les cafés arrivent sur la table, les nouvelles arrivantes apprennent des yeux, à connaître le couple devant elles. Mes premières remarques sont sur la beauté de l'île et la météo parfaite. J'ai peur de passer pour un idiot sans imagination.

Anouk, qui évite le regard de Mylène pour ne pas fondre, feint l'indifférence, qu'elle contrôle plus ou moins bien. Elle rassemble ses énergies et se mobilise pour prendre la direction des opérations, tout en ne se privant pas de frôler la jambe de son amoureuse avec son pied sous la table.

- Nous pouvons parler librement, Gabriel. Mes amies sont au courant des activités de leurs conjoints. En femmes extraordinaires qu'elles sont, elles ne peuvent plus tolérer qu'ils continuent à profiter de l'argent qu'ils ont escroqué à des centaines de petits investisseurs comme Damien. Elles sont prêtes à nous aider.

Sylvie et Stéphanie font des signes de tête. Je crois qu'elles ont aussi aimé se faire qualifier de femmes extraordinaires. Voici maintenant que les quatre me regardent. J'ai souvent parlé en public, mais j'avoue que je suis intimidé à la vue de ces femmes jeunes et jolies, qui me dévisagent dans l'attente que je leur dévoile un plan magistral.

Anouk est encore tout sourire, ses deux amies semblent être à l'aise avec moi, et Mylène travaille très fort pour ne pas fixer Anouk dans les yeux.

Bon, c'est à moi de jouer, elles prennent toutes de gros risques en étant ici. Je dois la faire vite et bien.

- Merci, Anouk, d'avoir pu organiser, malgré la situation, cette petite rencontre et merci à vous deux — je regarde Sylvie et Stéphanie — de prendre ces risques.

Je suis à des lieues d'avoir la conversation que je tiendrais avec ces filles, en temps normal. Je chasse ces idées qui se sont infiltrées dans mon esprit sans y être invitées et me concentre sur la tâche à accomplir.

- Je dois admettre d'abord qu'il est irréaliste de tout prévoir. Mylène et moi avons essayé de couvrir le plus grand nombre d'angles possibles, mais il demeure de vastes zones où nous devrons improviser et, je dois l'admettre, nous devrons compter sur le facteur chance.

Mon auditoire m'écoute religieusement. Je me fie à Anouk quand elle me dit que ses deux nouvelles amies sont de notre côté. Je n'ai aucun moyen de le vérifier et aucune autre alternative que celle de les inclure dans notre plan.

- Je ne suis pas James Bond et je ne suis assurément pas un professionnel dans le domaine. Je ne suis qu'un amateur qui ne peut tolérer que des gens comme…

Je m'arrête ne sachant pas comment qualifier les conjoints de Stéphanie et Sylvie qui me dévisagent en ce moment. Je me suis mis dans une position délicate.

Stéphanie devine mon inconfort.

- N'aie pas peur des mots, Gabriel. Tu veux dire comme des escrocs, des crapules, des fraudeurs de personnes vulnérables. Veux-tu d'autres attributs ?

- Merci, Stéphanie.

Anouk qui déplace son regard entre Mylène, ses deux nouvelles amies et moi, semble satisfaite de la relation qui se développe entre nous.

Sylvie ajoute sa touche personnelle.

- Dis-nous ce que nous aurons à faire, Gabriel. Il est temps que nous en finissions avec ces escrocs.

Je leur explique donc mon plan. Nous avons l'air d'un groupe de collégiens en train de préparer un mauvais coup. Nous en parlons librement, comme si nous discutions de l'organisation d'une fête de Noël ou d'une surprise pour l'anniversaire du beau-frère. Chacune y va de ses suggestions. J'avoue que notre plan s'en trouve considérablement amélioré grâce à l'apport de l'ingénieure, de l'avocate et de la journaliste. C'est dans les petits détails que réside le succès de toute notre entreprise.

Je présume, cela, je devrai le valider demain, que le compte courant de Gestion Poséidon ne contienne que le minimum pour couvrir leurs dépenses courantes. Les seize millions doivent être répartis dans différents placements. Ce n'est pourtant qu'à partir d'un compte courant qu'il sera possible d'effectuer un transfert vers la Sûreté du Québec. Michel Paré doit rapatrier tous ses avoirs dans ce compte courant, rien de moins. C'est là que mon plan a vraiment intéressé mon auditoire.

Un autre point sensible de l'opération, et pas le moindre, consiste à avoir accès à ce fameux compte courant.

Stéphanie nous a confirmé qu'elle savait où Alain Dupré tient ses dossiers et qu'elle avait une bonne idée de l'endroit où il cache la clef du coffret contenant ses mots de passe.

Sentant qu'elle se fait dévisager comme si elle était une espionne professionnelle, elle nous précise que lors du déménagement du bureau d'Alain au deuxième étage, comme ses affaires n'étaient pas encore bien rangées, elle est tombée sur ses dossiers. Elle l'a vu les placer en lieu sûr et elle a aussi vu l'endroit où il dissimulait la clef. Elle n'a fait que regarder, sans savoir que cela serait utile un jour. Pas de caméra cachée, pas de microphone, pas de ligne sous écoute, seulement un bon sens de l'observation.

Nous feignons chacun une moue, comme soulagés d'apprendre que l'amie Stéphanie n'était pas une espionne internationale à la solde de je ne sais quel pays.

Chacune à leur tour, Sylvie, Anouk et Mylène se montre très concernée par les risques que Stéphanie devra assumer. Trouver le numéro du compte courant dans un classeur, même si elle a une bonne idée duquel il s'agit, devrait prendre plusieurs minutes durant lesquelles elle risque de se faire surprendre. Quant aux mots de passe, comme je suspecte qu'il doit y en avoir plusieurs, je lui propose de tous les copier si elle les trouve, afin que nous puissions, à l'abri des regards, les tester un par un jusqu'à ce que nous trouvions celui du compte courant. C'est là que Mylène suggère d'en prendre une photo avec un téléphone intelligent. Ce sera beaucoup plus rapide, donc moins risqué. Je n'y avais pas pensé, je devrais me remettre à jour dans mes manuels d'espionnage.

Stéphanie a rassuré ses amies tant bien que mal, se rabattant sur sa formation en journalisme, comme si l'apprentissage de perçage d'un coffre-fort faisait partie du cursus de la formation journalistique. Elle charge ses amies de s'assurer qu'Alain se tienne loin de son bureau pendant l'opération. Anouk et Sylvie s'offrent immédiatement comme volontaires pour cette tâche.

Nous n'avons pas vu le temps passé, la discussion animée nous a vraiment tenus en haleine. Quand nous nous laissons, presque deux heures plus tard, Mylène fait en sorte d'être juste derrière Anouk. Je la vois lui prendre discrètement la taille, pendant que les deux autres filles les précèdent vers la sortie.

Je regarde ailleurs.

Montréal, jeudi après-midi, 15 août

Damien déteste les imprévus. Il n'aime pas se faire déranger dans sa routine. Il aime encore moins les imprévus quand ils viennent bousculer sa séance quotidienne de peinture qu'il affectionne particulièrement.

Heureusement, ce n'est pas à son tour d'être de garde à la boutique cette fin de semaine. Il a quand même dû demander, à la dernière minute, son jeudi après-midi et son vendredi de congé. Il a prétexté que sa tante Béatrice avait besoin de lui de toute urgence. Damien n'aime pas mentir, il a l'impression de se faire percer à jour à chacune des rares fois où il a dû le faire. C'est pourquoi il s'est rapproché de la vérité dans son mensonge ; sa tante a besoin de lui. Il s'en tire à bon compte, le directeur de la boutique n'avait rien de prévu ces deux prochains jours. Il n'a donc pas eu à insister ou à fournir trop de détails. Il devra évidemment lui remettre ce temps à la prochaine occasion.

Le plus difficile pour lui c'est de s'entrer dans la tête toutes ces données financières. Il doit comprendre l'essentiel de ce qui se trouve dans les sites Internet que son ami lui a demandé de consulter. Il doit s'approprier des notions et apprendre à simuler des comportements qui ne sont pas les siens. Son domaine à lui, c'est les arts, pas la finance. Il y a consacré tout son après-midi et y passera une partie de la nuit.

En soirée, il ira s'acheter un complet trois-pièces. Gabriel lui a interdit de porter une de ses tenues d'artiste. Demain, une très grosse journée l'attend.

Bahamas, jeudi après-midi, 15 août

Quand elles sont revenues de leur prétendue visite de la ville en début d'après-midi, elles se sont retrouvées, Anouk, Sylvie et Stéphanie, dans le salon de la villa. C'est Anouk qui l'a vu la première. Il se dirigeait péniblement vers son nouveau bureau.

- Mon Dieu, Michel, que t'est-il arrivé ?

À contrecœur, il se retourne. Son visage est tuméfié. Il a un œil complètement fermé, un diachylon sur la paupière et il peine à marcher.

Michel Paré lance un regard étrange à Anouk, sans pour autant répondre à sa question. Puis, il poursuit son éprouvante marche.

Stéphanie, qui a encore la bouche ouverte, fait un signe d'épaule aux deux autres, indiquant qu'elle non plus n'a aucune idée de ce qui a pu lui arriver. Anouk leur dit à voix basse.

- Je vais voir.

En entrant dans son bureau, elle est soufflée. Elle n'en croit pas ses yeux. Toute la place est sens dessus dessous. La lampe et le téléphone sont en morceaux. Les classeurs sont renversés. Les dossiers qui se trouvaient à l'intérieur de ceux qui n'étaient pas fermés à clef sont répandus sur le sol. Son pupitre est à la verticale, adossé au mur du fond. Il n'y a pas un centimètre carré au sol qui n'est pas recouvert de papier ou de débris.

- Michel, que s'est-il passé ?

L'homme a du mal à parler.

- Ne te mêle pas de mes affaires. Laisse-moi.

Anouk est incrédule. Quelque chose s'est passé ici ce matin, pendant qu'elle et ses amies préparaient leur plan en ville. Quelqu'un s'en est pris à Michel.

- Qui a fait cela ?

Michel se tient les côtes. Il ne semble pas d'humeur à discuter. Anouk le prend en pitié, malgré ce qu'elle sait de lui.

- Qui est venu ici ce matin ? Est-ce le type de l'autre soir ?

Au retour de leur croisière mardi soir dernier, elle a discerné sa réaction quand il a vu l'homme qui l'attendait sous le porche. Puis l'idée lui vient, avant même de lui laisser la chance de répondre.

- J'appelle la police !

- Non, crie-t-il avec le peu de forces qu'il lui reste en se tenant les côtes.

L'homme est plus préoccupé à retrouver ses esprits qu'à discuter avec Anouk. Elle insiste.

- A-t-il volé quelque chose ?

Toujours sans réponse, Anouk décide de ne plus s'entêter. Elle lui laisse son intimité qu'il ne semble pas vouloir partager pour le moment. Mais juste avant de quitter le bureau, elle lui demande :

- Où est Alain ? Stéphanie m'a dit que vous deviez travailler ensemble ce matin.

Il réussit à lui répondre péniblement par un geste que son collègue est en haut.

Elle le laisse à son sort pour retrouver ses amies au salon.

Elles ne sont plus là. Un cri au deuxième attire brusquement son attention. Elle y accourt.

En pénétrant dans le bureau d'Alain, Anouk y constate le même désordre que dans celui de Michel Paré, en bas. Alain est à quatre pattes, en train d'essayer de mettre de l'ordre dans le capharnaüm. Il a un peu de mal à bouger, mais semble moins amoché que son associé.

Les dégâts n'auraient pas été pires que si un cyclone avait soufflé sur les bureaux des deux hommes. Les femmes concluent sans mérite que quelqu'un est passé par ici ce matin et s'en était pris aux hommes et à leurs bureaux.

Michel Paré sait, lui, que Mark Thompson reviendra demain et qu'il ne repartira pas sans avoir encaissé le million qu'il estime lui être dû. Après deux avertissements, il devine très bien à quoi s'attendre s'il le déçoit à nouveau.

Alain Dupré se doutait que Thompson ne se ferait pas larguer aussi facilement. Quand Michel Paré lui a appris sur le yacht qu'il n'avait rien dit à Mark Thompson à propos de sa retraite, cela avait créé des frictions entre les deux. Malheureusement, Alain Dupré avait raison, Thompson ne se laissera pas faire, il n'a rien à perdre.

Les deux en paient le prix à présent. Ce soir, une fois leurs plaies pansées, Alain Dupré exigera de son associé qu'il trouve une façon d'acheter la paix, puisque c'est lui qui a créé la situation en agissant en catimini avec l'administrateur immobilier. Il ne veut pas vivre dans la peur de voir le mastodonte surgir à tout moment, à l'improviste.

Bahamas, jeudi soir, 15 août

Nous sommes au bar de l'hôtel, l'appétit ne s'étant pas encore manifesté. Notre discussion ressemble à une session de travail. Mylène et moi avons revu toutes les étapes, dont plusieurs sont grandement améliorées par rapport à mon idée originale.

Elle ne semble plus avoir aucune attirance pour moi. C'est aussi bien ainsi, car pour moi, rien n'est changé. Me voici protégé contre les tours que mes instincts pourraient me jouer.

Je me sens ridicule de laisser mes pensées voguer entre l'élaboration d'un projet pour récupérer seize millions de dollars et mon désir pour une femme. *Pauvre homme que je suis.*

Heureusement, j'entends mon cellulaire qui met fin à ma valse-hésitation.

C'est Anouk qui me raconte dans quel état elle a retrouvé Michel Paré et Alain Dupré ainsi que leur bureau respectif. Sur le coup, je propose de tout arrêter. Je ne sais pas ce qui s'est passé, mais il est évident que le degré de dangerosité de notre projet vient de monter d'un cran. Jusqu'à ce jour, je n'avais pas entendu parler de violence physique, uniquement de violence morale consistant tout de même à voler l'avenir de centaines de pauvres gens.

Mylène me parle en même temps qu'Anouk. Vaincu, je finis par lui abandonner l'appareil.

- C'est moi, Anouk. Je suis tellement heureuse de t'entendre.

Surprise d'avoir Mylène en ligne à présent, sans s'être fait prévenir de la transition, Anouk a du mal à garder un ton neutre. Elle poursuit avec Mylène ce qu'elle a commencé avec moi. Elle insiste pour que nous maintenions notre plan comme entendu, malgré les nouveaux évènements.

- Je n'ai pas eu le temps de le dire à Gabriel, avant qu'il te passe le récepteur, Mylène, mais Stéphanie a réussi à profiter du brouhaha dans le bureau d'Alain Dupré pour trouver le numéro du compte courant. Elle a prétexté vouloir mettre de l'ordre, pendant qu'Alain s'était allongé pour essayer de récupérer.

À ce moment, Mylène laisse le récepteur pour me faire part de la bonne nouvelle. Je crie de joie, attirant de curieux regards des gens près de nous.

- Elle a réussi. Elle a pris de gros risques ! Merci. Merci, Stéphanie.

J'entends Mylène qui répète mes mercis au profit d'Anouk.

Je viens juste d'y penser. Mon sourire s'estompe.

- Les codes ! A-t-elle les codes d'accès au compte ?

Je crois que j'ai posé ma question d'une voix un peu forte, Anouk l'a entendue à l'autre bout.

Mylène vient pour répéter la question. Anouk la coupe.

- Non, Gabriel, enfin non, Mylène. Stéphanie ne pouvait pas demeurer dans le bureau trop longtemps. Elle aurait pu se faire surprendre à n'importe quel moment.

Mylène me fait non de la tête. Je reviens vers mon Perrier et la laisse terminer sa conversation avec ma sœur. Elles n'ont plus parlé de l'affaire.

Ce mélange de bonnes et de mauvaises nouvelles nous met en appétit.

Pendant le souper, Mylène et moi avons convenu de nous rallier au désir d'Anouk et de poursuivre la mission. Nous serons doublement prudents et abandonnerons notre projet au premier signe de danger couru par l'une ou l'autre. La dernière chose que je veux est qu'il arrive quelque chose à Anouk ou à Mylène et maintenant que je les connais, j'ai peur qu'il soit fait du mal aux deux nouvelles amies de ma sœur.

Le niveau de stress augmente d'un cran, mais l'étape délicate qui consistait à obtenir le numéro du compte courant de Gestion Poséidon a été franchie avec succès. Il reste à mettre la main sur le code d'accès au compte. Je n'ai aucune idée de la façon dont Stéphanie y parviendra. Ce sera beaucoup plus difficile. Il ne faut surtout pas qu'elle prenne de risques. *Mon dieu, dans quelle situation as-tu placé ces pauvres femmes ?*

Nous ne nous éternisons pas à table. Bien qu'en très bonne compagnie, il y a encore du travail qui m'attend au bureau mis à la disposition des gens d'affaires de l'hôtel. Entre autres, terminer les préparatifs de ma très longue et cruciale journée de demain.

C'est au moment où je ferme l'ordinateur que je reçois, à ma plus grande surprise, l'appel de Mat.

- Gabriel, c'est moi. Avant que tu ne parles, s'il te plaît, épargne-moi tes farces ennuyeuses à propos du budget d'interurbains de la Sûreté du Québec.

- Pour qui me prends-tu ? Sache que je suis très créatif et que je sais varier mes interventions humoristiques, moi. Puisque tu en parles…

- Arrête. Je n'ai pas beaucoup de temps.

Son ton m'incite à le prendre au sérieux. Je sauterai donc les préliminaires qui consistent normalement à faire enrager mon ami avant d'aborder un sujet avec lui.

- Je t'écoute.

- Te voilà bien raisonnable ! Je veux simplement te dire que Mark Thompson, l'administrateur des immeubles de Gestion Immo qui, comme tu le sais est sous contrôle de Gestion Poséidon, se trouve actuellement aux Bahamas. Nous savons par sa carte de crédit où il loge, c'est à quelques rues de la villa de Michel Paré et Alain Dupré. Nous ne savons pas ce qu'il y fait, mais je tenais à te prévenir. Il n'est pas connu pour faire dans la dentelle, si tu vois ce que je veux dire.

- Il nous l'a déjà démontré, Mat.

Le ton du policier se fait grave.

- Tu as eu affaire à lui ?

- Pas moi. C'est sûrement lui que Michel Paré et Alain Dupré ont rencontré ce matin. Il a laissé des traces sur les meubles et sur les hommes. Ce doit être un véritable Hulk le bonhomme.

Mon ami ne répond pas tout de suite.

- Gabriel ?

- Oui, je t'écoute, Mat.

- Je n'aime pas ce qui se passe là-bas. Ce Mark Thompson est une brute au passé très lourd. Es-tu vraiment certain de vouloir poursuivre ton projet ?

- Nous en avons discuté ensemble, avec l'équipe si je peux dire. Et oui, Mat, nous poursuivons. Tu sais que nous avons le numéro du compte courant de Gestion Poséidon.

- Ah oui ! Alors, vide-le et reviens à Montréal avec Anouk.

- Je ne reconnais plus le policier incorruptible et blanc comme neige.

Je n'attends pas sa réplique et reprends promptement le fil de la discussion.

- Le numéro du compte est une chose, le code d'accès personnel en est une autre. Nous ne pouvons pas le vider, comme tu le dis, sans le bon code. De plus, il ne doit contenir que très peu de liquidité, le duo a nécessairement placé leur avoir dans différents instruments de placement, hors de ce compte.

Mat garde le silence.

- Tu es là, Mat.

Après quelques secondes, il répond.

- Fais attention à toi et à Anouk. Si j'ai du nouveau, je t'appelle.

- Merci, Mat. Je sais que cette situation est difficile pour toi. Merci encore.

- Remercie Hélène.

- Hélène ?

- Laisse tomber.

Ce soir, je dormirai mal, mais pas pour les mêmes raisons que mardi dernier.

* * *

Au même moment, la tension qui s'est installée à la villa est dense à couper au couteau. Alain Dupré et Michel Paré n'ont pas rejoint les femmes pour souper. Ils mangent en haut, dans le nouveau bureau d'Alain où règne maintenant un ordre approximatif. Ils se sont fait monter leur pitance, à l'abri des regards et loin des probables questions. Ce soir, chacun se sent mieux dans son coin respectif.

Ni Sylvie, ni Stéphanie et encore moins Anouk ne s'en plaignent. Dans l'état actuel des choses, il leur est de plus en plus difficile d'être avec ces gens qu'elles sont en quelque sorte, en train de trahir.

Les femmes se sont fait un souper de filles et une dégustation de rosé-fromage, en évitant de parler de leurs affaires de peur de se faire surprendre. Elles sont toutes conscientes qu'il s'agit là de leur dernier repas ensemble. Demain marquera l'étape finale de leur plan, s'il réussit. Il y aura du danger. Leur fuite après l'opération n'est pas entièrement assurée, il y a encore beaucoup d'imprévus en jeu. Demain, que le plan ait fonctionné ou non, la vie de couple de Stéphanie et de Sylvie sera à tout jamais différente.

Ce soir, elles éviteront de parler de tous les périls qui les attendent. Aucune d'elles ne dormira bien cette nuit ; pas seulement à cause de ce qu'elles auront bu ou mangé.

CHAPITRE 20
Bahamas, vendredi 16 août 10 : 05 h

C'est aujourd'hui le grand jour. La journée sera longue, très longue. Nous arrivons à la banque à dix heures et cinq. Les portes sont ouvertes depuis cinq minutes, tous les employés doivent être entrés. Nous nous dirigeons directement vers l'accueil. C'est ici que s'amorce la première étape de notre périlleuse opération.

Je suis très nerveux. *Que le rideau se lève !*

- Bonjour, que puis-je faire pour vous ?

La dame d'une cinquantaine d'années en était à son premier « Bonjour, que puis-je faire pour vous ? » de la journée.

- Nous désirons rencontrer le directeur, monsieur Tom Harrison, s'il vous plaît. Je suis Gabriel Bédard et voici mon assistante, Mylène Dion.

Je préfère utiliser un nom d'emprunt pour éviter que l'on découvre un lien quelconque entre Anouk et moi. Mon nouveau profil numérique est entièrement construit sous ce nouveau nom.

La dame de l'accueil sort sans surprise l'agenda du directeur de la banque, le consulte puis se donne un air déçu.

- Avez-vous un rendez-vous, monsieur Bédard ?

Elle constatait bien que non, mais voulait sans doute vérifier s'il y avait erreur.

- Non.

L'expression de son visage devient plus déçue que déçue.

- Je suis désolée, monsieur Harrison n'est pas disponible en matinée. Peut-être pourrions-nous fixer un autre moment.

Pas de surprise de notre part. Le scénario le plus probable se matérialise.

- Voyez-vous, madame ?

L'allongement et le ton du mot « madame » lui signifient que je désire connaître le nom de la personne à qui je m'adresse.

- Madame Taylor.

- Je suis de passage aux Bahamas pour la journée seulement, madame Taylor. J'ai un projet d'investissement qui requiert un gros emprunt. Je n'ai pas le temps de prendre de rendez-vous. Peut-être pourriez-vous vérifier auprès de monsieur Harrison s'il pouvait faire un accroc à son agenda très chargé.

Madame Taylor comprend à l'allure que je me donne que je ne suis pas un client ordinaire. Elle ne sait pas encore à quel point elle a raison. Elle consent à consulter le patron en personne.

Une minute plus tard, elle réapparaît avec un beau sourire.

- Veillez me suivre, monsieur, madame.

Ouf ! À date, tout va comme sur des roulettes. Pas de surprise.

Tom Harrison est exactement comme Sylvie nous l'a décrit. J'échange un regard complice avec Mylène. Nous y voici.

Il nous fait asseoir devant lui, un grand pupitre impressionnant nous sépare de « Sa Majesté ». Il se tourne vers son écran d'ordinateur, y tape quelques codes puis daigne retourner sa grâce vers nous.

- Alors, monsieur Bédard, madame Taylor me dit que vous désirez faire un gros emprunt à notre banque.

Il s'adresse à moi, mais lorgne les jambes de Mylène.

- Pas forcément à votre banque, monsieur Harrison, à la banque qui m'offrira les meilleurs délais.

- Je comprends. Alors, je vous écoute.

Il fait très banquier dans ses manières. Il en impose par sa stature bien rembourrée. Il a le visage de celui qui en a vu d'autres et l'attitude hautaine de celui qui a l'habitude de prendre les décisions.

- Je suis dans le domaine des acquisitions d'entreprises. J'achète des compagnies spécialisées en développement de programmes informatiques que je revends quand elles ont touché le gros lot.

- Toucher le gros lot, vous dites.

Il est difficile à lire le grand manitou. Son expression faciale est impénétrable.

- Quand une telle compagnie développe un produit ou un logiciel que tout le monde voudra acheter à n'importe quel prix.

- Je vois. Continuez, vous m'intéressez.

- Voici, il y a à Montréal une jeune entreprise qui vient de développer un programme incroyable. La mise au point est terminée et tous les tests sont concluants. Le logiciel est prêt à être vendu sur le marché spécialisé. Ce sera une vraie mine d'or.

Il me regarde, Mylène aussi, par le dessus de ses lunettes.

- Une mine d'or ?

Ses interventions ont la qualité d'être directes et courtes.

- Je l'achète aujourd'hui même pour soixante-six millions de dollars canadiens. Je la revends la semaine prochaine à des contacts que je ne vous dévoilerai pas, pour le double. J'investis cinquante millions de mon propre argent et désire emprunter les seize millions canadiens manquant.

Le grand directeur de banque avale de travers. Il s'attendait à quelques dizaines de milliers de dollars, comme c'est habituellement le cas. Pas à seize millions. Je le sens travailler fort pour retrouver ses esprits, ce à quoi il semble être arrivé à présent.

- Je peux vous demander ce que fera ce logiciel ?

Encore une fois, il la fait courte et précise.

- Sans entrer dans les détails, je peux vous dire qu'avec ce logiciel, il ne sera plus possible de pénétrer un ordinateur avec un programme malveillant. Il deviendra absolument impossible de pirater un ordinateur.

Je joue à celui qui est surexcité. J'en remets.

- Pensez au montant que sont prêtes à payer les grandes organisations comme l'armée amér…

Mylène me touche discrètement le coude du bout des doigts et me lance un petit regard. J'arrête immédiatement de parler. Tom Harrison a remarqué le geste, bien que très réservé. Il ne laisse rien paraître.

- Quelles sont les garanties, monsieur Bédard ? Moi je ne connais rien à l'informatique. Qu'est-ce qui m'assure que le logiciel est aussi extraordinaire que vous me le dites ? Qu'est-ce qui me certifie que votre acheteur est sérieux ? Qu'est-ce qui me prouve qu'il paiera bien cent trente-deux millions ? Comment garantir le seize millions que vous désirez emprunter ?

Il les a toutes regroupées dans un même souffle. *En as-tu d'autres questions, mon gros ?* En plus, il est fort en calcul mental.

- Voici ma proposition, monsieur Harrison. Je suis extrêmement pressé. La transaction doit se faire aujourd'hui, vendredi, avant la fermeture des bureaux de Montréal.

Le gérant laisse tomber ses lunettes, ce qui met en valeur les grosses poches qui se dandinent sous ses yeux. Je prends une pause stratégique pour lui donner le temps de digérer ce qui lui arrive.

- Monsieur Bédard, cette échéance est tout à fait impossible à respecter. Pour un tel montant, les règles de la banque me commandent de faire approuver l'emprunt par le conseil d'administration. Il se réunit tous les mois. Dans une circonstance particulière et urgente, je peux faire une invitation spéciale, mais le délai d'avis de convocation du CA[3] est de deux jours. Impossible d'acquiescer à votre demande.

---

[3] Conseil d'Administration

Il a vraiment l'air contrarié.

Je me tourne vers mon assistante en me levant.

- Quelle est la prochaine banque sur notre liste, Mylène ?

Tom Harrison me fait signe de me rasseoir.

- Attendez un instant, monsieur Bédard.

Je me laisse tomber sur mon fauteuil en feignant une légère impatience.

- Vous savez qu'aucune banque aux Bahamas ne peut vous prêter une telle somme sur-le-champ. Elles sont toutes assujetties aux mêmes règles de gouvernance que la mienne.

- Aucun problème. J'avais envisagé cette possible contrainte. Mon assistante a aussi dressé une liste de fortunes privées, qui ne sont sans doute pas entravées par de telles règles.

Le gérant ne se montre pas désarçonné.

- Par curiosité, monsieur Bédard, vous étiez pour me parler des garanties que vous avez à offrir.

Je regarde ma montre et n'affiche aucune expression particulière. Mon assistante d'un jour sort un carnet de sa mallette que je lui ai offerte en cadeau ce matin. Elle feuillette les pages comme pour identifier le prochain contact, pendant que je fais celui qui perd son temps avec un type sans ambition.

- Brièvement, voici ce que je proposerai aux autres banques. Et si, comme vous le dites, les délais aux Bahamas sont trop courts pour les banques, ce que j'offrirai aux investisseurs privés.

Je m'efforce de garder mon sérieux. Le métier d'acteur n'est vraiment pas fait pour moi.

- J'ai convaincu cette compagnie que je leur transférerai cinquante millions de mon compte personnel à l'achat. Les seize millions restant ne leur seront versés qu'une fois que j'aurai vendu la compagnie à mon tour, la semaine prochaine. En fait, ce que je demande s'apparente à une garantie bancaire. L'argent demeurera en lieu sûr jusqu'à ce que le prêteur des seize millions ait la certitude que la compagnie est bien revendue, la semaine prochaine.

- Deux questions monsieur Bédard. Premièrement, qu'êtes-vous prêt à offrir au prêteur privé ?

- Le double de son prêt.

Cette fois-ci, je crois que c'est son dentier qu'il a failli laisser tomber sur son bureau. Je sens qu'il a besoin d'un peu plus de viande. J'ai appris que plus le mensonge est gros, plus il est crédible. J'en remets une tranche.

- Je revends la compagnie pour le double la semaine prochaine, je me contenterai de doubler ma mise à moi, mon cinquante millions, ce qui n'est pas si mal en soi. Comme je sais que je suis à la dernière minute, c'est d'ailleurs souvent l'essence des grandes transactions, j'offre la même chose à mon prêteur-endosseur pour le seize millions manquant. Moi j'empoche cinquante millions en profit, lui, il double son seize millions, sans aucun risque puisque l'argent est transféré uniquement quand moi je vends.

Il a un beau sourire le directeur de banque, quand il le veut.

- Vous aviez une deuxième question, monsieur Harrison ?

Il essaie de retrouver son calme. Son visage ne s'efforce plus de dissimuler quoi que ce soit.

- Pourquoi les propriétaires de cette compagnie informatique ne vendent-ils pas directement à vos acheteurs, plutôt que de passer par vous ? Ils doubleraient leurs bénéfices.

- Parce que moi j'ai le contact. Pas eux.

Je refais le coup du financier pressé.

- Maintenant que j'ai satisfait votre curiosité, je l'espère, veuillez nous excuser. Nous avons un agenda assez chargé comme vous pouvez vous l'imaginer.

Cette fois-ci, le gérant oublie les superbes jambes de Mylène et me regarde, moi.

- Laissez-moi y penser. J'ai peut-être quelque chose pour vous, monsieur Bédard.

Je la joue plus serrée en demeurant debout. Je me contente de braquer les yeux dans les siens en essayant de paraître incrédule. Il se sent obligé de faire vite.

- J'ai, parmi mes bons clients fortunés, quelqu'un que votre proposition pourrait intéresser.

Je demeure debout. Mylène se lève à son tour. Je garde le silence, qui, comme le disait ma mère, est d'or.

- Il pourrait rassembler la somme pour cet après-midi, si cela l'intéresse évidemment. C'est le genre de proposition qu'il serait susceptible de considérer.

Je reprends la main.

- Un possible client, susceptible d'être intéressé, cela m'apparaît un peu court.

Je fais celui qui essaie d'aider le pauvre directeur de banque en le plaçant exactement sur la route que nous espérions qu'il prenne.

- Voici ce que je vous propose, monsieur Harrison. Moi, je contacte d'autres investisseurs, vous, vous contactez votre client pour voir s'il est susceptible de considérer mon offre, comme vous le dites. Si c'est le cas, j'ai besoin d'un dossier sérieux. Je n'ai rien à faire d'un type qui dit oui, oui, oui. Je veux une garantie bancaire sur un compte courant en devises canadiennes, non pas une garantie sur des placements ici et là dans des fonds communs, à la bourse ou en épargnes à long terme. Je dois prouver aux avocats de la compagnie informatique que j'achète que les seize autres millions sont bel et bien monnayables, à court terme, dans un compte courant.

Tom Harrison est tout ouïe. Rien dans ce que je lui demande ne sort de l'ordinaire, sinon le cent pour cent de profit en quelques jours, évidemment.

Je crois qu'il est temps que j'aborde la dernière scène de ce premier acte.

- Entre nous, monsieur Harrison, si j'étais dans votre situation, c'est-à-dire celle d'offrir sur un plateau d'argent un profit de seize millions à un client, il me passerait par la tête de lui demander une petite commission. Je n'envisagerais pas moins d'un million. Mais bon, à vous de voir, il faudra commencer par le convaincre.

Je le laisse jongler tout en restant debout. J'aime bien créer une certaine pression quand elle peut aider ma cause.

- Je vous en donne des nouvelles en début d'après-midi, monsieur Bédard.

- S'il n'est pas trop tard.

Sur ce, je lui laisse mon numéro de cellulaire et je fais passer Mylène devant moi.

Bahamas, vendredi 16 août 10 : 25 h

Sourire aux lèvres, Mylène et moi sommes empressés de rejoindre Anouk et Sylvie à notre quartier général du Starbucks. Stéphanie a préféré ne pas laisser Alain de peur qu'il ne pose trop de questions sur leurs nombreuses sorties. Hier soir, il lui a encore demandé pourquoi elle l'abandonnait constamment. Elle lui a répondu, sur un coup de tête, qu'heureusement qu'elle n'était pas à la villa hier, sinon elle aurait probablement subi le même sort que lui et Michel. Il n'a pas répliqué à son exposé des faits. Il ne voulait visiblement pas avoir cette conversation avec elle.

Ce matin, Stéphanie a quand même préféré ne pas provoquer la chance et elle a décidé de demeurer à la villa, laissant à contrecœur les deux autres aller seules aux rendez-vous.

Quand nous entrons, Anouk et Sylvie sont déjà attablées. Elles nous font de grands signes. Nous avons à peine le temps de nous asseoir qu'Anouk nous pose la question prévisible.

- Puis, la rencontre ?

Sa voix est aiguë. Je sens beaucoup de nervosité.

Mylène prend les devants.

- Ton frère a été parfait, Anouk. Il est digne d'une nomination aux Oscars. Il a fait miroiter l'opportunité du million en commission de main de maître. Tom Harrison était suspendu à ses lèvres.

Anouk, suivie de Sylvie, simule des applaudissements. J'essaie de faire celui qui est humble, je n'y parviens pas tout à fait, mon sourire trahit ma fierté. Mylène poursuit.

- Il a joué son numéro à la perfection. J'y croyais moi-même.

À mon tour de faire l'éloge de ma complice.

- Il faut dire que Mylène, de son côté, devrait remporter l'Oscar du meilleur rôle de soutien.

Je la regarde à présent.

- Quand tu m'as touché le bras, au moment où je faisais celui qui s'échappe à propos de l'armée américaine, tu as été parfaite. Exactement le bon geste. Le parfait dosage dans le regard. Je suis persuadé que le banquier y a cru. Merci, Anouk, d'avoir suggéré cette petite scène. Je pense qu'elle a donné toute la robustesse à notre beau conte de fées.

Au tour de Sylvie. Dans son cas, la voix est moins assurée.

- Qu'est-ce que Tom va faire ?

- Exactement ce que nous avons prévu. Nous savons qu'aucune banque ne pourra acquiescer à temps à notre demande. Tom Harrison a vite tiré cette conclusion, il faut voir du côté des fortunes privées. Il va appeler un de ses clients qui s'adonne justement à avoir un beau seize millions à sa disposition, un client qui est plus vorace que la moyenne, un client qui croit à l'argent vite gagné. Le petit million que nous lui avons planté dans la tête le rendra très persuasif. J'espère que la banque n'a pas deux Michel Paré comme clients qui répondent à ces critères.

Nous affichons tous un beau sourire. Le moment est magique. Mais il reste encore tellement à faire. Je reprends sur un autre ton en m'adressant à Sylvie.

- Connais-tu Mark Thompson ? J'ai des raisons de croire que c'est lui qui a amoché Dupré et Paré.

Sylvie se concentre.

- J'ai peut-être entendu le nom une fois ou deux, mais Tom n'en a jamais parlé ouvertement devant moi. Peut-être que Stéphanie en sait plus, elle.

- De mon côté, Sylvie, ce que je connais de la situation c'est qu'il serait la troisième patte du tabouret avec Gestion Immo. Je ne sais pourquoi, mais il n'est vraisemblablement pas heureux que Paré ait jeté l'ancre. Il semble avoir des comptes à régler avec tous les deux. Si tu as une chance d'en parler à Stéphanie, Sylvie, ce serait bien. Elle est peut-être au courant de quelque chose à propos de ses raisons de leur en vouloir.

Je regarde alternativement Anouk puis Sylvie.

- Tenez-vous loin de lui. Mat me dit qu'il est dangereux. Vous avez pu le constater par vous-mêmes d'ailleurs.

Je saisis la main d'Anouk. Elle me confirme des yeux qu'elle tiendra compte de ma mise en garde. Elle lance le même regard à Mylène.

Puis, elle prend sur elle d'expliquer à Sylvie que Mat est un de nos amis en qui nous avons entièrement confiance et que celui-ci est aussi policier. Elle a eu conscience avant moi que je venais d'introduire un autre personnage dans notre affaire. Jusqu'ici, nous avions cru bon de tenir le nom de Mat loin de nos discussions. Sylvie pose mille questions sur son rôle. Anouk et moi tentons d'y répondre avec toute la franchise possible. Vu la nervosité de Stéphanie et Sylvie, tout ajout de dernière minute à notre scénario est de nature à déstabiliser notre équilibre précaire.

Je crois que nous sommes parvenus à colmater la brèche.

Sylvie et Anouk décident de retourner à la villa, pour limiter le temps de leurs absences afin de ne pas éveiller de soupçons. C'est aussi, et surtout, pour porter assistance à Stéphanie qui n'a pas encore réussi à mettre la main sur les codes d'accès au compte courant de Gestion Poséidon.

Je m'en veux d'avoir prononcé le nom de Mat devant Sylvie. Le vedettariat m'est monté à la tête et m'a fait baisser la garde.

244

CHAPITRE 21
Bahamas, vendredi 16 août 10 : 45 h

Tom Harrison est en feu. Depuis le départ de son mystérieux visiteur, il vogue sur la toile, essayant de tout lire sur Gabriel Bédard avant d'appeler son bon client.

Sur son profil, il peut effectivement suivre le cheminement de Gabriel Bédard. De vice-président aux finances d'une multinationale à investisseur privé dans les entreprises en démarrage. Le banquier a aussi trouvé une liste de compagnies qui ont été achetées puis revendues par son entremise.

Évidemment, Tom Harrison n'a pas le temps de tout vérifier. À quoi bon le faire, le cas est sans risque. Au moins, il en sait assez pour être en mesure de répondre aux questions d'Alain Dupré et de son associé. Fort de ses courtes recherches, il appelle enfin Alain pour lui parler de l'occasion sans précédent.

Ce dernier décroche à la troisième tonalité.

- Alain, Tom.

- Oui, Tom, qu'est-ce que je peux faire pour toi ?

- Alain, j'ai une proposition incroyable à te faire.

- Ce n'est vraiment pas le temps, Tom. Tu le sais très bien, nous sommes retirés maintenant et nous devons nous occuper de certaines choses urgentes ces temps-ci.

Tom Harrison est agacé.

- Alain, c'est l'affaire du siècle. Avec vos seize millions, ici à la banque, je te garantis seize millions supplémentaires de profits encaissables dès la semaine prochaine, moins évidemment un million pour mes bons services. Il vous restera un profit net de quinze millions, en seulement une semaine. Vous ne pouvez pas cracher sur une aubaine pareille.

Le silence d'Alain Dupré en dit long sur son débat intérieur. Tom Harrison, lui, se félicite d'avoir introduit son million dès le début. Il est survolté.

- Ton histoire ne tient pas la route, Tom. Tu me fais marcher.

- Je te le jure ! Le type vient tout juste de sortir de mon bureau. Il est très sérieux. Il achète une compagnie en fin d'après-midi, qu'il revendra au double la semaine prochaine à l'armée américaine. J'ai fait des recherches. C'est du solide, je te le dis. De plus, il n'y a aucun risque. Tes seize millions sortent seulement quand tes trente-deux millions entrent. Une lettre à la poste.

Les neurones d'Alain Dupré fonctionnent à cent kilomètres à l'heure.

- En effet, cela nous permettrait de nous sortir de petits ennuis.

Les petits ennuis auxquels fait allusion Alain Dupré s'appellent Mark Thompson et le million qu'il réclame. Avec une entrée de seize millions, moins le million pour les efforts du bon banquier, cela leur ferait moins mal au cœur de laisser aller un autre petit million pour acheter la paix avec Mark Thompson. Sans compter sur les bienfaits que peuvent apporter tous ces millions supplémentaires.

- Le type est très pressé, Alain. C'est d'ailleurs pour cette raison qu'il ne peut faire affaire directement avec la banque ni aucune autre banque aux Bahamas. Il est en train de magasiner auprès de prêteurs privés en ce moment. Je dois le rappeler le plus rapidement possible. Tu sais comme moi qu'une telle proposition intéressera plusieurs familles riches d'ici. Je suis le premier qu'il contacte aujourd'hui, nous avons une petite longueur d'avance. Il faut faire très vite.

Tom Harrison surexcité, reprends son souffle.

- Parles-en à Michel. Une occasion pareille ne se présente qu'une fois dans la vie et encore, dans la vie de très peu de gens. J'oubliais, pour que la garantie bancaire soit crédible, il faut entièrement liquider l'ensemble de vos placements et les virer sur votre compte courant, en devises canadiennes. La garantie doit se référer à un compte courant, en liquide. J'ai besoin de votre accord pour procéder. C'est une opération qui prendra un peu de temps. Je dois obtenir votre réponse tout de suite, Alain. Il ne nous reste plus beaucoup de temps. Si vous n'êtes pas intéressés, j'ai d'autres clients qui peuvent disposer de seize millions très rapidement. J'ai pensé à vous deux d'abord, ne me le fais pas regretter.

- J'en parle à Michel.

- Seize millions en une semaine, Alain, moins mon petit million. Vous ne pouvez pas passer à côté d'une telle occasion. Rappelle-moi tout de suite. Je demeure collé à mon téléphone.

Tom Harrison a demandé à madame Taylor d'annuler tous ses rendez-vous de la journée. Il aura beaucoup à faire si

Alain Dupré convainc Michel Paré d'accepter de convertir les seize millions pour les transférer dans leur compte courant. Il n'a évidemment pas d'autres clients capables de transférer seize millions en un après-midi. Cela, il s'est bien gardé de l'avouer à Alain Dupré. Mais il sait que certains riches particuliers sur l'île risquent fort d'être très intéressés par une telle proposition.

Le pauvre homme tourne en rond dans son bureau en attendant qu'Alain ou Michel Paré le rappelle. Normalement, il ne jouit pas directement des largesses de ses clients. Il préfère profiter de faveurs, moins visibles aux yeux du fisc. Cette fois-ci, l'occasion de toucher un million, seulement en facilitant une transaction, lui semble trop belle. Il a hâte de l'annoncer à Sylvie, mais aime mieux attendre l'aval de ses clients avant de lui faire part de la bonne nouvelle, si évidemment la réponse est positive.

Bahamas, vendredi 16 août 11 : 35 h

- Damien, où es-tu rendu ?

- Attends, je m'informe.

Après une éternité, il reprend la ligne.

- J'arrive à treize heures trente, Gabriel, comme prévu.

- As-tu les documents que je t'ai demandé d'imprimer avec toi ?

- Oui.

- Merci. A plus.

Bahamas, vendredi 16 août 12 : 20 h

Je me fais du mauvais sang. Pour que notre plan fonctionne, Tom Harrison aurait dû me rappeler il y a une bonne demi-heure. Si je n'ai pas de ses nouvelles d'ici une vingtaine de minutes, nous devrons avorter le projet.

Pour arriver dans les temps, nous ne pouvions plus attendre d'avoir la confirmation du banquier. Nous nous sommes installés dans la limousine, qui patientait depuis une demi-heure devant le café. Loué hier après-midi, grâce aux bons soins de Mylène, la voiture nous sert à présent de bureau.

Mon cellulaire sonne. Enfin !

- Gabriel Bédard.

- Gabriel, c'est moi. As-tu des nouvelles ?

En d'autres temps, j'aurai été heureux de parler à ma sœur. Pas là.

- Non, Anouk, rien. De ton côté, comment est la situation à la villa ?

- Rien à signaler. Les hommes se sont enfermés dans le bureau d'Alain, celui de Michel n'est pas encore en état d'être utilisé. J'ai prétexté devoir aller à ma chambre à deux occasions, mais en passant, la porte était fermée, je n'ai rien entendu. Stéphanie les a même importunés, alléguant avoir besoin de l'opinion d'Alain sur une robe qu'elle a achetée il y a deux jours.

- Puis ?

- Il a aimé la robe.

- Anouk !

- Désolée, cela a été plus fort que moi. Je sais que ce n'est vraiment pas le temps. Rien de ce côté non plus. Ils ont cessé de parler quand elle est entrée. Alain était sur son cellulaire. Il a donné rapidement son opinion, sans conviction, puis elle est sortie n'en sachant pas plus sur l'état de leur caucus.

- Donc, nous ne savons pas encore s'ils vont accepter l'offre miracle de Tom Harrison. Je comprends aussi que vous ne pouvez pas accéder aux codes bancaires s'ils sont toujours enfermés dans le bureau. Merde ! Le temps presse, Anouk. Je crois que nous devrions tout abandonner. Trouve un prétexte et sort de là. Viens nous rejoindre. Nous repartons pour Montréal.

C'est à ce moment que l'inespéré se produit, j'ai un appel entrant.

- Je te laisse, Anouk, j'ai un autre appel. C'est le numéro de la banque.

Je coupe cette ligne pour libérer l'appel entrant.

- Gabriel Bédard.

- Monsieur Bédard, Tom Harrison à l'appareil. Comment allez-vous ?

Ouf !

- Très bien, monsieur Harrison, je dois dire que l'île regorge d'investisseurs privés. J'aurais dû faire affaire aux Bahamas bien avant.

Peut-être ne devrais-je pas trop en mettre !

- J'ai de bonnes nouvelles pour vous.

Je fais un beau signe de tête à Mylène qui saute sur son siège.

- Je vous écoute.

- J'ai contacté un bon client. Il s'est montré intéressé, mais il aimerait vous rencontrer avec son associé avant de procéder à la transaction.

Je fais le difficile et le laisse languir une minute. Cette demande de rencontre face à face s'inscrit exactement dans notre plan. Ils veulent voir à qui ils ont à faire. Réaction très prévisible et normale.

- Écoutez, monsieur Harrison, j'ai une journée d'enfer. Je dois conclure le tout pour dix-sept heures aujourd'hui. Puis-je vous demander une faveur ?

- Demandez, monsieur Bédard.

- Je dois rejoindre mon partenaire à l'aéroport tout à l'heure, nous avons des documents à revoir. Est-ce que notre rencontre pourrait avoir lieu en voiture, en direction de l'aéroport ? Cela me fera gagner du temps et pourquoi pas, nous ferions d'une pierre deux coups, car je pourrai présenter mon associé de Montréal à votre contact.

- Je vous donne les coordonnées de mon client. Je suis certain qu'il acceptera. En fait, ils seront deux, Michel Paré et Alain Dupré.

Et ouf de nouveau, ce sont les bons !

- Excellent, je me dirige vers leur bureau pendant que vous leur annoncez ma venue.

- Vous ne serez pas déçu, monsieur Bédard.

- J'y compte bien.

Je mets fin à l'appel et me tourne vers Mylène qui est déjà tout sourire.

- Eurêka ! Il s'agit bien de nos deux lascars ! Le poisson a mordu, il ne faut pas le laisser filer.

Je prends une voix plus forte.

- Chauffeur, vous pouvez vous diriger vers l'adresse que je vous donne à l'instant.

Mylène me saute dans les bras. Elle se dégage le moment d'après. Je sens sa gêne.

- Eh ! Mylène. Ne tombons pas dans l'autre extrême. Tu es l'amie de cœur de ma sœur, nous pouvons nous faire l'accolade sans créer un mélodrame. Non ?

Elle me fait un sourire à faire fondre n'importe qui, nommément moi

- Tu oublies que je suis aussi ta secrétaire aux yeux de Tom Harrison et que je suis ta femme pour Sylvie et Stéphanie. C'est un peu beaucoup, non ?

Mon cellulaire me tire d'embarras.

- Ils sont sortis du bureau, Gabriel. Ils se préparent à partir. Ils ont demandé à Sylvie et Stéphanie de les accompagner.

- Dis-leur de ne pas les suivre, Anouk. Cela pourrait être dangereux. Je trouve que cela commence à faire beaucoup de monde.

- Trop tard, Gabriel, elles ont essayé, ils se sont faits insistants. Ils nous ont dit que cette rencontre allait changer leurs vies. Elles ne pouvaient plus refuser.

- Changer leurs vies. Ils ne savent pas à quel point. Si Sylvie est de la partie, je comprends que Tom Harrison aura convaincu son client du bien-fondé d'une petite commission d'un million et qu'il va probablement les accompagner. De ton côté, Paré ne t'a pas invitée ?

- Non. Je ne suis pas une officielle, comme le sont Stéphanie et Sylvie, si tu vois ce que je veux dire. D'autant plus que depuis que Michel Paré s'est fait tabasser, il est plutôt renfermé. En plus, je crois qu'il considère cette affaire avec toi comme une histoire de famille, dont je ne fais pas encore partie faute de ne pas avoir…

Elle cherche ses mots.

- Enfin, disons-le clairement, faute d'avoir baisé avec lui.

J'ai très hâte de sortir ma sœur de ce guêpier. Je n'aime pas la savoir avec ces fraudeurs. Et lui qui veut la baiser maintenant.

- J'entends une voiture qui arrive, Gabriel. Je veux parler à Mylène une seconde.

- C'est notre voiture. Trop tard, Anouk. Nous sommes rendus devant la villa.

Elle est frustrée, mais se résigne.

- Dis-lui bonjour de ma part. Bonne chance.

CHAPITRE 22
Bahamas, vendredi 16 août 13 : 05 h

Presque tout le beau monde a émergé de la villa quand ils ont vu arriver la limousine. Mylène et moi sommes sortis les accueillir. Les présentations de l'un et de l'autre se sont faites sous le porche. Malgré certains regards inévitables, mais discrets, entre Mylène, Stéphanie et Sylvie, Mylène s'est comportée comme le ferait une assistante professionnelle devant les conjointes de gros bonnets.

De notre côté, nous nous dispensons de nous enquérir du lamentable état des deux investisseurs à la démarche chancelante, recouverts de diachylons et d'ecchymoses.

Anouk, demeurée en dedans, se tient à la fenêtre du salon d'où elle peut voir Mylène serrer des mains. Elle n'en est pas certaine, mais elle croit, ou se plaît à croire que sa bien-aimée a lancé un bref regard assorti d'un sourire dans sa direction.

Sans surprise, Tom Harrison s'est ajouté au groupe. Il est allé rejoindre son bon client à la villa pour être du voyage. Je ne l'avais pas prévu ainsi, mais je ne suis pas réellement surpris non plus. Le banquier voudra s'assurer que la transaction se déroule bien.

Alors que nous croyions n'être que quatre, nous voici sept. Tom Harrison est accompagné de Sylvie, Michel Paré heureusement est toujours célibataire, Alain Dupré est avec Stéphanie enfin, il y a Mylène et moi-même. Merci à Mylène qui pour impressionner la galerie, a réservé la plus grosse limousine qu'elle a pu trouver. Elle a été inspirée. C'est elle qui donne instruction au chauffeur de se diriger vers l'aéroport.

L'agencement intérieur fait en sorte que nous sommes assis en périphérie de la voiture, chacun pouvant voir tous les autres.

Une voix stridente nous sort brusquement de l'ambiance feutrée de la limousine.

- Ne partez pas tout de suite, j'ai oublié quelque chose dans la villa !

Stéphanie, l'air désolé, essaie de se frayer un chemin vers la portière.

- Laisse tomber Stéphanie, lui répond fermement Alain Dupré, nous en avons que pour une heure ou deux. Il faut s'en aller sur-le-champ. Tu vois bien que monsieur Bédard a un agenda très chargé.

Il me regarde en parlant à Stéphanie, cherchant sans doute mon approbation.

Je ne sais plus que faire. Je dois garder mon alibi d'homme d'affaires pressé de conclure une grosse transaction. Après toute la mise en scène que j'ai déployée, il m'est difficile d'agir à présent comme si chaque minute ne comptait plus.

Mylène va me tirer d'ennui.

- Elle n'a pas sa bourse, monsieur Bédard. Il y a des choses dont une femme a besoin même quand des millions sont en jeu.

Stéphanie ne se retourne pas et sort de la voiture, fort de cette intervention in extremis.

- Je reviens dans une petite minute.

Moi, je sauve les apparences en feignant celui qui doit se résigner. Face à la situation, il ne nous reste plus qu'à attendre son retour. Je trouve cet oubli bizarre tout de même !

C'est étrange, nous avons tous l'impression que pour entamer notre discussion d'affaires, nous attendons que la voiture démarre, comme si de l'un dépendait l'autre.

Alors que certains regardent par la fenêtre, d'autres contemplent leurs pieds. Moi, je fais semblant de consulter des documents très importants.

Cela doit bien faire deux ou trois minutes que nous attendons le retour de Stéphanie. J'avoue que le temps me paraît, à moi aussi, très long. Puis comme un coup de masse, je viens de tout comprendre. C'est la seule occasion pour elle de mettre la main sur la clef du coffre qui contient les codes bancaires. Heureusement, Mylène l'avait saisi avant moi.

Depuis ce matin, les hommes occupent le bureau d'Alain Dupré, impossible d'y pénétrer. Elle aura donc attendu qu'ils soient tous sortis pour y retourner et trouver ce dont nous avons absolument besoin. Cette occasion, c'est maintenant. Après, il sera trop tard.

Je regarde Mylène du coin de l'œil. Elle réalise que je viens de déchiffrer le sens de la manœuvre. Elle doit se dire pas trop tôt ! Je sens doublement monter ma pression. L'attente est longue et maintenant que je comprends ce qui est en jeu, elle est devenue intolérable.

- Je vais aller la chercher.

Alain Dupré ouvre la portière. Sylvie l'interpelle.

- Pas si vite, Alain, je vais voir. Elle a peut-être besoin d'aide pour retrouver sa bourse.

- Anouk est là, elles sont deux. Combien de femmes sont nécessaires pour retrouver une bourse ?

Alain Dupré est sur les nerfs et impatient d'en finir.

Michel Paré met fin aux discussions. Il coupe le chemin d'Alain et de Sylvie, malgré sa mobilité réduite, et sort de la limousine suivi de cette dernière. J'observe Mylène qui a toutes les difficultés du monde à garder son calme. Elle gribouille machinalement de petits dessins sur un bout de papier. Un de ces petits dessins est une clef.

Chacun de ceux qui sont demeurés dans la voiture a de très bons motifs d'être à bout de nerfs. Moi, j'ai toutes les raisons de m'inquiéter. Anouk est dans la villa, elle doit aider Stéphanie à trouver la clef du coffre, l'ouvrir puis photographier les codes. Si Michel Paré les surprend, ce sera la fin de notre plan, mais plus tragique, je ne sais pas quelle pourrait être sa réaction. Je sens des sueurs froides coulées dans le dos. Mat avait raison. Nous aurions tous dû partir d'ici pendant qu'il en était encore temps.

Je vois Michel Paré monter les marches puis ouvrir la porte.

Je devrais le rejoindre, couvrir Anouk. Mon cœur bat. Ma pression est à la limite de ce que mes pauvres artères peuvent endurer. *Plus jamais je ne me mettrai dans un tel merdier, si nous nous en sortons.*

Paré est dans la villa depuis cinq secondes. Je l'entends crier « Stéphanie ». Nous sursautons tous dans la limousine. Nous sommes tendus comme des ressorts.

Puis, une autre fois : « Stéphanie », encore plus fort.

Je n'ai officiellement rien à faire dans cette villa, mais c'est plus fort que moi, je décide de me diriger vers la portière à mon tour. Mylène me fusille du regard dès que je bouge un muscle. Je comprends que je ferais mieux d'attendre encore un peu. Son horloge à elle le ressent différemment. J'acquiesce en essayant de me détendre. Je n'y parviens pas, mais je demeure assis, le nez dans mes papiers bidon.

Alain Dupré les voit en premier. Son visage se décontracte. Au tour du mien de se desserrer maintenant que j'aperçois Stéphanie arriver avec Sylvie à ses côtés, suivit de très près par Michel Paré, l'air exaspéré. Au même moment, je distingue les rideaux du salon qui bougent. Je suspecte qu'Anouk vérifie que tout entre bien dans l'ordre.

Mylène et moi dévisageons Stéphanie et Sylvie. Les autres hommes semblent prendre nos regards insistants pour de la frustration.

Tranquillement, Stéphanie met une main sur sa bourse et me jette un œil. Mylène et moi venons de comprendre. Elle a les codes. Heureusement que je suis assis, mes jambes ne me supporteraient plus. C'est trop pour moi. Je ne suis pas fait pour mener une vie d'espion, je vieillis prématurément.

La limousine démarre.

Mylène et moi sommes assis dos au chauffeur. Michel Paré, le seul non accompagné, est sur le banc transversal à ma gauche tandis qu'Alain Dupré et Stéphanie sont installés sur le banc transversal à ma droite. Tom Harrison trône au fond, avec Sylvie, toute petite, à ses côtés. Il rêve probablement de ce qu'il fera avec son million en commission. Mylène sort des documents de sa belle mallette et me les tend. Je fais l'intéressé, puis je m'adresse à Michel Paré, maintenant autorisé à le faire depuis le départ de la limousine.

- Merci d'avoir accepté mon invitation. J'avoue que je suis un peu gêné de déplacer tant de gens pour simplement accommoder mon horaire. Je dois par contre ajouter que j'éprouve le plus grand plaisir à faire le trajet en si bonne compagnie.

Mon auditoire se contente de me répondre avec des sourires.

- J'ai d'autres rencontres aujourd'hui, vous comprendrez que je ne peux pas prendre de risques et que je dois m'assurer d'avoir accès aux fonds avant la fin de la journée. Alors je considère certains scénarios en parallèle.

Je consulte encore une fois le document que m'a remis Mylène, comme si je contemplais nonchalamment une longue liste de solutions de rechange.

Je reprends là où j'ai laissé.

- Tom Harrison m'a dit le plus grand bien de vous et m'a persuadé que nous pourrions faire affaire ensemble. Alors je ne vous cache pas qu'à l'heure actuelle, vous avez la priorité.

Je balaye du regard les étranges hôtes de la limousine et poursuis :

- Nous ne voulons pas embarrasser ces dames plus qu'il ne le faut. Je sais que monsieur Harrison vous a décrit précisément ce dont il s'agit. Y a-t-il autre chose ? Peut-être un complément d'information, qui vous serait nécessaire afin d'effectuer la transaction.

J'ai le sentiment que je crée une bonne impression. Le simple fait que Tom Harrison et Alain Dupré aient amené leurs conjointes indique qu'ils voient la transaction d'un très bon œil. En égoïstes qu'ils sont, ils ont un côté narcissisme qui requiert la présence d'une galerie pour que l'on puisse admirer leurs grandeurs. Je peux les comprendre, ce n'est pas tous les jours que quelqu'un peut se vanter de faire quinze millions de profit net ou une commission de un million en une seule semaine. Comme il s'agit probablement de la première transaction honnête de la vie de Michel Paré et Alain Dupré, ils se sentent en état de grâce et considèrent qu'ils devraient avoir des témoins de leur probité et de leur grande intelligence. Il est possible aussi que j'aie tout faux.

Peut-être y suis-je allé un peu fort dans ma mise en scène, j'aurais pu réduire les frais et parvenir au même résultat. Je suis presque inquiet de voir le plan se dérouler aussi bien que prévu. Si j'étais superstitieux, je commencerais à m'alarmer.

Ce n'est pas le temps de rêvasser, je dois me concentrer. Je fixe Michel Paré attendant du regard une réponse qui tarde à venir.

Il semble pondérer ma question. Je le vois se composer l'air de celui qui est au-dessus de la mêlé.

- J'ai fait des vérifications.

J'espère que ma mascarade sur le web a tenu le coup. À mon tour de me forger une posture. J'ai bien hâte d'entendre ce qu'il a à dire à propos de ses vérifications.

- Vous êtes en affaires, à votre compte, je veux dire, que depuis deux ans, n'est-ce pas ?

Le petit merdeux, il fait le fanfaron devant ces dames.

- Vous auriez préféré que je sois en affaire depuis combien de temps avant de vous offrir de doubler votre seize millions en une semaine sans aucun risque ?

Il l'aura cherché. Mylène me donne discrètement un petit coup de coude, je m'imagine en signe d'approbation, ou peut-être en guise de reproche. Sylvie et Stéphanie regardent par terre.

Tom Harrison bouge sur son trône, manifestement en vue d'une intervention. Pour une commission d'un million, c'est la moindre des choses qu'il prononce une ou deux belles phrases.

- Tu sais Michel, j'ai fait une recherche poussée avant de te parler de cette transaction.

Il met toute sa crédibilité de banquier sur la table. Je devrai me souvenir de ne jamais faire affaire avec sa banque. Une recherche d'environ vingt minutes, sans autres vérifications, car c'est tout le temps que je lui ai donné, n'est pas ce que j'appellerai une recherche poussée. Heureusement d'ailleurs, car avec un peu plus de temps ou une meilleure connaissance des réseaux sociaux, la banque aurait facilement découvert que la création de mon faux profil est très récente et qu'avec un ou deux recoupements, elle aurait vite conclut à un écran de fumée.

- Merci, Tom. J'apprécie ton travail.

Tom venait de sauver la face de son client en déviant la discussion.

Nous arrivons à l'aéroport, j'entends Mylène dire au chauffeur de se diriger vers l'aire d'arrivée des avions privés.

CHAPITRE 23
Bahamas, vendredi 16 août 13 : 15 h

Quand Tama, la domestique, a ouvert la porte, elle a reconnu le mastodonte qui a tout saccagé la veille. Elle a lancé un cri puis elle a couru se réfugier dans la cuisine. Comme Michel Paré lui avait spécifiquement interdit d'appeler la police hier quand elle a vu l'homme à l'œuvre, elle conclut qu'il devait en être de même aujourd'hui. Elle attendra qu'il en ait terminé avec sa triste besogne, morte de peur, à l'abri entre le poêle et le frigo. Demain, elle entamera des recherches pour se trouver un autre emploi. Il n'est pas question qu'elle reste une journée de plus dans cette maison de fous.

Anouk qui essayait de lire au salon en attendant nerveusement des nouvelles de la transaction est témoin de l'arrivée de l'ogre. Elle n'a pas eu les mêmes réflexes que la servante. Elle le regrettera.

En le voyant, elle comprit à la description qui lui en a été faite, qu'il s'agit du même homme qu'hier. Elle sait qui il est, Mark Thompson. C'est encore le même homme qui était ici à leur retour de croisière mardi soir. Rien pour la rassurer. Elle n'a plus le choix, elle doit faire face maintenant.

- Vous désirez, monsieur ?

- Un million, petite dame.

Elle rassemble son courage et l'affronte.

- Vous n'êtes pas dans une banque ici, monsieur. Allez-vous-en.

Il n'est aucunement impressionné par la réponse de la frêle femme.

- Où est Paré ?

- Il n'est pas ici.

- Dupré ?

- Ils sont tous partis.

- Qui est ici ?

- Ce ne sont pas de vos affaires.

- Je vais voir par moi-même alors.

À ce jeu, Mark Thompson est très fort. Il a débusqué plus d'un locataire qui se cachait derrière une armoire, leurs enfants ou leur conjointe pour éviter de payer leur loyer.

Anouk n'aime vraiment pas l'enchaînement des évènements.

- J'appelle la police.

- Bonne idée. Nous verrons qui se retrouvera derrière les barreaux.

Elle s'en mord les lèvres. Elle aurait dû y penser avant de lui lancer la supposée menace. Elle sait que si la police s'en mêle à ce moment-ci, tout leur plan s'effondre, sans compter que ce sont probablement Dupré et Paré qui ont le plus à perdre vis-à-vis de la loi, pas ce type. Elle ne sait plus quoi faire à présent.

Elle n'aura pas à prendre la décision. Il la saisit par le poignet et l'entraîne avec lui. Peut-être n'est-il pas si certain qu'elle n'appellerait pas la police, après tout.

- Nous allons les chercher.

Toujours en la traînant par le bras, il va vérifier au salon puis dans le bureau du bas en passant par la cuisine d'où il voit la pauvre servante accroupie dans un coin. Il la dévisage comme s'il voulait la fusiller.

- Tu sais ce que tes patrons t'ont dit à propos d'appeler la police !

Sans le regarder dans les yeux, elle fait un petit signe affirmatif de la tête qui semble le convaincre puis reprend sa posture de femme morte. Mark Thompson qui connaît bien la nature humaine lui fait confiance. Toujours en traînant la pauvre Anouk, il monte à l'étage. Les pieds de la délicate femme frôlent à peine quelques marches durant une partie du trajet qui les mène vers le deuxième. Il ne se rend même pas compte qu'elle ne touche plus au sol.

Rien au deuxième non plus. Thompson n'est vraiment pas satisfait de sa visite à la villa. Il n'attendra pas son million indéfiniment. Il regarde sa proie.

- Toi, qui es-tu ?

Elle n'est plus d'attaque pour le provoquer de nouveau.

- Anouk Beauregard.

- Je me moque de ton nom. Je veux savoir avec qui tu es. Avec Paré ou Dupré.

- Avec ni l'un ni l'autre.

- Je vois, tu es la gardienne d'enfants. Tu me prends pour un con, peut-être ?

Il augmente la pression d'un cran sur son poignet. Son bras lui fait vraiment très mal.

- Je suis invitée à la villa pour la semaine.

- Par qui ? Paré ?

Elle réalise que peut-être ce n'était pas une bonne idée de lui dire la vérité. C'est d'une voix éteinte qu'elle répond.

- Oui.

Il y réfléchit une seconde, puis son visage s'illumine.

- C'est mieux que rien. Tu viens avec moi.

Son énoncé ne se voulait pas une question. Sans autre forme de préambule, il ouvre la porte d'entrée, en tirant sa prise vers l'extérieur. Anouk émet un cri strident. Il la soulève de terre, par son bras endolori, pour lui faire comprendre de se taire. Elle se tord de douleur, mais reçois le message clairement.

Bahamas, vendredi 16 août 13 : 30 h

Le chauffeur qui connaît mieux l'endroit que Mylène ou moi sait où se garer pour surveiller les atterrissages des avions privés. Après avoir répondu à quelques questions des douaniers, il immobilise la voiture juste au bout de la piste. Nous n'avons pas longtemps à attendre. Heureusement, nous commençons à manquer de conversations. Les femmes qui généralement amorcent les discussions sont trop nerveuses pour être aussi prolifiques qu'à l'habitude. Mon cellulaire me tire d'embarras. Je reconnais le numéro de Damien.

- Gabriel Bédard.

- C'est moi. Je peux voir le bout de la piste juste devant. C'est extraordinaire. Est-ce que tu es là, comme prévu ?

- Excellent Damien. Tu es à l'heure. Nous sommes déjà arrivés. Je suis avec Michel Paré et Alain Dupré, les investisseurs dont je t'ai parlé. S'ils acceptent, nous ferons affaire avec eux, d'autant plus qu'ils sont fortement recommandés par la banque.

Je jette un œil complice vers Tom Harrison. Je n'en reviens pas à quel point, l'ajout de la possibilité d'une commission dans notre scénario, est génial. D'adversaire potentiel, la perspective du million en rétribution transforme notre fin renard de banquier, en un doux agneau.

Maintenant, j'agis comme si je répondais à une question concernant les autres candidats qui se battent pour faire affaire avec moi. Après quelques secondes, j'ajoute ceci.

- Plus tard, Damien. Dis-lui que je le rappelle dans quinze minutes. Cela dépendra.

Je laisse filer quelques secondes bien comptées, puis j'en remets, à voix basse, comme si cela me préoccupait que les autres entendent ce que je dis.

- Non, non, lui, tu le gardes pour la fin.

Je raccroche et m'adresse, d'un air solennel, à mon auditoire captif de la limousine.

- Le voici qui arrive.

Nous tous, dans la voiture, sommes rivés sur le Learjet qui touche la piste. L'effet est immédiat. Nous sommes tout sourire, probablement pour des raisons propres à chacun. Les femmes se fraient un chemin vers les fenêtres de la limousine. Profitant du brouhaha qui règne dans la voiture, Stéphanie me glisse son cellulaire dans la main en poussant Sylvie pour simuler vouloir mieux reluquer l'arrivée de mon associé. Je ne comprends pas tout de suite, jusqu'à ce que je réalise que son écran est ouvert sur une photo qui contient une suite de nombres. Les codes des comptes bancaires. *Elle est géniale cette fille.*

L'homme d'affaires qui est à son compte depuis seulement deux ans sait vivre. Pour des gens comme ces fraudeurs, pour qui les apparences sont primordiales, un beau Learjet étincelant en met plein la vue.

Je propose aux deux investisseurs de profiter de l'occasion pour faire la connaissance de mon associé tout en finalisant notre affaire. Une fois l'avion immobilisé juste à quelques mètres de nous, je sors de la voiture et invite donc Michel Paré et Alain Dupré à en faire autant.

Tom Harrison nous suit, bien que non invité. Les filles qui s'interdisent d'en faire autant doivent se contenter de ronger leurs freins.

Voici qu'apparaît Damien, dans toute sa splendeur, devant la porte ouverte de l'avion en haut de l'escalier que l'agent de bord vient de déployer. Le soleil l'illumine. Ses verres fumés de type aviateur nous renvoient une lumière ambrée. Son complet trois-pièces bleu pâle lui va à la perfection. Je ne sais pas qui l'a choisi. Certainement pas lui. Merci à la vendeuse inconnue. Ses cheveux frais coupés sont impeccables. Il tient sa mallette avec désinvolture et regarde au loin, comme le ferait un conquérant en arrivant dans un Nouveau Monde.

Mylène, Sylvie et Stéphanie sont sorties de la limousine. Accotées sur les portières, elles admirent la scène, baignées par la chaleur du midi. Pour Mylène, qui a entendu parler du tempérament artistique de Damien, le spectacle qui s'offre à ses yeux n'a pas de prix. Le voici, le fameux Damien Lecourt, l'artiste peintre, assistant gérant dans une boutique d'art, qui vient de sortir d'un Learjet privé, vêtu comme un magnat de la haute finance. Il a l'allure d'un prince. Elle ne le verra certainement jamais plus dans un tel environnement.

Stéphanie et Sylvie le contemplent avec étonnement, comme si elles admiraient une vedette qui fait une apparition des plus soignée. Le visage de Stéphanie est tout sourire. Elle s'adresse à Mylène.

- C'est l'ami d'Anouk, lui !

Mylène simule une petite réserve.

- Je ne voulais pas vous le dire, les filles, pour ne pas provoquer de jalousie, mais oui, Damien, ce type à l'allure d'un acteur américain est aussi mon ami à moi.

Mylène qui n'en a qu'entendu parler ne l'avait jamais encore vu. Ce petit secret, elle le gardera pour elle. Elle ne peut tout de même retenir la remarque qui lui sort de la bouche à l'instant.

- Il gagne à être connu, celui-là.

Malgré leur discussion anodine, elles sont mortes de peur. Mylène est particulièrement nerveuse. Elle se fait du mauvais sang pour ceux qui sont avec les escrocs, maintenant tous montés à bord de l'avion.

Leur plan qui consiste à en mettre plein la vue aux fraudeurs pour leur donner le coup final avec le Learjet, loué à l'heure, est très risqué. Cette mise en scène pourrait s'avérer fatale pour la suite des choses. Damien doit tenir son rôle d'une manière impeccable.

Bahamas, vendredi 16 août 13 : 45 h

Mark Thompson s'est garé dans un endroit tranquille, pas très loin de la villa, à l'abri des regards. Il se retourne vers Anouk qui est transie de peur. Elle n'a pas bougé du trajet ni osé prononcer un mot.

- Je sais que ce n'est pas poli, mais j'ai un appel à faire. Rassure-toi, je ne serai pas long.

Il sort de sa voiture, mais demeure près de la portière pour avoir l'œil sur son butin. Il compose le numéro de son ancien patron.

* * *

Juste comme nous arrivons à l'intérieur de l'avion, le cellulaire de Michel Paré se fait entendre. Ce dernier ne s'en préoccupe pas. Je prends l'initiative.

- Allez-y, je vous en prie, prenez l'appel.

Michel Paré fait une moue résignée, en vérifie la provenance et replace son appareil dans son veston sans répondre.

Je n'en fais pas de cas.

Les présentations sont maintenant faites. Damien me paraît un peu nerveux, mais il tient le coup. Personne ne semble remarquer quoi que ce soit d'anormal. Je fais signe à Michel Paré de s'asseoir sur le fauteuil qui fait face au mien et indique à Damien et à Tom Harrison, mon nouvel allier, de s'asseoir sur les bancs face à face de l'autre côté de l'allée. Alain Dupré se trouvera une place sur un siège longitudinal à l'arrière. J'ai compris que c'est Michel Paré qui tire les ficelles. Dupré cosignera ce que Paré aura paraphé.

Aussitôt installé, le cellulaire de Michel Paré se remet à sonner. Il semble très agacé. Il en vérifie la provenance avec insistance, comme s'il pouvait modifier le numéro du demandeur par sa seule pensée.

- Désolé, je dois le prendre.

Ce qu'il fait sur-le-champ, l'air inquiet.

- Oui, Mark.

Je le vois transpirer à mesure que son interlocuteur lui parle. Il écoute religieusement. Si c'est le Mark Thompson en question, pas étonnant qu'il transpire.

- Quoi ?

Il regarde Alain Dupré et Tom Harrison, qui ne comprennent pas plus que moi ce qui se passe.

- Attends. Pas si vite. J'ai une proposition à te faire, mais pas maintenant. J'ai besoin d'un peu de temps.

Il est collé à son appareil. Je ne suis pas rassuré. Qu'est-ce que Mark Thompson vient faire ici ? Je regarde en direction de Damien qui comprend lui aussi que quelque chose de tragique se déroule en ce moment. Je ne sais pas encore si c'est de nature à perturber notre plan.

Damien, vêtu de ses plus beaux atours, n'a pas à jouer un très gros rôle à date, à part paraître. L'appel dont doit s'occuper Michel Paré prend toute la place.

Ce dernier vient pour sortir de l'avion, l'endroit exigu n'offrant que peu d'intimité pour un appel qui semble ardu à gérer. En sortant, il voit les trois femmes qui font les cent pas, entre le bas des escaliers et la limousine. Son projet d'intimité tombe à l'eau. Il revient donc à l'intérieur de l'avion, toujours collé à son cellulaire.

* * *

Mark Thompson est en furie. Michel Paré n'a pas encore son argent. Il entre dans la voiture et tend le cellulaire à sa prisonnière.

- Dis bonjour à ton ami Michel.

Elle le regarde puis prend le téléphone. Elle est au bord des larmes. Elle ne peut croire ce qui lui arrive. Elle crie dans le cellulaire.

- Michel, ce type est un animal !

Il lui retire l'appareil des mains.

- J'amène ta copine faire un petit tour à la campagne. Demain dix heures, Paré. Pas une minute de plus. Un million.

Il raccroche et se retourne vers Anouk.

- Merci. Ton : « ce type est un animal », a été très convaincant. Je n'aurais su te proposer mieux.

Alors qu'elle, elle croyait l'insulter.

* * *

Michel Paré vient de raccrocher. Il a perdu son beau sourire de vendeur. Je ne sais pas de quoi il a parlé, mais cela devait être important pour qu'il retarde notre transaction.

Alain Dupré qui le connaît bien est au fait lui aussi de ce qu'est capable de faire un Mark Thompson déchaîné. Il dévisage son associé visiblement à la recherche d'un indice. Celui-ci ne viendra pas.

Je dois intervenir, sinon la situation deviendra vite hors contrôle. Je m'adresse à Michel Paré.

- Est-ce qu'il y a un problème ?

Il cherche à se recomposer une posture. Personne dans l'avion n'est dupe.

- Un léger souci. Ce sera réglé demain matin.

Il s'efforce de se donner du tonus.

- Revenons à nos affaires.

Je prends l'initiative de sauter plusieurs étapes de notre programme sur lesquelles Damien devait intervenir. Je ne crois pas que l'heure est à renchérir sur nos belles réalisations ou sur les débouchés en informatique ou encore sur les besoins de l'armée américaine ou de celle de Tombouctou au point où nous en sommes. Le fait que les hommes aient amené leurs conjointes est un signe qu'ils veulent conclure la transaction. Il est temps de refermer le filet.

- J'ai seulement une question à vous poser, monsieur Paré. Êtes-vous intéressé par ma proposition ? Il ne reste que trois heures. Désolé, je dois le savoir tout de suite.

Je distingue Damien à ma droite qui affiche un air déçu. Je crois qu'il aurait aimé donner sa prestation sur laquelle il a tellement bûché ces deux derniers jours. J'essaie de l'ignorer. L'heure n'est pas à flatter les ego. Il faut régler, et vite.

Tom Harrison prend la parole. Il travaille vraiment fort pour son million, celui-là. Si je fais le décompte, il a prononcé presque quatre phrases en tout depuis le début de notre curieuse ballade. Il s'adresse à Paré.

- Je peux transférer les placements, les fonds communs, les actions et les CPG[4] dans le compte courant de la compagnie en deux heures, Michel. À toi de décider.

Michel Paré consulte Alain Dupré du regard, comme pour se rassurer une dernière fois. Celui-ci lui fait un signe affirmatif de la tête. Son attention revient vers moi.

- Seize millions en garantie bancaire dans le compte courant de notre compagnie, en devises canadiennes d'ici ce soir dix-sept heures. Nous allons garder cette garantie active jusqu'à vendredi de la semaine prochaine, soit jusqu'au 23 août. En contrepartie, vous allez nous verser le double, trente-deux millions, donc seize millions en plus, lorsque votre transaction sera réalisée de votre côté. Nous ne prenons aucun risque puisque nos seize millions ne seront utilisés que lorsque vous allez, à votre tour, recevoir le montant de la vente de cette compagnie informatique.

- Affaire réglée alors. J'appelle mon assistante pour annuler mes autres rendez-vous.

---

[4] Certificat de Placement Garanti

Je me mords les joues par en dedans, mais j'essaie de demeurer digne, comme le font sans doute mes vis-à-vis en ce moment même. Mylène s'empresse de répondre au cellulaire au son de la première note.

- Mylène, pourriez-vous annuler mes autres rendez-vous de la journée, s'il vous plaît ?

Heureusement que personne ne regarde par le hublot de l'avion à l'instant, il verrait trois filles en délire s'engouffrer dans une limousine.

276

CHAPITRE 24
Bahamas, vendredi 16 août 14 : 15 h

Heureusement que Michel Paré et Alain Dupré n'ont pas pu voir la réaction des femmes maintenant retournées à l'intérieur de la limousine. Ils se poseraient sans doute de sérieuses questions. Stéphanie est allée sauter sur le fauteuil où elle était assise. Sylvie sourit. De son côté, Mylène sent que cette dernière vit douloureusement sa décision, maintenant concrétisée, de quitter Tom. Elle va les rejoindre sur leur siège en les serrant toutes les deux. Elle se prend à être jalouse d'Anouk qui a eu la chance de passer quelques jours en compagnie de ces deux belles jeunes femmes, qu'elle apprend maintenant à connaître.

Je me tourne vers Damien.

- Mon associé a quelques papiers à vous faire signer.

Nous avons fait en sorte de produire quelques petits documents, ne contenant aucune surprise avec des clauses plus favorables au prêteur qu'à l'emprunteur. Donc rien qui risquerait d'hypothéquer l'accord. Tous ces documents ne sont d'aucune utilité, mais nous devons faire en sorte que la transaction semble bien réelle. Nous devons nous assurer de ne créer aucun doute.

Je vois Damien, fier comme un paon, ouvrir sa belle mallette en cuir pour en sortir les papiers en question.

Pendant ce temps, Tom Harrison dégaine son cellulaire pour donner ses instructions à la banque. Il joue au grand patron, mais je sens qu'il a envie de danser dans l'avion comme un enfant tellement il est heureux de son bon coup et de son million en commission.

La signature des documents n'a pris que dix minutes. Michel Paré n'est pas en air pour faire la conversation. Je crois que son interlocuteur de tout à l'heure lui a coupé l'inspiration. Il veut en terminer au plus vite. De cela, il ne se trouvera personne pour s'en plaindre. Une fois les documents signés, Damien les reprend, y jette un œil - je me demande pourquoi - et les remet dans sa belle mallette.

Comme j'ai simulé me rendre à l'aéroport pour une rencontre avec mon associé, je ne pouvais revenir avec le joyeux groupe dans la limousine. J'ai donc prié Mylène de demander au chauffeur de raccompagner la bande à la villa.

Je suis quand même descendu souhaiter le bonjour à la charmante épouse de Tom Harrison et à l'amie d'Alain Dupré. Ce n'est pas le temps de risquer de commettre un impair à cette étape de notre plan. Mylène et moi demeurons au garde-à-vous, saluant les passagers de la limousine qui quittent maintenant la section réservée aux jets privés de l'aéroport.

Nous remontons dans l'avion et, une fois à l'abri des regards, Mylène me saute dans les bras. Damien se joint immédiatement à nous.

- J'ai des félicitations à te faire, Damien. Tu as été plus-que-parfait. Il aurait fallu filmer la scène quand tu es sortie de ton avion. Tu les as eus à cent cinquante pour cent. La transaction s'amorçait bien, mais toi, tu en as été l'apothéose dans le tableau final. J'avoue qu'ils en ont eu pour leur argent.

- Peut-être pas pour seize millions quand même - rajoute Mylène, avec un grand sourire.

- J'appelle Anouk.

- Non, Gabriel, je le fais.

Mylène prend son propre cellulaire duquel elle supprime le mode avion activé depuis son arrivée sur l'île et compose le numéro d'Anouk, au diable la dépense. Elle saute de joie dans l'avion. Elle ne peut plus attendre de lui annoncer la bonne nouvelle, d'autant plus que ce succès signifie la fin de leur séparation. Elles pourront enfin se retrouver et finalement être ensemble.

Sa physionomie se décompose instantanément. Je l'entends qui balbutie.

- Qui parle ?

Après quelques secondes, elle raccroche.

- Que se passe-t-il, Mylène ?

- C'est un homme qui a répondu à son téléphone. Il m'a dit qu'Anouk n'était pas disponible ; de rappeler demain après dix heures.

Nous nous dévisageons tous les trois, en essayant de comprendre ce qui se passe. Notre euphorie n'a été que de courte durée.

- Es-tu certaine d'avoir composé le bon numéro ?

- Oui, regarde, la liste de mes appels sortant. Pas d'erreur possible.

J'essaie de déchiffrer ce que cela peut signifier. Quand nous avons laissé Anouk à la villa, elle n'a pas dit aux filles qu'elle devait sortir ou qu'elle attendait quelqu'un.

Mylène trouve l'idée avant moi.

- Appelle-la, Gabriel. Avec ton cellulaire à toi.

- Bonne idée.

Je m'exécute sur-le-champ, trop anxieux de savoir ce qui arrive à ma sœur.

Un homme me répond.

- Anouk Beauregard, s'il-vous-plaît.

- Qui êtes-vous ?

- Et vous, monsieur, qui êtes-vous ? Vous avez le cellulaire de ma… d'Anouk. Je veux lui parler immédiatement, s'il vous plaît.

- Gabriel Beauregard ? Je le vois affiché juste ici. Tiens tiens ! Vous êtes le mari !

Merde de merde ! Moi, qui faisais tellement attention de ne pas amorcer d'appels dans l'île pour éviter que ces gens voient mon vrai nom sur leur afficheur. C'est foutu maintenant.

- Ce n'est pas de vos affaires. Passez-là moi.

Mark Thompson, toujours très calme, est dans son élément.

- Je vois que votre appel est local. Vous êtes donc sur l'île.

- Où est Anouk ?

Mon ton a monté d'un cran. L'homme, lui, conserve le contrôle absolu.

- Peut-être pourriez-vous m'aider, monsieur Beauregard. Connaissez-vous Michel Paré ?

- Pourquoi voulez-vous savoir si je connais Michel Paré ?

- Donc vous le connaissez. Alors, voyez-vous, j'ai un petit problème. Pourriez-vous insister auprès de lui pour qu'il me remette ce qu'il me doit et de mon côté, je lui retourne ce que je lui ai pris ? Il comprendra.

- Qui êtes-vous ?

La ligne s'est coupée.

J'ai la larme à l'œil. Mylène et Damien me supplient du regard de les informer du contenu de ma conversation. Une fois au fait, ils sont aussi désarçonnés que je le suis.

Nous savons qui c'était.

Bahamas, vendredi 16 août 15 : 00 h

Pour des raisons évidentes, Mark Thompson préfère ne pas retourner à son hôtel. Il a facilement repéré un petit motel le long d'une route secondaire, loin de la villa. À ce moment-ci de l'année, il n'a pas de difficulté à trouver une chambre sans réservation. En la payant comptant, il n'a même pas eu à donner son vrai nom.

Le plus astreignant a été de maîtriser son otage avant d'arriver au motel. Pour cela, il s'est arrêté à quelques mètres du stationnement de l'établissement, en bordure de la route peu fréquentée. À l'aide d'un de ses lacets, il a attaché les mains de sa victime dans son dos et lui a enfoncé dans la bouche un morceau de tissu, trouvé dans le coffre de la voiture de location.

Mark Thompson doit composer avec une situation qui évolue différemment de ce qu'il avait prévu. Lui qui d'habitude planifie ses interventions jusque dans les moindres détails, il doit improviser maintenant. Il se doutait qu'il n'aurait pas la partie facile en venant aux Bahamas pour réclamer son dû à son ancien patron. Il n'avait jamais pensé qu'il se retrouverait avec un otage, encore moins de ce qu'il ferait de la femme si Michel Paré ne lui remettait pas la somme qu'il lui réclame. Mark Thompson n'aime pas improviser.

Une fois la réservation faite, il a garé sa voiture juste devant la porte de la chambre numéro cent deux. Comme il serrait Anouk de très près par la taille, sur la courte distance entre la voiture et la chambre, on croirait voir un couple pressé de retrouver leur intimité.

La pièce très banale n'a rien de particulier. Un lit, une commode, un fauteuil, une petite chaise, un téléviseur, à écran plat quand même ! Le tout rehaussé par un seau à glace de couleur vert lime.

En entrant, Anouk va immédiatement se réfugier dans le fauteuil, comme pour délimiter son territoire. Mark Thompson inspecte la minuscule pièce. Il ferme le store et va faire un tour dans la salle de bain pour s'assurer que la fenêtre y est trop petite pour une quelconque évasion. À son retour, il constate que sa prise a de la difficulté à respirer. Il lui fait une paire d'yeux menaçants en lui présentant son point à quelques centimètres de son visage. Anouk fait un signe affirmatif de la tête. Elle décode rapidement le pacte. Il lui retire le tissu de sa bouche qui avait commencé à descendre vers sa gorge, en échange de son silence.

Anouk, morte de peur, reprend son air. Elle est totalement à la merci de l'ogre. Elle ne peut lui offrir aucune résistance. Elle se fait la plus petite possible dans le fauteuil, en évitant son regard. Elle n'ose même pas essayer de concocter quelque plan que ce soit pour se sortir de sa situation, de peur qu'il ne devine ses intentions.

Quoiqu'un de ses souliers soit sans lacet, elle le voit faire les cent pas dans l'espace restreint. Il lui paraît évident que son kidnappeur est nerveux et qu'il ne semble pas savoir quoi faire d'elle maintenant. Il passe son temps à vérifier son cellulaire et le sien. Un comme l'autre reste muet. Anouk a de plus en plus peur. L'homme devant elle est enragé. Tout d'un coup, il saisit la petite chaise et se prépare à la lancer contre le mur, mais se ravise au dernier moment, pour la jeter sur le lit. Il aura craint d'attirer l'attention en faisant du bruit.

La voici qui pleure maintenant.

* * *

Au même moment, Stéphanie et Sylvie ne comprennent pas ce qui provoque la lourdeur de l'atmosphère qui règne dans la limousine. Alors qu'elles s'attendaient à ce que Michel ou Alain débouche le champagne, personne ne le fait et personne ne dit un mot. Elles constatent que Tom Harrison et Alain Dupré dévisagent anormalement Michel Paré. Ce dernier a les joues rouges de colère et tripote son cellulaire pour éviter les regards.

C'est Stéphanie qui brise le silence en cherchant à provoquer une réaction.

- Quelqu'un peut-il me dire ce qui se passe ici ?

Puis, en conjecturant sur la cause de ce climat épouvantable, elle rajoute, sans attendre la réponse à sa première question :

- Est-ce qu'il y a eu un problème avec votre transaction ?

Tom Harrison et Alain Dupré redirigent leurs regards vers Michel Paré. Il apparaît à Stéphanie que les deux sont aussi désireux qu'elle de connaître la réponse à sa première question. Elle voit Michel Paré se tortiller, en ne quittant toujours pas son cellulaire des yeux et des mains. C'est encore sans lever la tête qu'il lui répond.

- La transaction s'est bien déroulée.

Elle croit avoir décelé un petit sourire sur le visage sombre de son interlocuteur. Puis il ajoute :

- Nous sommes riches.

Les deux autres hommes semblent mieux respirer. Même s'ils ont participé à la transaction, ils commençaient à avoir des doutes. Ils sourient à leur tour.

De peur de retomber dans l'ambiance trouble d'il y a une minute, Tom Harrison retrouve ses réflexes de banquier.

- Dans une heure ou deux, tout au plus, l'argent sera dans le compte courant de la compagnie. La banque pourra en témoigner. Notre part du contrat aura été réalisée.

Il regarde Michel Paré comme pour s'assurer que le marché tient toujours. Ce dernier lui fait un signe d'approbation. Le voilà contenté. Paré retourne dans sa bulle.

Tom Harrison se concentre un moment, comme s'il n'avait pas déjà figuré la suite des choses.

- Pourrais-tu demander au chauffeur de me laisser à la banque au passage ? Je veux m'assurer que tout baigne dans l'huile. Cet arrêt ne vous rallongera pas.

Michel Paré ne répond pas. C'est Alain Dupré qui le fait à sa place en donnant la commande au chauffeur.

Stéphanie et Sylvie se dévisagent d'un air confondu. Elles ne comprennent pas ce qui se passe en ce moment. Pas plus, leur semble-t-il, que Tom Harrison ou Alain Dupré. Elles n'ont pas devant les yeux des gens heureux qui viennent d'empocher des millions. Elles constatent que c'est Michel Paré qui tue l'ambiance avec son air de croquemort. Les deux autres hommes, comme elles-mêmes, ne demandent qu'à comprendre. Elles savent maintenant qu'ils attendent d'être rendus à la villa, débarrassés d'elles, pour se parler librement.

La suite du trajet se fait dans un silence total. Un bonjour à Tom Harrison devant sa banque, puis un dernier tronçon de route qui semble durer une éternité.

CHAPITRE 25
Bahamas, vendredi 16 août 15 : 20 h

Mark Thompson ne peut se permettre de demeurer inactif en attendant que Michel Paré daigne le contacter. Il n'est pas homme à patienter longtemps. Il n'est plus certain que sa seule pièce maîtresse, qui pleure dans son coin, lui soit d'une grande utilité. Il ne sait pas quelle importance a cette femme mariée à un autre, aux yeux de Paré. Il doit faire monter la pression d'un cran. L'île devient mal saine pour lui, les affaires ont trop traîné. Il veut son argent aujourd'hui. Il ne pourra pas attendre jusqu'à demain dix heures.

Il regarde Anouk avec le même air survolté. Elle est devenue, par la force des choses, la seule personne à proximité qui a un lien avec l'argent qu'on lui doit. C'est la seule qu'il peut blâmer, la seule sur qui il peut se défouler.

- J'ai des courses à faire. Toi, tu m'attends ici.

Anouk sent sa tension diminuer d'un cran.

L'homme perçoit son changement de physionomie.

- Pas si vite, ma belle. Tu t'allonges sur le lit.

Elle ne bronche pas de son fauteuil, son seul et fragile refuge.

L'instant d'après elle est soulevée par ses bras toujours liés et projetée sur le lit comme une vulgaire marchandise.

L'homme s'affaire à la détacher. Il a fait ses nœuds tellement petits et serrés, qu'il peine à défaire ce qu'il a si bien exécuté. Quand enfin il reprend possession de son lacet, il s'empresse de le repositionner dans les œillets de son soulier.

- Si tu dois aller à la salle de bain, c'est le temps, ma belle. Après tu vas devoir attendre mon retour.

Le stress est venu à bout de sa vessie. Elle s'y rend donc, humiliée et apeurée.

- Tu laisses la porte ouverte. Je ne veux pas te perdre.

Anouk vient pour protester. Elle se ravise. Elle n'aura pas le dessus sur le monstre. Vaut mieux accepter son offre. L'animal pourrait changer d'idée et la laisser des heures attachée, avant son retour. Elle se cache donc du mieux qu'elle le peut, sous le regard méprisant de l'homme qui ne fait rien pour lui rendre la tâche facile.

En sortant, elle vient pour regagner son fauteuil.

- Pas là, ma belle. Sur le lit.

Il sort un coupe-ongle de sa poche et se dirige vers la fenêtre. Après avoir examiné les cordons du store, il les sectionne puis revient vers le lit. Avec un sourire de satisfaction, il lui dit d'une voix contentée.

- Cela devrait faire l'affaire.

Il a assez de corde pour lui ligoter les quatre membres aux quatre coins du lit. Il ne se gêne pas pour serrer ses poignets et ses chevilles avec force et, comme il l'a fait précédemment, termine le tout en faisant plusieurs nœuds étroits. Impossible de se dégager de là.

Mark Thompson reprend le tissu qu'il lui avait servi pour réduire la femme au silence lors de son transport et lui entre à nouveau dans la bouche. Il n'a pas à lui enfoncer aussi profondément puisqu'il lui passe un bout de cordage autour de la tête et de la bouche. De cette manière, elle devrait ne pas avoir trop de mal à respirer à moins qu'elle ne se démène trop, mais cela, c'est son problème.

Il est satisfait de son travail. Elle ne sera plus une entrave pour lui. Il est maintenant libre d'aller et venir.

Anouk, morte de peur, sur le dos, en croix, ne peut faire le moindre mouvement ou émettre le moindre cri. Ses yeux sont grand ouverts et embués. Elle dévisage l'homme. Elle ne comprend pas ce qui lui arrive. Elle n'a jamais été aussi effrayée de toute sa vie.

Puis, subtilement, tel un caméléon en pleine mutation, elle sent le regard de l'homme se modifier. Ses traits s'adoucissent. Ils se font plus calmes. Elle n'aime pas son nouveau regard.

Le voici à présent qui prend une voix curieusement amicale.

- Normalement, je préfère les femmes un peu plus rembourrées. Mais tu vois, là, dans cette position, je te trouve plutôt sexy.

Du regard, Anouk tente de le tenir à distance. Elle ne s'est jamais sentie aussi vulnérable. Elle a peur de ce qui l'attend.

Lui, il met sa grosse main sur sa hanche puis la remonte doucement vers ses seins qu'il caresse sans ménagement. Il la redescend vers son ventre puis entre ses cuisses.

Elle frissonne de tout son corps. Son cœur veut s'arrêter de battre.

Inespérément, sans prévenir, Mark Thompson se lève et se dirige vers la porte.

- Je n'ai pas le temps maintenant. Les affaires d'abord. Quand je reviendrai, je te prendrai comme pourboire. Je crois que Michel Paré me doit bien cette petite faveur après tout le mal que je me donne pour recouvrer mon argent.

Il entrouvre la porte et se retourne une dernière fois vers sa proie, sourire aux lèvres.

- Il fait un peu chaud ici. À mon retour, nous nous mettrons à l'aise si tu le veux bien. Je crois même qu'avec mon coupe-ongle je pourrai tout t'enlever, centimètre par centimètre, sans même devoir te détacher. Ce sera amusant, tu vas voir. Sois bien sage !

Il prend le carton « Prière de ne pas déranger » sur la poignée intérieure de la porte pour le placer sur la poignée extérieure. Anouk entend un clic, un bruit de moteur, puis, plus rien. Il est parti. Elle est seule, complètement seule, immobilisée, dans la pénombre.

Bahamas, vendredi 16 août 15 : 25 h

Plutôt que de célébrer notre victoire, me voici complètement affolé. Il règne un silence de mort dans le jet privé. L'élégance de Damien ne nous fait plus rire, Mylène est au bord des larmes et moi, bien, je le suis aussi.

Soudain apparaît le pilote qui brise le mutisme dans lequel nous sommes empêtrés, en émergeant hors de son cockpit, telle une tête de clown sorti d'une boîte à surprise. Nous l'avions oublié celui-là.

- Madame, messieurs, comme prévu, nous serons prêts à décoller pour Montréal à dix-sept heures. La tour de contrôle nous annonce du temps calme pour le retour.

Je regarde Mylène dans l'espoir de trouver sur son visage un signe quelconque d'apaisement. Je n'y décèle que de l'angoisse. Elle doit en ce moment même, lire la même frayeur sur le mien.

Le pilote est descendu de l'avion. Je ne sais pas s'il a perçu l'état de détresse de ses passagers. Damien a enlevé sa cravate. Mylène s'est affaissée sur le siège de droite. Moi je suis accoté sur la porte menant au cockpit, celle d'où vient de sortir le pilote.

C'est Damien qui nous évite de retomber dans notre torpeur collective.

- Appelez ses amies. Tu m'as dit, Gabriel, que tu as préparé ton plan avec l'aide des conjointes du banquier et de l'autre gars. Peut-être savent-elles ce qui se passe.

Je ne prends même pas la peine de le remercier pour son idée, pourtant évidente. Je n'ai pas à dégainer mon cellulaire, il est toujours demeuré dans ma main.

J'essaie du côté de Stéphanie pour commencer.

Elle répond presque immédiatement. Sa voix est anormalement aiguë.

- Est-ce toi, Anouk ?

Rien pour me rassurer.

- Non, Stéphanie, c'est Gabriel. Anouk n'est donc pas avec toi.

- Non, nous venons tout juste d'arriver à la villa. Il se passe quelque chose ici. La servante n'est plus là et il n'y a aucune trace d'Anouk. Nous nous attendions à ce qu'elle soit à la fenêtre à surveiller notre retour.

Je répète tout haut au profit de Mylène et Damien, puis je raconte à Stéphanie ce qui s'est passé quand nous avons essayé de contacter Anouk.

Elle répète tout haut à son tour ; Sylvie est certainement à ses côtés.

- Il se passe quelque chose de grave, Gabriel. À notre retour, il régnait une atmosphère mortuaire dans la voiture. Michel était complètement défait. Même Tom et Alain ne semblaient pas comprendre. Ils nous ont dit que la transaction s'était bien déroulée, mais l'air qu'affichait Michel nous a glacé le sang durant tout le trajet. Les hommes sont en haut maintenant. Michel doit être en train de faire rapport à Alain. Je crois que Tom vient aussi d'appeler.

- Il a reçu un appel durant notre rencontre, à la suite duquel il n'a plus été le même.

Mylène et Damien qui entendent ce que je dis font un signe affirmatif de la tête. Ils ont fait le même évident constat que moi.

- C'est cet appel qui est à l'origine du désarroi de notre homme.

Ma voix devient plus hésitante à mesure que mes idées se concrétisent.

- Je pense, Stéphanie - je regarde Mylène et Damien en même temps - que celui sur qui je suis tombé à l'instant en appelant Anouk est le type qui a contacté Michel Paré tout à l'heure.

Je m'arrête un moment, croyant que je rêve, que je suis au beau milieu d'un cauchemar. Je demeure pourtant bien éveillé. Ma voix se casse, j'ai peine à verbaliser ce que je commence à comprendre.

- Il veut que Michel Paré lui remette ce qu'il lui doit et de son côté, il lui retournera ce qu'il lui a pris.

L'idée me paralyse.

- Ce barbare aurait enlevé ma sœur pour faire chanter Paré.

Stéphanie ne répond pas immédiatement. De toute manière, il ne s'agissait pas d'une question. Mylène et Damien ont tous deux mis la main sur leur bouche. J'ai bien peur que mon hypothèse soit la seule qui explique ce qui se trame en ce moment.

Sur un ton étrangement calme, Mylène fait une proposition qui vient de lui traverser l'esprit à l'instant.

- Il faut en parler à ton ami policier tout de suite, Gabriel. Il saura peut-être quoi faire, lui. Tout ceci nous dépasse.

Elle a raison. La situation dans laquelle nous nous trouvons dépasse de loin nos compétences. Nous voici dans un Learjet aux Bahamas, à manigancer pour recouvrer plusieurs millions soutirés par des fraudeurs. Pendant ce temps, ma sœur se fait enlever par un salaud qui veut s'en servir comme monnaie d'échange pour récupérer quelque chose des fraudeurs que nous venons justement d'arnaquer.

- Appelle-moi s'il y a du nouveau, Stéphanie. Je dois te laisser. Je contacte mon ami policier à l'instant.

- Tiens-moi au courant sans faute, Gabriel.

Je raccroche pour composer immédiatement le numéro de Mat.

Bahamas, vendredi 16 août 15 : 45 h

Alain Dupré ne sait plus où donner de la tête. La nouvelle que vient de lui annoncer son partenaire à propos de l'enlèvement d'Anouk par Mark Thompson gâche tout. Alors que lui et son associé devraient danser de joie à la perspective de s'enrichir de seize millions en quelques jours, les voici maintenant dans leur bureau de la villa, la mine basse, en train d'évaluer leurs options.

Les deux complices se regardent depuis un certain temps sans prononcer une parole. Le moment est bizarre. Chacun a l'impression que l'autre s'empêche de verbaliser ce qu'il pense. Les deux agissent comme s'ils avaient un mot sur le bout de la langue sans être capables de le prononcer. Les secondes qui suivent rendent les deux hommes encore plus mal à l'aise. L'un en face de l'autre, ils regardent tous deux dans des directions différentes, pour éviter le regard de l'autre. Alain Dupré se racle la gorge. Michel Paré joue avec un stylo.

Puis, ce dernier se redresse et dirige son attention vers son partenaire. Il semble décidé. Son visage reprend ses traits, ses yeux sont à nouveau en état d'alerte.

- Je sais à quoi tu penses, Alain.

Alain Dupré se raidit à son tour et affronte son regard.

- Dis-le-moi.

Michel Paré a presque un sourire à la bouche.

- Nous laissons tout tomber : la villa, les Bahamas - puis d'une voix plus distante à présent - Anouk.

Alain Dupré se sent soulagé. Il n'aurait pas osé lui proposer ce scénario lui-même, bien qu'il y pense depuis un moment. Il décide de jouer à l'objecteur de conscience, pour s'assurer du sérieux de son complice.

- Mais Anouk ?

Michel Paré a eu le temps de se faire à l'idée durant le trajet de retour de l'aéroport.

- Je l'aime bien, Anouk, mais soyons réalistes ; je la connais depuis seulement une semaine. C'est une femme très bien - la posture de l'homme témoigne de sa sincérité -, mais que veux-tu que nous fassions ? Je n'ai même pas encore…

- Je sais, enfin, nous savons tous que tu n'as pas encore…

Michel Paré baisse les yeux.

- Va savoir, peut-être n'aime-t-elle pas les hommes après tout.

Puis, sur un ton qui suggère moins d'implication personnelle, en fixant Alain Dupré droit dans les yeux.

- De toute façon, Mark Thompson nous demande un million aujourd'hui, que va-t-il nous réclamer demain ? Il en sait beaucoup sur nous. Nous savons tous les deux de quoi il est capable.

Michel Paré se concentre un moment.

- Nous avions de quoi bien vivre pour le restant de nos jours. Nous venons inespérément de doubler cette somme. Rien ne nous empêche de partir chacun de notre côté, de nous refaire une vie ailleurs. À la limite, de changer d'identité. Notre argent est blanchi, plus rien ne nous oblige à demeurer ici.

Alain Dupré constate que son associé est rendu plus loin que lui dans sa réflexion. Il absorbe avec un petit décalage, sans l'interrompre, pendant que ce dernier verbalise ce qui lui trotte dans la tête depuis l'apparition de Mark Thompson à la villa.

- Je ne sais pas pour toi, Alain, mais moi, je quitte l'île ce soir. Je prendrai le premier vol pour Miami, loin de ce fou furieux, puis je verrai à partir de là. Il ne fera pas de mal à Anouk quand il constatera que cela ne lui servirait à rien.

Il scrute son associé comme un grand frère regarderait son cadet.

- Je sens que toi et Stéphanie ce n'est pas le beau fixe ces derniers temps, peut-être est-ce là une occasion de faire d'une pierre deux coups.

Puis il ajoute sur un ton de complicité :

- Est-ce que tu viens à Miami avec moi ? Nous y passerons quelques jours jusqu'à ce que nous ayons encaissé notre argent, puis nous irons ailleurs, le plus loin possible de Thompson, et de nos ennuis. Je connais des coins de paradis en Thaïlande, à Taiwan ou en Corée où personne ne nous retrouvera. Nous pourrons tout vendre ce que nous possédons ici à distance.

Alain Dupré ne réagit toujours pas. Michel Paré en rajoute.

- Tu appelleras Stéphanie une fois rendu sur place. Elle se fera à l'idée. À la limite, elle pourra te rejoindre quand tu seras établie en Thaïlande ou ailleurs. Si tu tiens encore à elle, évidemment.

C'est beaucoup pour Alain Dupré. En une seule semaine, il apprend qu'ils cessent leurs activités, parce que talonnés de trop près par le fisc et la Sûreté du Québec. Puis arrive cette incroyable opportunité de doubler leurs avoirs. Pour finir, il doit jongler avec la perspective de tout laisser en plan, incluant Stéphanie, à l'instant même, pour fuir Mark Thompson. L'homme est ambivalent. Il n'avait pas prévu la suite des choses de cette manière.

CHAPITRE 26
Bahamas, vendredi 16 août 16 : 10 h

Tom Harrison sait faire arriver les choses, encore plus lorsqu'il y va de son intérêt personnel. Sur tous les placements de Gestion Poséidon, il n'en reste que deux à liquider afin de les transférer sur leur compte courant, comme prévu à l'entente. Étant donné que ces deux derniers placements sont dans des portefeuilles avec échéances à long terme, il y a un peu plus de paperasse à remplir, mais il estime que ce sera chose faite dans une demi-heure au plus tard, soit avant dix-sept heures, l'heure limite pour honorer l'accord.

Il doit faire des efforts considérables pour ne pas se laisser aller à rêvasser à tout ce qu'il fera avec sa commission de un million. Il lui a même passé par la tête qu'il pourrait, lui aussi, envisager de se retirer des affaires. Terminé le lèche-bottes avec les clients importants. Fini de quémander un tour de bateau par ici ou une partie de golf par là. Avec ce qu'il a déjà et ce million en prime, il aura ce qu'il lui faut pour s'offrir une retraite aisée et passer plus de temps avec Sylvie.

Montréal, vendredi 16 août 15 : 35 h — il y a 35 minutes

Mat est dans tous ses états. Il m'a sermonné comme une mère aurait sermonné son fils qui aurait perdu sa petite sœur en allant faire une course au coin de la rue. Je n'avais aucun argument, il a raison sur toute la ligne. Anouk m'a entraîné ici et moi, pas plus malin, j'ai voulu jouer au héros et m'improviser justicier en conduisant Mylène, Damien et les nouvelles amies d'Anouk dans une aventure dangereuse pour nous tous.

Je n'offre aucune résistance ni aucune excuse. Tout ce que je peux lui répondre ce sont des : « Oui, tu as raison, Mat », « C'est vrai, Mat », « Je le sais, Mat, tu m'avais prévenu », « J'ai ma leçon, Mat ».

Il se tait maintenant, épuisé ou par faute de superlatifs, bien que je sente qu'il est encore loin d'être calmé. Mat est en colère et très inquiet. Je n'ai aucune explication valable à lui offrir, uniquement moi-même à blâmer. Lui, le chanceux, il a quelqu'un sur qui se défouler. J'ai le mauvais rôle, je le sais. J'assume. *Plus jamais je ne me ferai prendre à me placer dans une telle situation, crois-moi !*

Il est encore silencieux. Est-ce parce qu'il sent que je suis au tapis ? Je ne le sais pas, mais je ne m'efforce même pas de tenter de figurer un début d'explication. J'attends.

Étrange, mais je préférais l'instant d'avant. Je crois que je trouve ses silences plus dévastateurs que ses engueulades.

Il a peut-être lu dans mes pensées.

- Je suis désolé de t'accabler, Gabriel, tu ne m'appelais sûrement pas pour que je te rentre dedans.

Je choisis de ne pas l'argumenter sur ce chapitre. Je le laisse poursuivre.

- Je ne peux pas vraiment vous aider à partir d'ici, Gabriel. Je contacte la police locale et je leur transmets ce que nous avons sur Mark Thompson. Et au point où l'on en est, ce que nous avons sur Michel Paré et Alain Dupré, même s'ils n'ont probablement rien fait d'illégal aux Bahamas. Tiens, j'y pense tant qu'à communiquer avec les Bahamas, je vais aussi revérifier du côté des États-Unis même si notre trio n'a rien fait d'illégal en sol américain non plus.

Je ne sais pas pourquoi Mat ramène les États-Unis dans cette affaire, cela avait déjà été vérifié au début de son enquête. Je m'imagine que c'est un prétexte pour faire quelque chose, s'occuper, faute de pouvoir m'offrir mieux.

J'ai voulu dire « merci », mais rien n'est sorti de ma bouche. Mat me connaît, il sait comment je me sens. Il m'évite la gêne de devoir bafouiller un merci repentant ou quelque chose du genre.

- Toi de ton côté, tu pourrais, peut-être, te tenir près de la villa des deux fraudeurs, pour voir si Thompson s'y invite. Ou encore, pour suivre Michel Paré ou Alain Dupré s'il s'avérait que l'un ou l'autre décide d'aller quelque part. Dans ces deux cas, ce serait certainement relatif à l'enlèvement d'Anouk. Mark Thompson ira à eux ou eux, iront à Mark Thompson.

Mat hausse le ton.

- Écoute-moi bien, Gabriel. En toutes circonstances, tu ne fais rien. Tu appelles seulement la police, en leur indiquant où se trouve Mark Thompson. Je l'aurai déjà prévenue. Elle sera probablement en route vers la villa de toute manière. Tu ne fais rien de plus. M'entends-tu ?

- Oui. Enfin, non !

- Là, je ne comprends plus rien. C'est oui ou c'est non. Où veux-tu en venir ?

J'essaie de rassembler mes idées. Je suis tellement angoissé, je n'ai plus mes moyens.

- Ce que je veux dire, Mat, c'est que le type qui a enlevé Anouk en a après Michel Paré ou Alain Dupré, ou les deux. Si la police intervient à ce moment-ci, j'ai peur qu'il prenne panique et qu'il fasse du mal à Anouk en désespoir de cause. Il sentira inévitablement l'étau se resserrer. Je crains ses réactions.

- Que suggères-tu ?

Le ton de Mat est rauque et impitoyable envers moi.

- Ne préviens pas la police locale immédiatement. Si je vois Mark Thompson, je le suis discrètement et…

Je m'arrête. Je n'ai aucune idée de ce que je devrai faire dans ce cas. Mat le devine. Je me sens ridicule.

- Je n'aime vraiment pas toute cette affaire. Pas du tout. Toi et tes amis, vous allez vous mettre en danger à l'autre bout du monde sans m'en parler évidemment et puis là - sur un ton ironique - « Aide-nous, Mat, nous ne savons plus quoi faire ».

Mat prend une pose. Je croyais qu'il s'était calmé. Il s'y efforce encore. Je respecte son silence, il y va de mon intérêt.

- Je te le répète encore une fois. Si tu trouves Mark Thompson, tu le suis. Au moins, tu sauras où il détient Anouk puis là, tu appelles la police et tu m'appelles. Ne prends aucun risque. Si je n'ai pas de tes nouvelles d'ici une heure, je contacte la police locale sans plus tarder. Est-ce que cela te convient cette fois-ci ?

Je retrouve un tantinet de contenance, enfin, assez pour pouvoir lui dire merci d'un ton relativement normal. Le plan de Mat m'évitera de demeurer passif à me faire du mauvais sang pendant que ma sœur est entre les mains d'un fou furieux.

Je n'ai pas encore dit au revoir à Mat que je me déplace sans tarder vers la sortie de l'avion. Damien et Mylène me suivent instinctivement. Ils ont entendu mon côté de la conversation, assez pour avoir une idée d'où je me dirige.

Bahamas, vendredi 16 août 16 : 35 h

Michel Paré ne peut s'empêcher de sursauter lorsque son cellulaire le tire de son rituel de préparation de bagage. Il n'a plus à penser quand il boucle sa valise. Particulièrement aujourd'hui, il vogue d'un tiroir à l'autre sans vraiment y réfléchir, trop préoccupé par les derniers évènements. Le plus important pour lui est de faire un tri dans les documents qu'il doit absolument emporter avec lui. Il essaie de prendre une voix normale.

- Michel Paré.

- L'argent est prêt.

Tom Harrison est trop excité pour se présenter. L'exercice aurait été superflu de toute manière. Il poursuit.

- Tout est dans le compte courant de la compagnie, comme demandé. Il y a finalement seize millions six cent mille

Canadiens en tout. Les six cents milles de plus sont les gains sur les placements en cours. Veux-tu que je prévienne monsieur Bédard ?

- Oui, Tom, fais cela pour moi, s'il te plaît. Avertis-moi dès que tu l'auras rejoint. Il doit se demander si nous avons réussi à tout rassembler à temps. Je ne veux pas rater cette occasion. Surtout là où j'en suis.

Le banquier ne relève pas la remarque, ses pensées trop imprégnées de sa propre besogne.

- Je comprends. Je te rappelle dans quinze minutes.

Tom Harrison trop heureux de mettre un point final à la transaction, avisera Gabriel Bédard que le contrat a été respecté de leur part.

Bahamas, vendredi 16 août 16 : 45 h

Libéré momentanément de sa proie, Mark Thompson venait d'arriver dans l'entrée de la villa quand il voit passer à côté de lui un taxi se dirigeant vers le porche. Intrigué, il sort de sa voiture pour se faufiler tant bien que mal, entre les palmiers longeant l'allée. Il est maintenant parvenu à quelques mètres du porche, derrière un buisson en fleurs. C'est à ce moment qu'il voit sortir Michel Paré et Alain Dupré d'un pas précipité avec chacun deux valises.

Il aperçoit aussi deux femmes, devant la porte d'entrée, qui semblent déconcertées face au départ des deux hommes.

Quand il réalise la situation, il se lève d'un coup pour se placer au travers l'allée. Peine perdue, il se trouve derrière la voiture taxi, qui roule évidemment dans l'autre direction et qui l'ignore du tout au tout. Il est trop loin pour pouvoir intervenir.

Il a beau gesticuler dans tous les sens et crier comme un putois, rien n'y fait. Ni le chauffeur ni ses deux clients n'ont quelque intention de se mesurer au mastodonte.

Pas rassurées à la vue du colosse qui s'agite comme un damné, les deux femmes se précipitent dans la villa et verrouillent la porte à double tour.

Mark Thompson est hors de lui. Il se doute que ses anciens patrons prennent la poudre d'escampette. Les salauds abandonnent leurs petites amies à leur sort. Tant pis pour elles !

Ils vont me le payer.

Bahamas, vendredi 16 août 16 : 47 h

Privés de moyen de locomotion, nous avons dû nous louer une voiture à l'aéroport. Comme un abruti, j'ai rempli le questionnaire de location à n'en plus finir ce qui nous a fait perdre un temps précieux.

Mylène et Damien ne m'ont pas posé la question. Il était évident pour eux qu'ils m'accompagnaient dans la mission de guet que Mat m'a confiée.

Damien s'est offert pour conduire, probablement pour sauver sa peau, vu l'état de nos nerfs, à Mylène et à moi.

Après plusieurs minutes d'un silence lourd à supporter, Mylène nous fait tous sursauter. Elle crie.

- Où vas-tu, Damien ? Il aurait fallu prendre cette sortie, là. Tu viens de la dépasser.

Elle montre du doigt la sortie qui se trouve maintenant derrière nous.

- Merde ! Dites-le-moi quand c'est le temps. Je ne suis jamais allé à cette villa, moi. Comment voulez-vous que je le sache si personne ne m'indique le chemin ?

Damien n'a pas tort, quoiqu'il aurait pu se donner la peine de nous le demander. Je garde cette remarque pour moi. Pas besoin d'en rajouter.

- Prends la prochaine sortie, Damien, nous nous rattraperons.

Je ne peux m'empêcher de consulter ma montre. Le temps file. La situation d'Anouk doit être intenable.

Comme si ce n'était pas assez, c'est mon cellulaire cette fois qui nous fait tressaillir en s'invitant dans notre angoisse. Je réponds sur-le-champ.

- Gabriel Beauregard.

C'est une voix intriguée qui m'interpelle.

- Pardon !

Damien a du mal à se concentrer sur la route tandis que Mylène me fait une grimace. Je ne m'explique pas ce qui se passe.

- Qui est à l'appareil, s'il vous plaît ?

La voix ne perd pas de temps.

- Est-ce que je parle bien à Gabriel Bédard ?

Merde ! Je viens de comprendre pourquoi Mylène me fait cet air.

- Oui, en effet. Monsieur Harrison, n'est-ce pas ?

Mon interlocuteur se rince la gorge.

- Tom Harrison, de la banque. Voici, nous avons, comme convenu, transféré les seize millions de dollars dans le compte courant de Gestion Poséidon. Je peux vous faire parvenir une confirmation, tout est en règle. Nous avons livré notre part du marché, monsieur Bédard.

Il a appuyé sur le « monsieur Bédard », pour me gronder peut-être, de m'être trompé sur mon propre nom, mais il ne va pas plus loin. Je n'insiste pas et n'offre aucune explication. Laissons ce qu'il prend pour un lapsus, là où il est. L'homme a la tête ailleurs, il finira par conclure qu'il a mal entendu tout simplement.

- Vous m'en voyez ravi, monsieur Harrison. Vous pouvez me faire parvenir la confirmation immédiatement par courriel. Je préviens les avocats de la compagnie informatique. La transaction devrait se faire rondement à présent. Je vous remercie infiniment pour votre aide. Vous ne savez pas à quel point cette transaction fera de nombreux heureux.

J'ai droit une autre fois aux gros yeux de Mylène. Elle a encore raison. J'offre donc un beau bonsoir bien senti et surtout bien distant, à mon interlocuteur.

Au moment où je raccroche, l'image de ma sœur me rattrape. Nous avons rempli notre mission, ou presque, mais nous sommes tous effrayés du prix qu'il faudra peut-être payer.

Je rassemble ce qui me reste d'esprit et tends mon cellulaire à Mylène. Je sors le téléphone de Stéphanie de ma poche et le lui remets aussi.

- Je crois que c'est le temps d'opérer ta magie, Mylène. Entre le numéro de compte et essaie les différents codes de la liste que Stéphanie a photographiée. Va chercher l'argent de ces fraudeurs et transfère-le au compte que Mat nous a donné. Nous devons bien cela à Anouk.

Mylène se mord les lèvres. Je crois que si elle avait une quelconque hésitation à arnaquer les fraudeurs, mon « Nous devons bien cela à Anouk », aura fait disparaître ses dernières incertitudes. Tout de même, il lui reste une petite réserve. Il s'agit de seize millions.

- Ne serait-ce pas à ton ami Mat de faire le transfert à la Sûreté du Québec, à partir de Montréal ?

- Mat est allé aussi loin qu'il lui était permis de le faire, en me fournissant le numéro du compte bancaire de la Sûreté et en nous aidant en ce moment. Je ne lui demanderai pas de mettre son poste en jeu. C'est à nous de le faire.

Je m'arrête un instant.

- Il faut le faire tout de suite avant qu'un autre grain de sable ne vienne tout faire avorter.

Mylène me regarde furieuse.

- Un autre grain de sable ! Le premier grain de sable - elle insiste sur chaque mot - serait l'enlèvement d'Anouk, peut-être ?

Damien intervient avec une fermeté inhabituelle qui me surprend.

- Tu sais très bien que ce n'est pas ce que Gabriel voulait dire, Mylène. Maintenant, je peux arrêter la voiture et le faire moi-même votre transfert, si cela vous cause un problème.

Damien s'impose rarement, mais j'apprends qu'il peut parfois être d'une efficacité redoutable.

Mylène me fait un sourire de réconciliation et entame la transaction en entrant le nom de la banque dans Google. Elle va sur l'onglet banque en direct et y entre une liste de chiffres qu'elle transcrit de son carnet. Un rectangle apparaît, c'est là où il faut entrer le NIP[5]. Sa main tremble, mais son visage est déterminé. Elle allume le cellulaire de Stéphanie.

Mylène paralyse en voyant apparaître la grille dans laquelle il faut inscrire le code d'accès au cellulaire. Mon cœur s'arrête. Je n'ai pas le code pour déverrouiller le cellulaire de Stéphanie.

Sans perdre une minute, elle prend le mien, et compose le numéro de Stéphanie. Elle n'offre aucun préambule.

- Donne-moi le code d'accès de ton cellulaire, Stéphanie, nous procédons à la transaction.

Stéphanie s'exécute sur-le-champ et ajoute d'une voix suppliante.

- Ils se sont enfuis tous les deux, sans même nous regarder. En plus, le monstre rôde autour de la maison.

- Nous arrivons, Stéphanie, nous sommes presque devant la villa.

Mylène raccroche aussitôt.

---

[5] Numéro d'Identification Personnel

- Ils se sont sauvés. Mark Thompson tourne autour de la villa.

Je ne réponds rien. C'est trop. Nous ne pouvons plus absorber quoi que ce soit. Nos cerveaux sont saturés. Nous ne pouvons pas être plus paniqués que nous le sommes en ce moment. Nous avons atteint notre limite.

Comme nous ne pouvons aller plus vite, vaut mieux se concentrer sur ce que nous sommes en train de faire, le transfert de l'argent. Une chose à la fois, sinon nous n'arriverons à rien.

Mylène a enfin débloqué le cellulaire de Stéphanie. Elle tombe immédiatement sur la photo de la liste des différents NIP qu'utilise Alain Dupré. Elle entre le premier numéro dans mon cellulaire, sur la page d'accueil de la banque. Rien. Le système lui demande de recommencer la transaction.

- Qu'est-ce qu'il y a, Mylène ?

- Ce n'est pas le premier de la liste qui est le bon, Gabriel. J'essaie avec le deuxième.

Elle entre à nouveau le numéro de compte, le même rectangle exigeant le NIP apparaît. Elle me jette un coup d'œil auquel je réponds par un hochement de tête. Elle s'exécute.

Elle me regarde, déconcertée. Mon cœur s'arrête encore de battre.

Apeurée, elle me lit, d'une voix mal assurée, ce qui vient de s'inscrire sur l'écran de mon cellulaire.

- « 2/3. Pour votre protection, après trois essais, le compte bancaire sera verrouillé. »

La pauvre femme a les yeux mouillés. Les miens ne tardent pas à en faire autant.

- Il ne nous reste qu'un dernier essai, Mylène.

- Une dernière chance seulement.

- Combien y a-t-il de codes affichés sur l'écran du cellulaire de Stéphanie ?

Elle les compte à haute voix, comme si ce faisant, elle en diminuerait la quantité.

- Un, deux ; les deux que je viens d'entrer donc. Puis trois, quatre, cinq et six.

Elle prend une pause.

- Il y en a six, Gabriel. Nous n'avons droit qu'à un seul autre numéro sur les quatre restants, sinon le système nous bloquera.

Je lui prends le cellulaire des mains, pour constater par moi-même qu'elle ne s'était pas trompée. J'espérais un miracle qui n'est pas venu.

Je le lui remets en l'implorant du regard pour qu'elle choisisse elle-même le dernier numéro.

Elle le reprend.

Damien qui conduit d'une oreille, si je puis dire ainsi, intervient à nouveau, d'une voix plutôt certaine étant donné les circonstances.

- Prends le dernier numéro, Mylène.

Je le regarde, intrigué. Il comprend.

- Si j'avais seize millions répartis dans différents comptes, le NIP de mon petit compte courant qui sert à payer l'épicerie serait le dernier de ma liste.

Je me retourne vers Mylène. Elle n'a pas attendu mon approbation. Elle est en train d'entrer les chiffres du numéro de compte. Je me surprends à penser qu'au moins, elle et moi, nous aurons quelqu'un à blâmer si ce n'est pas le bon NIP. Le rectangle maudit apparaît. À quoi bon tergiverser semble se dire Mylène, puisque je la vois s'activer, sans aucune hésitation. Si cette dernière suite de chiffres s'avérait être un autre mauvais NIP, aussi bien le savoir tout de suite pour mettre fin à notre calvaire.

Le cri qu'elle pousse me glace le sang. Au même moment, Damien donne un coup de roue qui nous fait rouler sur notre banquette.

- C'est le bon. Je suis dans le compte de Gestion Poséidon. Tu as misé juste, Damien. Comment as-tu fait ? Tu es un magicien.

Damien tout sourire a repris le contrôle de la voiture.

- Intuition d'artiste, ma chère. - Puis d'un ton plus bas comme pour se convaincre lui-même - Intuition d'artiste.

Sans crier gare, Mylène me saisit le bras, l'air stupéfait.

Ma pression bondit encore d'un cran.

- Y a-t-il un autre problème ?

- Le compte contient seize millions six cent mille dollars. Qu'est-ce que je fais ?

- Ouf ! Tu m'as fait peur, je croyais qu'il y avait un pépin.

L'idée évidente me traverse l'esprit. Malgré l'envie qui me tenaille, je préfère ne pas franchir la ligne.

- Nous ne sommes pas des voleurs, nous. Transfert les seize millions qui appartiennent aux petits investisseurs, le reste n'est pas à nous.

Ni Damien ni Mylène ne me contredisent.

CHAPITRE 27
Bahamas, vendredi 16 août 16 : 55 h

Ses forces l'ont abandonnée. Épuisée, les poignets et les chevilles lacérés par des nœuds trop serrés, Anouk a cessé de se débattre. Chaque mouvement lui fait terriblement mal à présent. Ses membres ne peuvent plus endurer un geste de plus.

À bout de force, c'est maintenant l'espoir qui la déserte. Mille fois, son regard a fait le tour des objets dissimulés dans la pénombre de la petite chambre minable. Mille fois, elle a conclu qu'aucun ne pouvait lui être utile. Rien n'est à sa portée de toute manière. Même plus l'espoir.

Elle se demande ce que font ses amis. Tantôt, elle est furieuse qu'ils ne l'aient pas encore retrouvée, tantôt, elle le réalise très bien, elle sait qu'ils n'ont aucun moyen de la localiser. Maintenant, elle est triste pour eux ; ils doivent tellement s'en faire pour elle.

Il ne lui reste plus qu'à guetter le retour de l'ogre, tout en sachant que ce qui l'attend sera bien pire que ce qu'elle vit en ce moment.

Elle pleure. C'est tout ce qu'elle peut faire à présent, pleurer de douleur et de peur.

Bahamas, vendredi 16 août 17 : 05 h

Nous sommes enfin presque arrivés devant la villa. Damien ralentit. Il s'arrête maintenant à quelques mètres de l'entrée. Il ne sait plus quoi faire. Nous non plus.

- Si tu appelais Stéphanie ou l'autre, comment s'appelle-t-elle ? Sylvie. Elles pourraient nous donner l'état des lieux avant de s'y aventurer. Non ?

- Bonne idée, Damien, c'est ce que nous avons de mieux à faire.

Nous sommes tous tellement préoccupés et démunis, que nos pensées s'embrouillent. L'idée que vient d'avoir Damien est des plus simple. Je m'exécute donc, humblement.

Stéphanie répond immédiatement. Elle attendait désespérément un appel de notre part.

- Ils ont fui - me crie-t-elle par la tête, dès qu'elle m'a reconnu. Nous sommes seules. Nous avons vu rôder le type, le colosse qui a probablement quelque chose à voir avec la disparition d'Anouk. Nous n'osons pas contacter la police.

Elle reprend son souffle.

- Ou êtes-vous ? Quand arrivez-vous ? Nous ne savons plus quoi faire. Nous sommes mortes de peur.

Elles ne sont pas les seules. Cette remarque je le garde pour moi.

Juste comme je viens pour répondre, je ne sais encore quoi, j'entends un bruit.

- Que se passe-t-il, Stéphanie ?

Je détecte clairement des cris maintenant. Je suis paniqué. Je hurle dans le récepteur.

- Qu'est-ce qui se passe ? Stéphanie ? Qu'est-ce qu'il y a ?

Mes propres cris n'ont rien pour rassurer Mylène et Damien qui sont tous deux pétrifiés.

- Stéphanie ! Sylvie !

Plus rien. On a raccroché.

Je me tourne vers Mylène et Damien.

- Attendez-moi dans la voiture. Je vais voir ce qui se passe. Si je ne suis pas revenu dans quinze minutes, appelez la police. Pour le moment, comme il détient Anouk, il est préférable de la tenir encore hors du coup.

Je n'attends pas leur aval et je sors de la voiture.

Bahamas, vendredi 16 août 17 : 05 h

Heureusement pour Michel Paré et Alain Dupré, la fréquence des vols entre Nassau et Miami est très bonne. Le prochain départ est à dix-sept heures quinze. Ils ont acheté les billets par internet dans le taxi. Les deux hommes ont tout juste le temps de se présenter à la guérite d'embarquement. Sinon, le vol suivant est à dix-neuf heures dix ce qui ne serait tout de même pas un désastre.

L'inconfort de leur décision respective prise il y a moins de deux heures n'aura été que de courte durée. Michel Paré s'est persuadé que Mark Thompson ne fera aucun mal à Anouk et

Alain Dupré se dit que tout compte fait, il sera plus heureux avec une autre femme qui serait moins compliquée à comprendre que Stéphanie. Donc deux inconvénients très mineurs comparés à la fortune qu'ils viennent de se mettre dans les poches.

En hommes d'action qu'ils sont, ils n'ont pas tardé à adapter leur plan à leur nouvelle réalité. Ils ont convenu de passer le moins de temps possible à Miami de peur que Thompson ne retrouve leurs traces. Dès que les seize millions en profit seront entrés dans leur compte, Michel Paré partira pour le Triangle d'or en Thaïlande et Alain Dupré optera quant à lui pour Bali. Ils changeront d'identité une fois sur place et profiteront de leur argent pour tranquillement, vivre richement le restant de leurs jours.

Montréal, vendredi 16 août 17 : 05 h

Mat tourne en rond dans son bureau. De Montréal, il ne peut pas faire grand-chose pour Anouk. Il doit se fier à ses amis qui sont sur le terrain, eux.

Il est décidé, c'est la dernière fois qu'il les aide. Jamais plus il ne se fera entraîner par eux dans des histoires improvisées. Il se retrouve à être le dindon de la farce. Personne ne l'a consulté avant de s'aventurer aux Bahamas. Personne ne lui a demandé son avis avant qu'Anouk, puis Gabriel et Mylène par la suite, ne s'engagent dans cette affaire. Lui, il n'est bon que pour ramasser les pots cassés. C'est lui qu'ils appellent quand tout a basculé, quand ils n'ont plus le choix, quand ils sont pris à la gorge.

Il a prévenu Hélène qu'il ne rentrera pas pour le souper. Il ne peut quitter son bureau. Il doit être présent si l'on doit le rejoindre. L'affaire a atteint un point crucial. Il y passera la nuit s'il le faut.

Il vient juste d'y penser. Même si cela est devenu tout à fait secondaire par rapport à l'enlèvement d'Anouk, il décide de vérifier où en est le compte de la Sûreté du Québec, celui destiné aux recouvrements.

Il trouve le numéro qu'il a noté sur un bout de papier et tape quelques chiffres sur son clavier. Il n'a pas longtemps à attendre. Tout est devant lui. Noir sur blanc. Il ne peut s'empêcher de pousser un cri de mort.

- « Wow ! »

Il y a bien eu un virement de seize millions de dollars il y a à peine dix minutes.

- « Ils ont réussi ! »

Pendant un court instant, il oublie la gravité de la situation. *Ils ont quand même du cran mes amis !*

Il revient rapidement sur terre. Quand les fraudeurs se rendront compte de ce qu'il leur arrive, il vaudra mieux que ses amis soient loin de là. Plutôt que de continuer à tourner en rond, Mat se lance dans la paperasse. C'est, semble-t-il, le seul rôle qu'on lui permet de jouer.

Il s'en doutait, mais cela valait quand même la peine d'être vérifié. Les agents du fisc des États-Unis n'ont toujours rien contre Michel Paré ou Alain Dupré. Ils sont sur leurs gardes, mais en ce qui les concerne, tant qu'aucune transaction n'a lieu sur leur territoire, ils ne peuvent qu'offrir leur assistance sans toutefois pouvoir agir directement.

Bahamas, vendredi 16 août 17 : 15 h

Michel Paré et Alain Dupré ont de la veine. Ils n'ont pas eu à changer leurs billets puisqu'ils ont réussi, au pas de course, à rejoindre la guérite juste à temps. Elle était en train de se refermer quand ils s'y sont présentés.

Ils ont pris leurs aises, côte à côte aux sièges 2a et 2c. Ils ne sont pas en sueur, merci à l'air conditionné, mais ils ont chaud. Tout sourire, maintenant, ils n'ont plus aucun regret d'avoir laissé leurs petites amies en arrière. Ils s'envolent vers une nouvelle vie, loin des tracas, du fisc, de la Sûreté du Québec et hors d'atteinte de Mark Thompson.

Les portes sont closes, l'agente de bord vient de commencer son sermon sur la sécurité, l'avion roule lentement vers la piste de décollage. Tout est en ordre.

Quand le cellulaire de Michel Paré retentit, l'agente de bord lui fait de gros yeux. Occupée à démontrer le fonctionnement de la veste de flottaison, elle revient à ses moutons en laissant l'occasion à Michel Paré de profiter temporairement de sa position de force.

Il répond à voix basse.

- Michel Paré.

L'homme à l'autre bout est agité. Il hurle.

- Pourquoi avez-vous transféré l'argent ?

Michel Paré regarde son associé qui a entendu l'homme crier dans le cellulaire.

- De quoi me parles-tu, Tom ?

Tom Harrison répète sa question, sans baisser la voix.

- Pourquoi avez-vous transféré l'argent ? Où l'avez-vous placé ? Il ne fallait pas faire cela, vous ne respectez pas votre part du contrat. L'argent doit demeurer dans le compte courant jusqu'à ce que la transaction soit faite, d'ici à vendredi prochain.

Michel Paré a mille ans. Son associé ne comprend pas ce qui se passe. Paré balbutie.

- Nous n'avons rien transféré, Tom. L'argent est toujours dans le compte. Ne me dis pas le contraire.

Un silence atroce s'installe entre les deux hommes. Instinctivement, Michel Paré regarde dehors. L'avion roule toujours. Sa voix se fait suppliante.

- Tu nous fais marcher, Tom. N'est-ce pas ? Ne me dis pas que le compte est vide.

Il sera déçu de la réponse.

- Il ne reste que six cent mille dollars, Michel. Il y a vingt minutes, un montant de seize millions de dollars a été retiré du compte pour être transféré dans un compte d'une banque au Canada.

Michel Paré vient pour se lever. Sa ceinture le retient. Cette fois, l'hôtesse en a terminé avec sa démonstration. Elle se dirige vers lui, sans sourire.

- Monsieur, vous devez fermer votre appareil immédiatement, l'avion va décoller.

Les autres passagers le regardent avec insistance.

- Je t'appelle en arrivant.

Le banquier est effondré sur son fauteuil présidentiel. Il n'a pas demandé à Paré en arrivant où, mais cela est sans importance.

L'agente de bord va rejoindre sa place. Michel Paré se tourne vers Alain Dupré.

- C'est toi ?

Le langage non verbal de son associé le disculpe immédiatement. L'un et l'autre sont blancs comme des draps.

L'avion prend son envol.

CHAPITRE 28
Bahamas, vendredi 16 août 17 : 15 h

À défaut de plan, je fonce tout droit vers la villa. En arrivant après quelques secondes de course, je trouve la porte entrouverte. Les éclats de bois sur le sol m'indiquent qu'elle a manifestement été défoncée. Sans y penser, je me précipite à l'intérieur. Sylvie et Stéphanie sont devant moi, l'air complètement affolé. Elles regardent derrière moi. Je viens de comprendre. Trop tard.

En me retournant, je vois le sbire. Portant veston et cravate, malgré la chaleur, il arbore un petit sourire qui n'a rien pour me rassurer.

Je me sens stupide, mais à la fois plus téméraire que je l'aurais cru en pareil moment. Je lui crie par la tête :

- Où est Anouk ?

L'homme, maître de ses moyens, ne se laisse pas désarçonner.

- Qui êtes-vous, monsieur ?

- Gabriel Beaure… Bédard. Et vous ?

- Heureux de faire votre connaissance, monsieur Beaure-Bédard. Vous avez un problème de nom, il me semble, monsieur Bédard ou Beauregard, n'est-ce pas ? Moi, c'est Thompson.

À ma grande surprise, il s'arrête là, il ne creuse pas plus loin. Ce type-là n'a pas de temps à perdre en rhétorique.

- Savez-vous où ils se sont enfuis ?

Vu la taille de l'homme, l'idée de lui sauter dessus m'abandonne dès qu'elle jaillit. Il m'apparaît plus stratégique et plus prudent d'essayer de garder mon sang-froid.

- Que voulez-vous ?

- Un million. Ces salauds me doivent un million. Il n'est pas question que je parte d'ici sans mon argent.

Il sourit avec plus d'insistance et poursuit.

- Si je pars sans l'argent, il y aura d'autres conséquences.

Je sais à quoi il fait allusion. Je n'aime pas le pronostic. Je me sens tellement inutile. J'ai peur pour Anouk, ses deux amis et quand même un peu pour moi aussi.

Il reprend sa question.

- Savez-vous où ils se sont enfuis ?

Je n'en ai aucune idée, évidemment. Ce que je sais par contre, c'est que de toute manière, ils n'ont plus l'argent pour payer cet homme. Cette information, je le conserverai pour moi.

Mon cellulaire sonne. Instinctivement, comme un gamin, je le regarde, cherchant une forme d'approbation.

- Cela pourrait être les deux peureux, répondez.

Je reconnais le numéro de Mat, mais je me garde de le lui dire. Je m'exécute donc, trop heureux d'avoir l'aval du sbire.

- Gabriel Bédard.

Je crois que Mat comprend d'instinct que je suis en mauvaise situation. Il sait que je reconnais son numéro et malgré cela, je me présente sous un autre nom ; sans parler du trémolo que j'ai dans la voix.

- Est-ce que tu peux parler ?

- Non.

- Es-tu en danger ?

- En quelque sorte.

- J'appelle la police locale, cela a assez duré.

- Non.

Mat ne se contient plus. Je sens toute l'angoisse du monde dans sa voix.

- Qu'est-ce que je peux faire ?

- Rien. Je te rappelle.

Je raccroche immédiatement. L'ogre me regarde fixement, sans expression. Il aura compris qu'il ne s'agissait pas d'un des deux escrocs après qui il en a.

Il ne semble plus savoir quoi faire. Quoi faire de nous, quoi faire pour retrouver son argent que prétendument on lui doit, quoi faire pour se sortir lui-même d'une situation qui doit lui paraître très stressante malgré son calme apparent ?

* * *

Mylène et Damien ne se sont pas dit un mot depuis que je les ai laissés seuls dans la voiture. L'attente est longue, le silence est lourd. Damien consulte sa montre toutes les dix secondes. Mylène s'imagine le pire.

Elle n'en peut plus. Elle brise le silence.

- Depuis combien de temps est-il là-dedans ?

Elle pointe son nez vers la villa.

- Depuis trop longtemps, si tu veux mon avis. Il aurait dû déjà nous donner signe de vie. J'ai peur, Mylène.

- Damien, crois-tu qu'il est temps de contacter la police ?

Elle ne fait que cela depuis les dix dernières minutes, se poser la question à savoir si elle devrait appeler la police ou non. Il y a tellement en jeu.

En posant la question, elle se prend à changer d'idée et n'attend pas la réponse de Damien. Elle doit voir ce qui se passe là-dedans, tout de suite.

- Et si nous allions jeter un coup d'œil par une fenêtre ?

Damien ne répond pas. Il regarde Mylène qui ouvre la portière en lui faisant signe d'en faire autant. Il obtempère, mais son pas n'est pas très rapide.

* * *

Ça y est ! Je crois que j'ai une piste de solution. Est-ce par déformation professionnelle ? Je ne le sais pas, mais dans une situation difficile où différents enjeux sont sur la table, j'ai une tendance naturelle à essayer de trouver une avenue qui accommode toutes les parties. Une solution gagnante pour tous, comme je l'aurais dit dans mon ancienne vie.

Je cherche le bon angle d'attaque.

- J'ai quelque chose à vous proposer, monsieur Thompson.

L'homme est surpris, mais sa physionomie m'indique qu'il est prêt à m'écouter. Je dois avoir une certaine crédibilité puisqu'il me prend pour le mari d'Anouk.

- Je pourrais marchander avec vous, mais je crois que vous n'êtes pas homme à vous faire mener en bateau. Je vais donc couper court et vous offrir ma meilleure proposition.

Il ne dit toujours rien. C'est bon signe, au moins la porte n'est pas fermée. Et je sais ce qu'il fait avec les portes lui.

- Je n'ai pas un million de dollars, j'aime mieux vous le dire tout de suite. Par contre, je peux faire transférer tout ce que j'ai, six cent mille dollars, dans votre compte, immédiatement, dans la minute qui suit. C'est tout ce dont je dispose, je vous montre les chiffres si vous ne me croyez pas.

L'ogre semble jongler à ma suggestion. Je reprends du tonus. Les deux femmes me regardent avec insistance, surprises par ma proposition qui leur donne un peu d'espoir de se sortir de notre pétrin.

Je profite de son apparente réflexion pour bien planter mes arguments.

- Je ne sais pas ce que Michel Paré ou Alain Dupré vous doivent, ni pourquoi d'ailleurs, mais ils semblent difficiles à rejoindre pour le moment. Vous ne les retrouverez possiblement jamais. Moi, je vous offre six cents milles, immédiatement. Vous me dites où est Anouk puis vous disparaissez où vous le voulez, avec vos six cent mille dollars en poche. C'est mieux qu'un million que vous n'aurez probablement jamais, n'est-ce pas ?

Il s'apprête à répondre, mais se ravise quand nous entendons un petit bruit dans la fenêtre du salon. Il s'arrête net et, comme nous, regarde en direction de la fenêtre.

Merde ! Je reconnais la silhouette de Mylène. Qu'est-ce qu'elle vient faire ici ? Je leur avais pourtant dit…

- Qui est-ce, celle-là ?

Je ne sais pas quoi lui répondre. Sylvie et Stéphanie, non plus. J'essaie de demeurer maître de la situation. Je ne le suis assurément pas. Tiens ! Si je gardais le cap.

- C'est votre six cent mille dollars, monsieur Thompson.

Ma réplique a le mérite de capter son attention. Je précise.

- Elle est avec moi. C'est elle qui a accès au numéro du compte bancaire.

Le sbire est dépassé par les évènements. Cela lui fait beaucoup de données avec lesquelles jongler en même temps. Stéphanie et Sylvie d'un côté, Anouk emprisonnée quelque part, moi et puis maintenant Mylène qui s'invite dans l'échiquier. Le fier-à-bras est plus à l'aise avec ses muscles qu'avec les équations.

Je profite de l'occasion pour taper sur le clou.

- Est-ce que vous acceptez ma proposition, qu'on en finisse ?

Je crois que mon expression « qu'on en finisse » résume bien son état d'esprit. Mon offre devrait lui sauver la mise, et la nôtre par le fait même.

- Qu'est-ce qui me garantit que j'aurai les six cent mille ?

Ouf ! Le vent vient de tourner en ma faveur.

- Faites là entrer - je lui montre Mylène du menton, toute pénarde de l'autre côté de la fenêtre. Elle réalise que tout le monde la regarde.

Je n'attends pas sa réponse et prends l'initiative en lui faisant signe de se présenter à la porte et d'entrer.

Deux secondes plus tard, nous la voyons arriver, piteuse, suivie de Damien, encore plus piteux. *Bon ! Un autre ?*

Les deux bras de Mark Thompson lui tombent. C'est vraiment trop pour lui. S'il n'avait pas enlevé ma sœur, j'aurais presque pitié du gars.

Saturé, il ne dit rien et me regarde comme s'il déclarait forfait. Il s'agit là du signe que j'espérais. Il accepte ma proposition. Sans attendre, je m'adresse à Mylène.

- Prends mon cellulaire, Mylène, et transfère nos derniers six cent mille dollars dans le compte dont monsieur va te donner les coordonnées.

Mylène ne met pas de temps à comprendre. Elle s'exécute. Facile avec l'argent des autres.

L'homme lui fournit son numéro de compte qu'il est allé chercher dans son cellulaire. Juste avant qu'elle ne conclue la transaction, je m'adresse à Thompson.

- Où est séquestrée Anouk ?

- Je veux voir le montant dans mon compte. Pas avant.

Il manipule son iPhone.

Mylène me demande du regard ce qu'elle doit faire.

- J'ai votre parole, monsieur Thompson ?

- Vous l'avez.

Je fais signe à Mylène de conclure la transaction. J'ai assez lu de romans policiers pour savoir que même les bandits ont un code d'honneur. Elle transfère donc les derniers six cent mille dollars du compte des fraudeurs vers le compte du kidnappeur. L'instant d'après, je vois l'ogre sourire. Je gagerais que l'argent est bien arrivé à destination.

Je ne sais pas de quoi il est le plus heureux, l'argent ou le fait qu'il peut enfin fuir cette maison de fous.

- Le motel Playa, sur la route numéro deux, chambre numéro cent deux.

Il se retourne et, d'un pas déterminé, sort de la villa, endroit malsain dans lequel il n'était pas dans son élément.

CHAPITRE 29
Bahamas, vendredi 16 août 17 : 32 h

Sur notre chemin vers le motel désigné par Mark Thompson, nous avons croisé des voitures de police qui se dirigeaient vraisemblablement vers la villa.

- Est-ce que c'est vous qui avez appelé la police ?

Damien qui n'a pas dit un mot depuis sa piteuse entrée dans la villa se place sur la défensive.

- Non, Gabriel ! Ce n'est pas nous qui l'avons contactée.

- Alors c'est Mat. Il a fait ce qu'il a dit qu'il ferait.

Stéphanie et Sylvie sont demeurées à la villa en nous faisant promettre de les appeler dès que nous retrouverons Anouk.

Le silence reprend ses droits dans la voiture. Mylène est assise à côté de moi. Cette fois-ci, je conduis. Damien est derrière, sur le bout de la banquette. Nous sommes tellement angoissés à la pensée qu'Anouk pourrait avoir été malmenée par ce type que nos gorges sont sèches. Pire encore. Personne n'ose le dire à haute voix, mais rien ne nous garantit que la brute nous ait indiqué le bon endroit.

Mylène intervient. Je pense qu'elle le fait pour faire diversion, la tension devient encore plus insupportable à mesure que nous nous approchons du motel.

- Croyez-vous qu'ils le retrouveront ?

Damien, trop heureux de donner son avis et de sortir de son mutisme, s'empresse de répondre.

- Un type comme celui-là ne passe pas inaperçu. Je sais que la police est efficace et qu'il ne pourra échapper à la justice bien longtemps.

Damien ne cessera de me surprendre par sa belle naïveté. Mat serait tellement heureux de l'entendre en ce moment. Au fond de moi, je l'envie.

- J'espère que tu as raison, Damien.

Le motel est en vue. Ma respiration est difficile. Je suis incapable d'avoir des pensées cohérentes. Nous tous dans la voiture sommes dans la même situation.

J'ai failli prendre la direction du fossé quand le cellulaire nous a tous fait bondir de notre siège.

- Gabriel Bea... Beauregard.

Terminé pour moi, les jeux de rôles.

- Ce n'est pas le tien, Gabriel, c'est le mien.

Damien, le torse gonflé répond donc à son téléphone pendant que je ferme le mien.

- Oui, en effet, vous avez raison. Un instant s'il vous plaît.

Il met sa main sur le récepteur.

- C'est le pilote, il nous attend depuis une demi-heure. Qu'est-ce que je lui réponds ?

- C'est vrai, je l'oubliais encore celui-là. Dis-lui de retourner sans nous.

- Non, hurle Mylène, j'en ai assez des Bahamas. Si Anouk est en état de voyager, nous rentrons à Montréal. - Elle regarde Damien derrière - dis-lui que nous serons à l'aéroport dans trente minutes au plus tard. Nous arrivons.

Je m'incline et ne rajoute rien. Damien déchiffre que nous sommes d'accord. Mylène a raison. Rentrons à la maison, si nous retrouvons Anouk. D'autant plus que dans mon forfait de location, le vol de retour est inclus dans le prix, avec ou sans nous. Voilà ! Je me sens honteux à présent d'avoir de telles considérations.

Damien s'exécute.

Notre diversion est de courte durée. Nous arrivons devant le motel. Je ralentis. Nous sommes morts de peur.

- Par-là, chuchote Mylène, pour ne pas se faire entendre de je ne sais trop qui.

Quatre-vingt-dix-huit, cent, cent deux. Voilà, je suis juste devant la chambre. Il s'agit d'une chambre comme toutes les autres. Elle n'a rien de particulier, mais tous les trois, nous serions prêts à sacrifier notre vie pour y trouver ce que nous sommes venus y chercher.

Nous restons là, désarçonnés, paralysés, comme si nous nous demandions quoi faire ; alors qu'il n'y a aucune décision à prendre.

Damien réagit le premier. Il sort de la voiture, ne prend pas la peine de refermer la portière et fonce vers la porte.

La voie est tracée, Mylène et moi le suivons pour le retrouver, la seconde d'après, en train de se tirailler avec la poignée.

- Merde ! Je ne lui ai pas demandé la clef.

Mylène regarde du côté de la réception. Je comprends son raisonnement, mais je n'ai pas les nerfs à attendre, ne serait-ce que deux secondes de plus.

- Pousse-toi, Damien.

Mon coup de pied est encore bon. Il faut dire que les portes de motels une étoile ne sont pas en bois massif non plus. Elle cède au premier coup.

Il fait sombre dans la chambre. Les stores sont fermés. Damien qui me suit bloque la seule lumière qui pourrait passer par le cadrage de la porte.

Mes yeux s'adaptent à l'éclairage. J'avance à tâtons. Finalement, je vois une forme sur le lit. Je m'approche. La forme bouge. Damien finit par entrer. Mylène prend sa place dans l'ouverture de la porte, mais elle, elle laisse filtrer plus de lumière que Damien.

Ça y est, je reconnais ma sœur, sur le lit, attachée par les quatre membres, un bâillon dans la bouche. Elle bouge la tête désespérément.

Mylène et Damien sont maintenant à mes côtés, donnant enfin une chance à la lumière de faire son travail ce qui me permet de constater le pitoyable état de ma pauvre sœur. J'ai le cœur serré.

J'arrache d'abord le bâillon de sa bouche pendant que Damien et Mylène s'efforcent de défaire les nœuds qui la retiennent.

- C'est vous…

Anouk crie et pleure en même temps. Ses sanglots nuisent au travail de libération de ses amis.

- J'avais tellement peur que ce soit lui.

Elle rit à présent.

- C'est vous…

- Tranquille petite sœur. Nous sommes là. Tu n'as plus rien à craindre.

Elle semble vouloir dire quelque chose, mais en est incapable.

La voici maintenant délestée de ses étreintes. Elle s'assoit sur le lit, se frotte les poignets et les chevilles. Mylène lui prend le visage, Damien une main et moi, l'autre main.

La voici encore attachée ; à ses amis cette fois-ci.

C'est moi qui lui pose la question qui nous fait le plus peur. Je la pose la bouche serrée, tous mes muscles tendus.

- T'a-t-il fait du mal ?

Elle me regarde en souriant.

- À part mes poignets et mes chevilles, et ah oui ! à part mon orgueil aussi, ça va. Je m'en remettrai, je crois.

D'un coup, tous mes nerfs se détendent. Ceux de Damien et de Mylène en font autant.

Elle se lève. Nous l'aidons tous. Un peu trop peut-être, nous l'empêchons de bouger.

- Eh les amis ! Un peu d'air s'il vous plaît.

Sa voix est bonne. Je retrouve l'Anouk que je connais.

Je n'ai pas remarqué sa présence dans le cadrage de la porte. L'homme ne semble pas content. Instinctivement, je me place devant Anouk pour la protéger de cette nouvelle menace.

- Qui va me payer les dégâts ?

Je pars à rire. Anouk, Mylène et Damien en font autant. Le pauvre ne nous trouve pas très drôles, lui. Je prends cinq billets de vingt dollars et les lui tends. Maintenant, l'homme rit avec nous.

- Nous entrons à la maison, Anouk. Notre Learjet nous attend.

À nos risques, nous laissons Damien nous conduire vers l'aéroport. Dans la voiture, Anouk emprunte le cellulaire de Mylène pour appeler Sylvie et Stéphanie. Je ne suis pas certain que Mylène apprécie, mais elle comprend que quelqu'un doit les rassurer.

Maintenant que Michel Paré et Alain Dupré ont fui la villa et probablement l'île, Stéphanie est en sécurité. Sylvie, elle, appliquera notre plan, c'est-à-dire que ce soir, par prudence, elle couchera à l'hôtel, loin de Tom. Demain samedi, quand son conjoint sera probablement à la banque à essayer de comprendre ce qui lui arrive, elle ira prendre quelques affaires. Elle part chez des amis à Toronto. Plus tard, elle redeviendra Montréalaise et sera, l'espère-t-elle, avocate d'ici une année.

Évidemment, il est question que Stéphanie vienne les voir à Montréal, Anouk et Sylvie, une fois que cette dernière s'y sera établie. L'avenir nous dira si ces nouvelles amitiés traverseront l'épreuve du temps.

Je me détache de la conversation d'Anouk pour à mon tour, donner de nos nouvelles à un ami qui doit être mort d'inquiétude.

Mat saute de joie à l'autre bout de la ligne.

Il a su par ses collègues que les deux lascars étaient en ce moment en direction de Miami. Ils devraient y atterrir dans une vingtaine de minutes. Mais, c'est tout ce que la police fédérale des É.-U. peut faire.

Anouk qui a terminé ses adieux réalise que je parle à Mat.

- Passe le moi, Gabriel, je veux lui dire bonjour moi-même.

- À la prochaine, Mat. Je te passe la vedette.

Je la vois se mettre à pleurer. Je crois que Mat en fait autant à l'autre bout, parce qu'ils ne se disent rien.

Probablement pour se sortir d'embarras, il reprend son chapeau de flic.

- Vous les avez bien eus ces escrocs. Tout l'argent qu'ils ont détourné est maintenant dans notre compte.

- Nous avons réussi !

Anouk se tourne vers moi. Sous l'effet de ce moment hors du commun, elle ne s'était même pas informée si le plan avait fonctionné. La voilà doublement heureuse.

- Moi aussi je pourrai récupérer mes dix-huit mille dollars, alors !

Elle a lancé ces paroles en boutade. Elle est à mille lieues de se préoccuper de cet argent en ce moment.

- Quel dix-huit mille dollars ?

- Laisse tomber, Mat. Ce n'est vraiment pas important. Pour tout te dire, j'ai dû souscrire moi aussi à ce merveilleux investissement sans risque, quand j'étais sur le bateau. Il fallait que je sois crédible alors, lorsque nous avons été à portée de réseau, près des côtes américaines, j'ai fait la transaction.

- Je t'embrasse, Anouk.

Elle est demeurée un moment avec le cellulaire collé à l'oreille. Faute d'interlocuteur, elle me le remet.

* * *

Rendue à l'aéroport, Anouk s'exclame :

- Il est vraiment beau ton Learjet, Damien !

ÉPILOGUE

Vol Nassau-Montréal, vendredi début soirée, 16 août

L'atmosphère est à la fête dans l'avion. Nous nous délectons de champagne, inclus dans le forfait, pour célébrer notre triomphe. Autant nous avons eu peur pour Anouk, autant nous sommes au comble du bonheur à présent. Il ne manque que Mat.

Nous en profitons, Anouk, Damien, Mylène et moi pour se partager les morceaux du casse-tête qui ont manqué à l'un ou à l'autre au cours de notre ahurissante semaine. Même si je réalise que j'en ai un peu trop fait pour convaincre les fraudeurs de ma crédibilité en tant qu'investisseur, je ne regrette aucunement notre petite promenade en jet privé. Chaque seconde durant notre vol de retour en vaut le coût.

Damien est toujours dans sa bulle ; comme quoi un habit trois-pièces et un simple Learjet, peuvent vous changer un homme ! Les yeux de Mylène et d'Anouk ne se quittent plus. Elles se promettent du regard de rattraper, dès leur retour sur terre, le temps perdu loin l'une de l'autre. Les vacances d'Anouk sont terminées, mais leur vie à deux ne fait que débuter.

Moi ? Eh bien ! Je devrai m'habituer à ne plus croiser ma sœur à mon réveil ou à l'entendre parler sur son sempiternel cellulaire et cela, quand nous n'étions pas en train de nous argumenter à propos de tel ou tel sujet. Je retrouverai mon appartement, calme, vide.

Mylène me sort de mes pensées, comme si elle avait deviné le chemin que ces dernières prenaient.

- Tu en connais beaucoup de monde toi qui transfère seize millions de dollars avec le bout de leurs doigts, sur un cellulaire ?

Elle me regarde, sans laisser la main d'Anouk.

- Tu es la première, Mylène. Je l'avoue ici présent. J'ai frayé avec des gens qui brassaient de grosses affaires, mais jamais je n'ai eu le privilège d'assister à une transaction de cette magnitude, initiée à partir d'un cellulaire, dans une voiture de location, aux Bahamas, en volant au secours d'une belle femme enchaînée à un lit.

Rires et larmes viennent coiffer la réplique.

C'est étrange, tout à coup, en regardant les yeux pétillants de Mylène, je nous revois à l'hôtel, le fameux soir où elle s'est invitée à ma chambre. Mon Dieu que nous sommes passés près de tout gâcher. Anouk aurait perdu son amoureuse et moi, j'aurais perdu ma sœur. Tiens, bizarre, mes efforts désespérés pour me désensibiliser de l'attrait de cette superbe femme ce soir-là, semblent avoir engendré un automatisme dans mon cerveau. L'image des investisseuses reconnaissantes fait surface. Je ne peux m'empêcher de sourire. J'espère que cette idée ne viendra pas me hanter au moment critique où je serai dans les bras d'une femme. Des plans pour que je me fasse moine.

Tant qu'à avoir cette image en tête, aussi bien poursuivre dans la même veine.

- Ce sont les investisseuses reconnaiss… - trop de champagne sans doute, je me reprends - je veux dire ta tante, qui sera heureuse de retrouver ses économies, Damien.

Il termine son verre, me fait le plus beau des sourires puis il s'en sert un autre. Je n'aurais pu escompter une réponse plus convaincante.

- Sais-tu quand elle pourra récupérer son argent ?

Ma sœur vient de nous sortir de nos univers éthérés. Je m'imagine que la question s'adresse à moi, elle me regarde droit dans les yeux.

- Ta question gâche un peu la fête, mais tu as raison, il faut se la poser.

Tout le monde se raidit, contrastant avec la détente qui régnait la minute d'avant.

- Quant à moi, nous devons d'abord espérer ne pas nous faire accuser de s'être fait justice nous-mêmes. Évidemment, personne n'a la preuve que c'est nous qui avons transféré l'argent. Tout ce que la Sûreté du Québec a, c'est un compte bien garni, dont l'argent provient du compte des fraudeurs eux-mêmes. À partir de là, je m'imagine que ce n'est qu'une question de temps avant que ta tante, Damien, et les autres soient remboursés.

Anouk semble avoir réfléchi à la question plus que moi.

- Ils pourront facilement vérifier que nous étions tous aux Bahamas lorsque le transfert s'est fait. Alors nous nous replierons sur notre ligne de défense dont nous avons longuement discuté avant la mise en œuvre du plan.

Elle est sûre d'elle, son ton est ferme. Nous la laissons nous rappeler nos conclusions.

- Nous sommes allés aux Bahamas pour convaincre les fraudeurs de leurs erreurs et du tort qu'ils ont fait à tous ces pauvres gens. Ils se sont repentis et ont décidé de faire amende honorable.

Elle prend une pause pour s'assurer par notre réaction que le scénario est toujours valide.

- Au fait, je devrai envoyer un message texte à Stéphanie pour la rassurer sur la réussite de notre expédition qui consistait à convaincre Alain Dupré de ses torts. J'écrirai aussi Sylvie. Nous n'aurions pu rien faire sans leur collaboration. Elles ont contribué à faire pression sur leur conjoint respectif et sur Michel Paré pour qu'ils entrent dans le droit chemin. De belles traces qui pourraient éventuellement nous être utiles.

Anouk se resserre du champagne.

- Si Paré et Dupré se font attraper un jour, ils seront mal placés pour nier leur repentir, concrétisé par le retour de l'argent volé. Quels intérêts auraient-ils à défendre une autre thèse ? Cela ne leur rendrait pas l'argent, mais les aiderait sûrement à bénéficier de la clémence du juge lors du prononcé de la peine. S'ils se font prendre évidemment.

C'est Mylène qui offre la première, une réaction à notre plan de défense tel que très bien récapitulé par Anouk.

- Alléluia !

Elle vient de très bien résumer notre pensée à tous. Nous nous empressons de retrouver notre sérénité.

Une voix nous tire de notre univers euphorique.

- Atterrissage dans vingt minutes.

Dorval, vendredi soir 16 août

- Est-ce que je rêve ?

C'est Anouk qui voit Mat la première. Elle court et hurle dans l'aéroport.

- Mat ! C'est bien toi !

- Qui crois-tu, est assez fou pour venir vous accueillir à l'aéroport, si tard un vendredi soir ? Seulement un vieux con comme moi.

Anouk lâche son petit bagage pour lui sauter dans les bras. Elle pleure de joie à présent. Mat nous fait signe de la tête, mais ne peut pour le moment en faire plus. Il est prisonnier de ma sœur.

Après une éternité d'enlacements exorciseurs, Anouk le libère et lui présente Mylène. Cela nous laisse, à Damien et moi, la chance à notre tour de serrer la main de notre ami.

- C'est tellement bon de vous revoir tous, sains et saufs. Mon Dieu que vous m'avez fait peur ! Surtout toi, Anouk.

La soudaine petite toux de Mat ne ment pas. Je perçois qu'il fait des efforts pour retenir ses larmes. Il ne se pardonnerait pas pareille faiblesse, surtout devant une étrangère.

Il se compose une posture en reprenant son collier de policier.

- J'ai une bonne nouvelle pour vous.

Mat capture notre attention avec peu de mots.

- Ils ont intercepté Alain Dupré et Michel Paré à Miami en début de soirée.

Ma réaction est instantanée.

- Je croyais que les autorités du sud de notre frontière ne pouvaient rien parce que ces gens n'ont commis aucune fraude sur le sol des États-Unis !

Mat paraît savourer sa réponse par anticipation, il sourit et prend tout son temps.

- Grâce à Anouk ici présente, nous avons maintenant la preuve qu'il y a bien eu fraude sur leur territoire.

- Ah oui ! s'écrie la principale intéressée.

Mat est tout sourire malgré l'heure tardive.

- Nous avons entre nos mains le relevé d'une transaction de vingt mille dollars entre une certaine Anouk Beauregard et la société Gestion Poséidon. Elle a été réalisée par le biais d'un réseau hébergé aux États-Unis, près de Miami, lundi dernier, le 12 août à onze heures quatorze.

Il regarde ma sœur avec tendresse.

- C'est toi qui m'as mis la puce à l'oreille quand tu m'as parlé plus tôt, avant de quitter les Bahamas. Le yacht sur lequel tu étais en début de semaine a frôlé les côtes. La transaction a donc transité par un réseau basé aux États-Unis. Il sera facile de démontrer que cette transaction s'inscrit dans le cadre de leur vaste fraude. Du coup, les autorités les ont épinglés dès qu'ils ont mis les pieds sur leur sol, à Miami. Ils devraient nous les retourner avant longtemps.

Autour de Damien de nous faire bénéficier de ses sages réflexions à présent.

- Je m'imagine que le jury tiendra compte de leurs regrets. Ce sont des âmes égarées qui ont retrouvé le droit chemin en remettant leur butin aux autorités.

Il ajoute, un peu pompette.

- Et puisque j'ai la parole, permettez-moi de vous inviter, ce premier lundi de septembre, dans un beau restaurant digne de ce nom, en espérant racheter ma sélection de la dernière fois.

- Damien - je prends un ton solennel - ce n'est pas la coutume que la même personne choisit le restaurant deux fois d'affilée, mais je crois que pour cette fois, le groupe sera d'accord pour te donner l'occasion de te racheter et ainsi libérer ta conscience.

Mat confirme ma conclusion.

- Au nom de ta tante et d'autres petits investisseurs floués, j'approuve, Damien.

Il ne reste qu'à Anouk à se prononcer. Nos regards enjoués le lui font sentir.

Elle pousse un soupir et rassemble ses énergies.

- Au nom de notre mère, Gabriel, à qui nous venons en quelque sorte de rendre justice, je suis prête à tous les compromis du monde.

Instinctivement tous les quatre, nous nous retrouvons enlacés, soudés les uns aux autres, sous le regard attendri de Mylène qui vient de saisir notre singulière amitié.

XXX

Pour ne pas manquer la sortie des prochains romans de la série « Intrigues et amitié », suivez-moi sur ma page Facebook :

347

Facebook : **Claude André Poirier, écrivain**

Intrigues et amitié Hors réseau

www.ingramcontent.com/pod-product-compliance
Lightning Source LLC
LaVergne TN
LVHW050547200726
843508LV00010B/1568